Content

目次

序章

木桌上的舊書颯颯地翻動，湧出自我意識形成單薄的紙浪。

當然若是仔細一想，不難發現風兒才是幕後主使者。她或許不是故意的、也並非生性頑皮，只是不忍心讓書房的空氣靜下，以免灰塵作亂。然而風的手是如此的靈巧、腳步是如此的迅捷，任誰的視線都跟不上。總是到了書頁披頭散髮的翻動、窗簾害羞地整理裙襬時，房間的主人才恍然發現：風來過。她帶來抹不去的活潑躁動，肆意分享自己曾遊歷的地方，因為對風來說，永不停歇的唯有航行。

風兒翻開的那頁有一幅插圖。那是位抱膝蹲坐的少女。她身穿一襲白裙，顯露輕靈薄弱的身材。翻書的人想必會注意到她，因為除了她蹲坐的角落以外，四周蔓延著一片漆黑，只有一道淡光由上方灑下，照亮那不躲不藏的面貌。眉目間她不只展現著光彩（滿佈希望的表情只是美而已），更與光彩對視。即便輕蹙著眉、即便四周伸手不見五指，她依然堅毅相信著希望在不遠處。

房子的主人一定很喜歡那幅插圖，才會私下為少女取了個名字。

我扶著樹幹回頭望向房子。現在只能從枝葉間看見屋頂了。我的那幢木屋建在幾座大樹的中間，構造乾淨簡樸沒有太多裝飾。當初建造時曾刻意選過這位置，因為正好面向山谷的外側，天氣熱時能夠迎來宜人的涼風，太過遒勁的則會被大樹的枝葉擋下。陽光堪稱充裕，晴天時只要打開窗戶便不需要燭台的幫助也能看書。

在這種前不著村後不著店的林地裡，也不怕宵小會闖入。況且屋裡也只有幾本老書冊在識貨者眼中有那麼一點價值，竊賊恐怕只能拿它們生火取暖——差點忘了那個深棕色檜木長盒，骨董級的器皿在市集應該能賣到頗好的價錢。一個人住在那裡已經有好些日子了，每五天去一次隔壁城鎮的市集採買日常生活的用品；食材、布料、書寫工具等。大多數的時候，之所以能夠自給自足且離群索居在這林地，是因為我的工作本來就需要靜謐的環境。

我加快腳步往前走，枯萎的落葉像是剛出爐的千層派，充滿了一咬便碎的間隙，踩下時發出清脆的聲響；樹間相互糾纏的地脈根很是容易絆倒人，幸虧多年的經驗讓我知道要維持何種步調，一路沿著微斜的坡道前進。走到半山腰的台地時大概是午後三刻，我停下腳步歇口氣，忍不住再次回頭。

整座山谷在眼前展開，樹冠一座接著一座連綿覆蓋大半視野。綠色海洋自有其神奇之處；每一棵榆樹都有不同的色調、每一樽松樹都帶著自己的高矮，植被的異同散發生命的脈動與大自然的和諧。我無暇讚嘆樹海，只想把「那個地方」盡收眼底。

海洋。她的一隅就在眼界的末端。從這距離看不見海浪，但有那一方清澄的寶藍色。

潮汐的起落，在我聽來向來勝過搖曳的茂葉；廣袤多變的蔚藍水面，在我心中總是美過朝夕相處的樹林。相對於森林的鬱鬱生長與脈動，海洋所蘊含的是變化、是移動、是踐履至世界各個角落的可能性。也許正因為日常中沒有說話的對象，我時常陷入奇怪的白日夢無法自拔：若是能逞風航行在湛藍的水面上，駕馭浪頭、自由行旅般想去哪就去哪，穿戴徐風織成的衣袖、披著星辰的毯子入眠，是多麼自由的生活。航行成了我長久以來的願望，是我寄託虛擬靈魂的小小陶罐，任誰也不能輕易打碎。

我意興闌珊地繼續向目的地「航行」。台地延伸蜿蜒了一陣，直到遇見一塊突出的巨石灰岩與山壁形成的天然屏障。挽起袖子，我移開遮掩用的大樹枝，露出可以彎身穿過的小洞口。光影卻步於石與木的交疊處，停在洞前。那洞口並不好穿越。我把大樹枝擺回原處後，還需彎腰前進十幾步，雜生的野草搔著腳踝、細枝劃過皮膚。

站直身環顧四周，一個略帶深度的碗狀低地展開在眼前，約十公尺見方。大略四分之三的牆壁是深色石灰岩的厚壁，高矮不一的韌草沿著牆壁縫隙叢生。光線自然存在著，沒有點火也能見物。這片靜謐樹洞低地的上方——我每次看見皆會驚嘆——竟是由木頭覆蓋而成；我曾爬到山頂向下看，才確認這天花板其實是古樹的盤根樹洞，恐怕是死後經歷千百年才形成中空的樹洞，又經過千百年，才被我找到內部的祕密。

這座樹洞讓我想起蹲坐在黑暗角落、時常讓我凝望出神的少女。

我將隨身布袋放在空地的中央。

良久，筆尖佇立在羊皮紙空白處。

我換了一口氣，甩開少女的身影，開始每一天的固定工作。

「第十三筆紀錄。居所六號。」嘴裡唸出寫下的內容是我長年單獨工作養成的壞習慣：「本居所之外部描繪已作結，現移至內部的壇座。」

取出木頭量尺，我索性坐到地上寫字。

空間的中央有個蛋白色——不對，是象牙色的環狀石壇，直徑約有兩臂長、高度及膝，像離地的池塘又像過淺的浴缸；我左顧右盼也分辨不出壇座的材質。外緣的精緻細雕不細看怕是會誤認為木紋，但是確實有圖騰般的畫工痕跡。至於壇的中央則是凹陷成一座圓池，淺過臉盆，裡頭存著一潭經年累月而成的透明水；

水面如鏡，是古樹的木質部死去前滴下的淚。

「壇座外部表面雕紋描繪者，為古代戰爭故事。小型人物以武器（刀劍、弓矢）互鬥的景象在外，直到——」我湊近到潭座與水面交接處觀察：「戰火、煙硝等物的圖形延續到內環，形成葉脈狀的花紋圖騰。」

我將花紋描繪了下來：一連串細緻的鳶尾花，象徵著月族征戰之美與致命。

仔細回想木屋裡舊書卷的記載，我又寫道：

「若《四海境輿》記載屬實，此處的地理環境和上古時期的月，地域相符，據此可知……可研判此處為月族之神壇。」寫到此，我尚不敢確立這項假說，得要回到木屋後再翻閱更多書籍以做確認。

尋找歷史、記錄史實，這就是我的工作。

我繼續將雕紋的其他部分描寫在羊皮紙上，並忍住心裡的悸動，三角形的淡藍和出航的願望誘惑著我。

風倏地來了。

她從山脊的背上翻滾而下，像滾雪球般聚成了一股強勁呼嘯的山風。那陣風以摧枯拉朽的力道潑辣地掃過這隱蔽的居所；古樹幹裡，樹洞的牆壁和天花板也跟著微微搖動。我不禁想像了起來：這樽大樹就是艘船。

屆時我站在船桅邊操縱帆與舵，想必也會有無法駕馭、難以捉摸的強風吧！

終於，風玩夠了，中空樹幹停下晃動。我鬆了口氣，這才發現身體已經不自覺護住了壇座。

古樹早已凋亡的身軀正在哀鳴，長眠過久的纖維被蟲土草根蛀蝕。隨著時間齒輪的轉動，古樹裡沉眠的生靈彷彿也呼應著自然與山風的召喚，聚華成澄澈的細微水分、沿著中空的植物細胞滲下——晶瑩的水珠由天花板垂吊的蕨類表面，落下。軌跡正好掠過我的眼前。

我看著那滴水在壇座中劃起的漣漪；靜止的面起了波，有如海水重複的向外推進，而我自己的臉龐倒映則成了模糊的色塊。

忽然間，某人的聲音傳進耳裡：

「……有人嗎。」

那聲音很小，好似從遠方傳來，我因為在這靜謐的處所聽見人聲而嚇了一跳，但仍心生好奇。

「有人能聽見嗎？……請幫幫我。」

我無法判斷那聲音是從哪個方向來的；是個男性，沒有太重的口音。

他遇到野獸了嗎？還是森林盜賊，或是更糟的東西？驀然的呼吸加速，讓我以為自己要窒息了。不對，不是我的呼吸加速，是空氣變的乾燥、變稀薄了。

一股預感擄獲我，比發現月族神壇還要強烈的情緒；按著砰然的心臟，我低下頭檢視壇座。起漣漪的水面正漸漸恢復平順，更加詭譎的景象佔據著大部分的水面——黑如墨的顏色，像是碎裂的鏡子塊映在水中；而不是墨黑的地方則突然間變為淡藍與白交接的模樣，像是倒映的天光。

然後我看見了。象牙色壇座的水，映出一張破碎的人臉。

「這……這壇座，是個鏡環（Effigon）嗎？」我問。誤打誤撞發現了這個壇座的用途，竟是用以通訊的魔法器物？我真想把這事記錄下來！

「……我、我不知道怎麼解釋。」被墨黑色打碎的人臉說：「您能幫我嗎？」他聽起來很是疲倦；我這才發現，破碎的墨黑色是因對方那頭的鏡環已碎裂損壞，才帶著萬花筒般的零碎視角。

「那裡發生什麼事？」我問。

「船……」

船？我心頭一凜，等著對方的下一句話。

「船要沉了。」

「你們在哪？你們的船叫什麼？」呆愣過久後，我慌忙地問。

「您是，唯一回應我的人。」對方慢道：「我不曉得您是誰，而實話是，我也不曉得這艘船正在哪一片天空底下。」在那墨黑的碎塊間我看見對方擠出勉強的微笑，似乎已寬慰地放手，任最後一絲希望逝去。

「別這麼說，別放棄啊！我……我可以通知城裡的人派出搜索，你們從哪裡出發的？去往哪裡？是商船嗎？」

我看不到對方的臉，但我猜他臉上有兩行淚：

「這裡剩下我。」

我聽出來這是一個瀕死之人的口氣。多年前，父親在與我對話時也是同樣的口氣；行將就木的老兵，不論如何樂觀、如何知足、如何深愛著自己的孩子，說話時仍會帶著一絲手足無措的脫力感，或許是靈魂知道自己不久於世而先走一步了吧。這破碎的人臉，以同樣的喪魂無力，與我隔著不知多遠的距離對話著——他在汪洋中，我在森林深處。

我不知為何又想起畫中的白衣少女，和她堅毅的臉龐。

「那麼，是艘戰船？」我不禁瞄向壇座上的月雕紋。

對方激動地說：「我們沒有挑起爭端！」

過了一晌我才開口說：「我很抱歉。」

「……他們快要找到這裡了，然後我也會……」他語塞。

我的後背竄上一股蕭索涼意：「『他們』。你指的是誰？」

光影閃動。

突然間，鏡環另一頭傳來破裂聲，像是巨人捶穿了石壁。我看見結實的船艙背景被踐踏，幾個消瘦精實的人型踏過碎裂的門板。

他們的輪廓被船艙狹窄的光線映至牆上，如同變了形的烏黑妖怪。來者一語不發的接近我的對話者；他沒有回頭看後面，好似已經知道漆黑的來者是誰。那些人已然奪走他的同行夥伴，而在這則故事裡，他也難逃一死。

「不能留活口，是、是這樣嗎？」破碎的人臉背對著黑影說。

彷彿是為了回應他，帶頭消瘦人影的手上多了一具細長的鋼鐵。破碎臉坐直了身軀，這次看不出是對誰說話：「……你們晚了。」他好似擠出了一絲得意的語氣，「她已經——」

我緊緊抓著壇座的邊緣如同抓著母親的病榻，指節發白、嘴裡擠不出一個字。此處的森林和遠方的船艙只留下令人心碎的死亡共鳴，腥紅點點布滿水面。刺穿腹背的鋼鐵澆滴著血紅、折映著銀白色的細芒。

——劍脊上的紋路是如此熟悉，使我被恐慌佔據，暫忘自己身處何地。

鳶尾花的連續細紋布滿精鋼的表面，象徵著月族征戰之美，我默背道。

尋找歷史並紀錄史實，這便是我的工作。

人影離去、鏡環斷訊、水面終回復透明。我跪坐在空地中央久久不能自已。蟲鳴鳥叫不知何時已經停歇，整座森林也為遠處發生的事件哀悼著。散落一地的羊皮紙颯颯地翻動，湧出自我意識形成單薄的紙浪。

這是歷史嗎？我不禁欲問。

風沒有回答。

＊※＊

Only She was left within.
She replaced the lid herself and did not fly away,
Thus was the will of Elpis.

一、天馬行空 Across Imagination[1]

老船長要死了。

船員之間的竊竊私語迴響在艙內和甲板上；他們彼此以眼神交流著，心領神會這傳言。

老船長要死了。

別忘記他們是時沽號（The Timesworth）的船員。她是王國內最優秀的商船；她的船長是王國的傳奇、船員則是最傑出的男女。流言萬萬不可拖慢他們手頭上的工作。船索緊繫、桅帆股風，地板穩定的上下搖晃使人相信船仍在移動。時沽號船身長達百呎，表面以令人稱羨的結實木料覆蓋，歷久不衰；船型既屬漂亮的長寬比例，也具流線型的身軀。這艘船除了後端的航行室之外，甲板下還有兩層艙房以及一層貨櫃。三組船桅的帆布皆以進口斜織白布製成，三角狀的帆揚起時簡直能稱作是藝術。

從遠處看來，時沽號幾乎是黑色流線底座上頭點綴白色的叢瓣，插花似的美極了。多諷刺啊，現下船員們心裡所想的只有這白色船帆如何象徵著純潔的靈魂，更象徵死亡。六個人合力將鏡環（Effigon）扛出甲板，架設在掌舵處旁邊。鏡面廣如浴缸，覆著一片抹不去的濛灰，活像個放大數倍的更衣鏡。甲板上一處空缺始終如芒刺在背，每過幾秒就有人不安地轉頭查看那位置上的人有沒有回到崗位，因為掌舵者不是大副、因為坐鎮一切且經驗老到的大副正前往老船長的艙室匯報船的狀況——至少表面上是這樣。

1 Epigraph modifying Hesiod's *Works and Days*, "Pandora and the Jar," lines 96-99

現下船長重病臥床，大副這稱謂變為船長，也是遲早的事。

遲早死神會提出價碼，而人類將無力議價。

「有、有聲音。」阿閃（Flee）緊張地說。他將拳頭握得更緊，掌心有枚老舊的硬幣。

「只是個鐘。別大驚小怪的。」幣崔絲（Beatrice）走在前面說。

她熟門熟路的來到木門前，敲叩兩聲。

「鐘。」阿閃咀嚼著這個字。走廊牆壁的木板間，不斷傳來儀器運轉的滴答聲，他明白那低沉難辨的聲響是計時的神妙儀器。

幣崔絲開口道：「等會進去，站在原地，一句話也別說。」

阿閃嚥了口水，點頭答應。他從未踏足船艙此區，甚至未曾見過船長的正面。自從登上時沽號以來都是大副在管事，其餘的人只有在特殊場合或是靠岸時才見過老船長。阿閃更別說了，他是地位低下的船員，負責打雜清掃等工作。

——然而沒有人不認識船長，沒有人不認識傳奇般的「拉雷恩・譚沃」。

阿閃記得家鄉的農場獸欄，曾養過一頭老野獸。

將野獸從森林裡捕回來的父親說那野獸叫「棕熊」，父親曉得養肥之後毛皮、熊肉、甚至內臟都能賣到好價錢，所以一直沒宰掉。父親離開後，母親改稱棕熊為「汙霉頭」，只因怎麼也賣不掉，家裡更沒人懂得如何宰殺。阿閃每天負責把廚餘帶出去獸欄，而很快地，只吃廚餘和泥土苟活下來的汙霉頭已經又老又病；毛皮失去光澤，獨自住在自己的餿水之中。那段日子裡阿閃花了很長一段時間才明白心裡的疙瘩代表什麼——他並不是害怕汙霉頭會獸性大發、衝出獸欄然後暴走傷人。他更在意的是老熊身上的器官皮肉，那些符合人類認知「價值連城」的物品。他日日經過獸欄前，倒完廚餘後一溜煙的跑走，就是沒看過老熊展現統御森林的野性。汙霉頭的髒熊毛與髒熊膽真的值很多錢幣嗎？汙霉頭……不，老棕熊最後被買下了，連同阿閃的第一份勞力被賣到鄰近鎮上。這都是好幾年前的事了。

時間還在固執地流逝。

門內有人走近。

一位身穿黑袍且肅容滿面的男人開了門，他的瞳孔和衣服同為墨黑，瞧了幣崔絲和阿閃一眼，隨後准許他們進入。

深棕色的牆壁和嚴謹的擺飾讓這裡比起臥室，更有會議廳的感覺。光線由房間左側的窗戶透進，照亮迷路的灰塵、灑在房間的角落；就連收拾整齊的辦公桌和書櫃都積了層薄灰。牆上的大型機械鐘比人還高，下半部的漆木外表和透視的玻璃讓人看見晃蕩的鐘擺、轉動的齒輪，上半的鐘面是打磨過的白色大理石，黑色指針穩定的跳動，將時間切割為緊密的小段。

阿閃佇立房間一角，目光被櫃子上閃亮的東西吸引——象牙色的盤狀金屬躺在櫃上，形似羅盤、約大過手掌、上頭還畫有刻度；然而那些刻度未標示東南西北，而是幾個毫無意義的圖樣，而且沒有指針。就是它——傳奇船長的傳奇信物。

其他兩人在書櫃旁小聲談論著。

幣崔絲問：「沒有其他療方了？」

「不盡快靠岸補給的話，是的。」黑袍船醫面無表情的回答。

「現在只怕船速快不起來。鏡環故障了。」幣崔絲壓低聲解釋。

醫生瞄了床一眼說：「……有話快說吧。他時間也不多了。」

大副與醫生都將船長看作行將就木的病人。在阿閃想來，床上躺臥的，說不準正是曾稱霸森林原野的棕熊。

素白的簾子將床鋪與其他隔離。拉雷恩・譚沃（Ralein Timesworth）躺臥在乾淨床單上。堅毅的臉龐被歲月侵蝕。曾經英俊深邃、威武萬分的大氣五官喪失其鋒利和稜角，健康的皮膚在時間的魔爪之下枯萎病白；肩膀不再有壯年男子的寬廣，剩下虧薄的體格和毫無贅肉的瞿瘦身軀。歲月並未手下留情，令老船長的手掌也被皺紋和灰斑覆蓋。阿閃認出王室贈與的榮耀勳章在老船長的胸前；頸上戴著月族的祝福鍊飾、五色的異族榿果擺在床邊盤上，一口也沒動過。

隔著白色帳幕，後頭的模糊人臉顯得略有那傳奇人物的殘貌——縱橫廣海數十載的傳奇人物拉雷恩，以女王之名參戰建功數次、與月皇族過從甚密，此時只給人一種崇高峻嶺削為斷垣殘壁的錯覺。阿閃在創造歷史的偉人的病榻旁呆站，甚至不清楚自己為何會身在船長的臥室。

窗欞的灰影被天光投射到船艙內，那一格格的光亮籠罩榻上的人，為其增添微不足道的生命力。它吸引著阿閃的目光，讓他不禁靠近床頭往玻璃另一頭觀察著。

「找到她。一定要找到她。」

低穩的嗓音說道，有如古鎮的銅鐘。聲音雖乾涸，卻有種不容質疑的凝斂力道。阿閃在驚嚇之餘不自覺挺直了背。

幣崔絲也聽見了。她二話不說推開阿閃，說：「大副在此，船長。」

「嗯……。」老人吃力地移動脖子：「告訴我，大副，今天的風如何？」

幣崔絲皺了皺眉，兩手背在背後答道：「本船乘風勢穩定的前進，船長。預計三天後抵達王城港口。」

老船長一呼一吸，深沉地像是在回憶王城的廣大、皇宮的輝煌。

「時沽號的貨物，不得遲。」老船長隔著簾幕說。

「……遵命。」幣崔絲回道。

三個站立的人中，只有大副心知肚明一件事：貨艙裡根本空無一物。或者該說，貨物本就是年邁重病的船長。幣崔絲只覺得船長睡糊塗忘了，但豈敢戳破。

「船長。」大副她正色道：「巫師回報，鏡環的魔法失調難以修復。若是缺乏對岸聯繫，本船……」

「有話直說，大副。」船長小聲打斷：「老夫時間已無多。」

幣崔絲面露難色：「……若是無法盡早靠岸，則本船無法提供您……適當的治療。」

拉雷恩・譚沃的表情被簾幕遮擋住。

他說：「貨物要緊。為何不走西方的捷道？」

大副眉頭深鎖，回道：「船長，鏡環損壞前王城的巫師曾寄來最後消息：西方沿海區有動盪，靠近乃不智之舉。」

阿閃看著滿不耐煩的大副，不禁回想起家鄉的母親；那女人一邊要照顧農場、管教小孩，還須一邊訓斥老頑童般成天瘋言瘋語的公公……還有獸欄裡蟄伏的棕熊。怪不得母親和幣崔絲一樣，竟日皺著眉頭。

「動盪？」老船長不解地問。

「是的。」幣崔絲用著最後一點耐心說：「混血月族的叛亂軍盤據西方航線。我已經在上一次報告中向您提起過了，船長。」她眼神冰冷地說出最後一句話。

老船長無視著對方的情緒：「西方沒路走了。這麼說，我的時沽號正在碎磷森林（Phosphorest）間航行。」

「對。」幣崔絲冷道。她斷然轉身，朝門口走去，再也無法忍受癡呆老人的無謂提問。她承認來到船長室探望根本就是徒勞，因為老人連周遭發生的事都搞不清楚了。與其在這浪費時間，還不如去督促巫師盡快修復鏡環。

黑袍的船醫眼看兩人一言不合，趕緊向船長勸道：「船長您別著急。有大副領航，本船想必會在時限內抵達的。」

「嗯……碎磷阿……，」老船長在榻上感慨著，又對著走至門口的幣崔絲補上一句：

「磷石的山壁，總是引來善變的風呢。」

無知的阿閃聞言，不自覺的看向床頭窗戶外的景象。

深青色的石柱夾岸。拔地而起的磷石壁透著粼粼青光，在船尾兩側有如莊嚴神木，近的彷彿隨時會擦撞上來。呼嘯的風兒雖透明無色，但任誰都能想像她們沿著礦石崎嶇的表面，無比快速的竄行、無比吵鬧的嬉戲；她們使船艙玻璃喀喀地響，似有妖精在敲打。風絲牽著雲。阿閃不解得看著龐大雲團，在船後不到一里之處不受陽光阻攔的增生橫行。

呼吸間，船醫與幣崔絲兩人面面相覷。

「月火阿！」船醫駭道。

至於經驗豐富的大副，她當然知道那團不詳的雲代表什麼。只怪自己竟忘了航行的基本道理：天象無常。氣壓在此處的巨變使灰雲在不到一哩之外醞釀。只要出航過的人，便一定知道這代表什麼。在磷石柱的森林間航行，光是要閃避擦撞便已困難重重，更何況還要偵查周遭的所有天候情況。身為大副的她犯下如此疏失！若是船長此時正掌權，恐怕她早已人頭落地。

這時，牆壁另一頭傳來嘎然巨響與木材扯裂的聲音，似是船身尾端擦撞到了山壁。

船身猛然搖晃。

「哇啊！」笨拙的阿閃忽覺視線天旋地轉、撲倒在地，手裡的硬幣落地後滾呀滾，與木地板接觸發出獨特的聲響。

「大副。」拉雷恩・譚沃平臥於床緩緩說道。

幣崔絲回過神抬頭：「是……是！」

「收尾帆、穩固船桅。」

這不是提醒，而是命令。

「……！」幣崔絲牙一咬，旋身往外衝去：

「全船注意！」她甩開門、扯開嗓大喊：「風暴來襲，收尾帆！！」大副一邊喊著一邊跑出船艙。她聲音遠離之際身後衣襬甩動，穩健的腳步也讓騷動蔓延至整艘船，隔著木頭天花板傳來十數位船員們倉皇的腳步聲，人人往各自的崗位奔去。至於阿閃，他徬徨無助的坐在地上。他的腸胃和腦袋皆不斷翻攪著；在他眼中船艙四面牆壁好像正在向內擠壓變形，而後方牆上的鐘、鐘內的針、針下的數字，仍任由時間不停健走。

差人離開後，房間靜下了。老人似乎是氣力耗竭，嗓音像是吞了炭灰一樣瞬間增老二十年：

「咳，年輕人，幫老夫一個忙吧。」他說。

阿閃總算在櫃子旁的地板找到了硬幣。

他手腳並用，爬起了身，接著滿不確定的移動腳步靠近白色帳幕。

黑袍的船醫惡狠狠的瞪視著阿閃，好像在說「你這蠢蛋為什麼還在這裡？」他費心照料多日的病人，在這顛簸的旅途中竟還要三番兩次遭閒人打擾，而且還是被卑微的船工！

船長問：「你是做什麼的？」

阿閃腦中天旋地轉，嚥了口水答道：

「做什麼的。廚……廚工和打掃。」他發現自己的牙齒在打顫，「……船、船長先生。」

「阿，體力活兒。那甚好。」船長緩道：「老夫，今年已八十五歲——」

「八十六。」船醫一邊糾正、一邊在水杯裡加了幾撮藥草和一匙蜂蜜。

「是嘛，已經八十六了呀。」老人頗自豪地說：「時間這娘們，跑得真快。」

船醫用湯匙攪動幾下液體，然後從簾幕間將杯子遞給老船長：「喝了這個會好睡許多的，船長。」

船長續道：「即使到這把年紀，幣崔絲的能力在老夫看來仍是無庸置疑的，只是年輕莽撞了點。當初選中她做時沽號的大副，果真沒有看走眼阿。老夫並不擔心本次的旅途會有所延宕……也不擔心將我的女士交給幣崔絲。」

「喝藥的時間到了，船長。」船醫有如在哄騙小孩子，再次說。

時間二字似乎觸動了老拉雷恩心中的某個開關——像是塵封已久的陶罐忽然被打破彌封，飛揚的塵土令人看不清罐裡的寶物。

「時間阿……，她想必也會這樣說。」老船長嘆了氣道：「唉。再也買不起這麼昂貴的東西了唷！真沒想過這麼美的玩意，會這麼致命。」他吃力的抬起頭，無視著船醫對阿閃說話。「幫老夫一把。老夫得去看看下頭的貨物。」

「別犯傻了，船長。快點把藥喝了！」船醫氣急敗壞地說：「我不會准許的。您不是看到外頭的雲了嗎？這種天氣和這副身體，您還未走出艙房就會——呃！！！」船醫猛然抓住自己的胸襟，臉部脹的紫紅，身體發抖像是要掙脫無形的束縛。水杯框啷落地，藥水全都濺灑在珍貴的地毯上。體格高瘦的船醫忽然倒地，臉上還掛著震驚的神情，就像某日突然被馴養的獅子咬死的馴獸師。阿閃看著這突發的意外，身體驚恐地貼到了後頭的牆壁上，巴不得立刻衝出房間。

「沒事的。他將睡靈漿（Elixlumbir）調得太濃了。」船長緩道。

「睡靈漿。」阿閃重複道。他一直改不掉這個習慣，時常重複對話者的語尾，有時是因為聽不懂，有時是因為他還在思考……多半是前者。驚嚇之餘，阿閃心裡花了一晌才確定船醫不是睡著了——第一，船醫壓根沒有試喝過藥水。第二，剛才阿閃隔著簾幕好像看見船長舉起手比了個手勢，船醫緊接著難以呼吸——魔法，定是某種魔法般的伎倆。

船長道：「那藥水是老人家的床邊故事。他過兩個鐘頭就會醒的。」

阿閃道：「唔。」

「你……在老夫的船上多久了？」

「兩、兩年，船長先生。」

「『船長』就行了。」船長道：「兩年來，從未懷疑過貨艙裡究竟是何物？你沒有想達成的……心願嗎？」

阿閃想了一會，決定據實以告：「……我、我以前在書店做幫手。船長。」

船長沒說話。

「所、所以我明白好奇心是很昂貴的。」阿閃說。

船長等了一會才說：「老夫能幫你。」

「這……」

憑他？一個睡夢中念念有詞、念著女人的老頭子？

老頭子說：「『缺乏好勝心者，無法駕馭龐然不止的風；缺乏好奇心者，無法踏往前人未至之竟。』這句是新月王（The Crescent King）親口對老夫說過的讚美。聽出來了嗎？他賞識在外航行的人，並嘉勉老夫對兩種族間和平的貢獻。」

「貢獻。」阿閃覆道。

他聽得出這種「話當年」的語氣。每當家裡的爺爺說起服侍勛爵的經歷，也是帶著老驥伏櫪的眼神，好像緊緊攀附著漫長一生的成就尾巴。阿閃忍不住開始好奇貨倉裡到底裝著什麼，整層的艙房都被拿來裝貨，簡直要比船員寢房大上兩倍。每到了靠岸的時候卸貨卻總是由大副親自指揮、由親信們負責執行。他們對於貨物的內容始終守口如瓶；究竟時沽號裝載的是原料、器皿還是藝術品？是骨董還是寶石？一頭被關到獸欄裡的野獸，真的還有辦法賣得天價嗎？

船長又說：「老夫也不久於世了。再拖延下去肯定會輸。年輕的書商與老夫談一場交易吧。只要助老夫下貨艙看一回，便換得時沽號最大的祕密——不只是貨物更換得一個故事。你願意簽約嗎？」

也不知是因為對船長的敬畏還是對魔法的忌憚，阿閃顫抖的上前靠近獸欄，與譚沃船長握手。

「切記，時沽號的貨物，不得遲。」

＊※＊

幣崔絲搬動船舵，手勢熟練；目光敏銳的注意四周。

在她的操縱下，時沽號的流線船身閃過青色磷石柱，宛如穿針引線般優雅地前行。大副的歸來確實讓全員穩定了下來，對於失去船長的恐懼也被掃到一旁，現在他們共同的敵人是船尾的那場風暴。白霧從船帆的裡側、木板的間隙、衣領解開處劃過，接著全如無色的漩渦捲入後方不遠處的灰暗雲團，持續迴盪出隱約的轟隆聲和鼓動的風暴。簡直是頭野獸。幣崔絲心頭一凜，暗自祈禱時沽號的船身不會和她船長的身軀一樣脆弱。老人為什麼要傳喚船上最卑微的雜工？和這趟貨物到底有什麼關係？這船長身懷的祕密永遠都不夠多。

「一定還有沒告訴我的。」幣崔絲掌著舵小聲道。

「什麼？」

「沒事。」她說：「修的好嗎？沒有鏡環，連導航都變得困難了。」

「妳先帶我們擺脫後面那團天災吧，幣。」身披巫師袍的女人說道。

女人的手掌、腕臂皆覆蓋滿滿的刺青，光是看上去就充滿了威脅。站在鏡環前，刺青隨著手臂的揮動比劃散發淡淡的光芒，讓一旁幣崔絲感到額外的坐立難安。可是不論巫師再怎麼施法挽救，鏡環的鏡面仍舊是一片濛灰。

巫師皺著眉頭說：「月火的，這玩意到底是怎麼了。前兩天還好好的。」

幣崔絲說：「或許我們真該走西邊的捷道，至少快上一兩天。」

「哼，也只有最貪婪的商人會在這種節骨眼上還在月與帝國間往來。」

「注意言詞，那是妳的船長。」

「過兩天就不是了。」女巫師隨口道。

「琉諾（Leauroe）！」

被喝斥一聲後巫師皺了皺鼻子，繼續著手維修鏡環。

不久，琉諾嘆一口氣，站起身道：

「妳至少能告訴我，貨艙裡究竟裝了什麼，值得我們冒這麼大的險嗎？」

幣崔絲沉默了一會，說：「我不知道。」

琉諾瞪大了眼，她先環顧四周確保沒有其他船員聽見，才狠聲問：

「不知道？」

「當時，負責談判交易的只有船長一個人。」幣崔絲緩緩轉動船舵幾度：「船長帶回了貨物，時沽號就該送達貨物。銀貨兩訖。」

琉諾強自壓下放火燒掉甲板的衝動：

「妳明白這一趟的風險有多大嗎？混血月族在叛亂奪權的邊緣，他們的艦隊可是鋪天蓋地的阿！」

「他們不會發現我們，尤其是天氣這麼糟的時候。」

「要是他們發現了呢？」

幣崔絲搖頭道：「我不會拋下貨物的，琉諾。妳也許是位學者、是名工匠，但我是商人。對商人來說立下的契約就是一切。」

「即使要賠上性命──全船的性命？」女巫師挑眉道。

幣崔絲回望碎磷森林與醞釀中的風暴。她的臉已經多日不曾展笑，也許正是魔法作用在臉部肌肉，木訥的表情包覆的是一顆慌亂的腦袋。為了自穩，她不斷以名為責任的巨石鎮壓，只因她還逃避著什麼。煤灰色的暴風雲追趕在船的後頭，洶湧翻騰，時沽號插翅也難逃。如果我真的手握大權。重要時刻來臨之際，我又做何選擇？

＊※＊

阿閃的綽號是有來頭的。他從小就善於從棘手的情況中脫困，他個頭瘦小，打架從來打不贏任何同齡的孩子，只有被欺負的分。久而久之，逃跑變成了生存的必備技能，從翻籬笆、爬牆、攀樹到躲在蘆葦水溝等處，沒有一件事難的倒阿閃。可是這次不一樣，他還推著一張移動的椅子和坐在上頭的老人；雖然瘦弱的老船長不算重，可給出壓力是絕不輕的。

整艘船都在腳下搖晃。牆壁裡的鐘錶聲已經消失，現在只有呼呼的風聲從船外傳來。阿閃儘量沿著牆壁移動，並小心翼翼的查看每一個轉角。往底層貨艙的只有一條狹窄的走道，而且非要經過船長的寢室不可，也難怪沒有人敢偷偷前往。

拉雷恩・譚沃坐在輪椅上，終於露出了面孔。他雖是病人卻一點也沒有病懨懨的臉色，只有歲月留下的爪痕。與其說他曾經英俊挺拔，不如說他仍保冷靜銳利。阿閃很慶幸穿著白睡袍的船長並沒有看著自己，因為那雙鷹眼總是讓他背脊發涼。老人還將那個沒有指針的「羅盤」玩意拿在掌上，果然是吋不離身的寶物。

「船、船長。」阿閃第一次主動開口：「睡靈漿……是月族巫術嗎？」

「唔。」船長撫摸羅盤的側緣，眼神卻直視著著前方，「你不相信魔法？」

「……不，我不信。」

魔法只屬於月。

人類只能模仿其皮毛，或是把附有魔法物品拿來使用；例如巫師群的符文刺青。還記得書店的櫥窗裡擺過一本精裝魔法書，卻從來沒有客人動過。阿閃問起時，老闆辯稱有兩個原因：人們害怕魔法、更畏懼月。即使買了那種書回去讀個兩年，也是念不出半句魔咒的吧。

船長問：「見過月嗎？」

「沒、沒見過。他、他們痛恨人類吧。」阿閃說。

老船長微慍道：「那是成見。排外是人類自己套上的印象，與月無關。月潔身自愛；他們的確擁有悠久的歷史，可是文明並沒有將他們捧上神壇，是人類的認知才這麼做了。人類就像嬰孩一樣總是排斥自己沒見過的食物。」

阿閃不知該如何回應：「是，船長。」

終於走過長廊，他將輪椅轉過半圈，準備下樓梯到最底的貨艙層。之字形的樓梯很牢固，阿閃可以一階一階的拉著輪椅往下，雖是這樣，到了一半的時候他還是必須停下來喘氣。這時候輪椅上的船長還在繼續說：

「月本依自然而生。

「可人類數量越來越多。石頭蓋的城鎮碉堡佔據原野和丘陵、樹木一片片傾倒。

「人類一直都眼紅月的輝煌；當他們發覺月魔法的強盛時，不僅用盡手段仿造，還輔以二流的科學。竊取其他種族的文明產物並濫用；魔法如此、鏡環如此，航行也是如此。」

阿閃覆道：「航行。」

拉雷恩轉頭用泛白的雙瞳看向他，說：「對，航行。你從窗戶看出去，看到什麼？」

阿閃照做了。樓梯的反折處有一扇小窗。

他看到窗外風暴雲團的蹤影，還有兩側磷石柱熠熠生輝的青綠色外表。幾百幾千座石柱和高塔一樣林立，龜裂或凹陷處偶爾長出些苔鮮與芽苗；分不清是霧或雲的白色水氣，鋪在石頭上、飄在峽谷上、甚至無情地遮住大半天空，使視線的遠近深淺都失去了分別。

阿閃觀察道：「船在動。」

船長打斷：「向下看。」

阿閃困惑的貼到玻璃上，往下俯看。

這就是航行，不是嗎？

平鋪的雲層被船身劃過留下細細長長的切痕，沒多久就被後方的灰黑風暴吸了進去。

「——是月阿。是其知識的結晶！是月族魔法帶來……在天空飛行的可能。」

下方的雲偶爾有裂隙，可以看到數公里遠的深藍海水。

時沽號她的尾鰭掃著風、乘著氣流，飛行在青石柱之間。

世間只有兩種東西能飛，一是飛鳥，二是機器。

鳥兒能飛是因為身子輕，但是人類造出來的機器想飛，卻需要克服一噸又一噸的負重、施下一重又一重的魔法。

「人很可悲阿。」老船長越說越激動，「發現月的魔法得以掌控天空後心裡充滿了忌妒。人和他族的互動就是一場又一場的交易，擅自以多餘的勞力或物資強迫換取文明與進步、以金錢度量所有社會流動。是人類！是他們造出了這些——咳！咳咳！……」

劇烈的咳嗽不是拍拍背就能緩和的，那頑強的老人也一樣。

阿閃困窘的說：「可是，時沽號不也是商船嗎？」

「這是商船沒錯。」船長老態龍鍾的喘著氣：「最偉大的商船。她必須秉持原則，她的船員也將維護著原則。這艘船——」

轟雷聲炸裂在不遠的天空。阿閃被雷聲嚇回了魂，趕緊繼續扶輪椅下樓。他拖著輪椅、船長面向窗。那雙老練的商人之眼看著灰黑的暴雨雲，毫無一絲畏懼。

船長說：「她與眾不同。」

「……。」

「老夫要死了。」

「什麼燒殺擄掠、爾虞我詐都見過，看過悲歡離合也見證過帝國興亡；再重大的事件，說穿了都是交易，是兩方交換心底所有，以達成所求，可……可偏偏一件比一件醜陋。」拉雷恩停頓了一會又道：「若干年來仍記在心頭的只有一場交易。那時老夫才察覺的啊；當人將自己所有的籌碼投注到某件事物上，那豈非一種從期待誕生的美？管他是錢財、權力、性命阿，都心甘情願地散盡。

「就像是……像、像是花光兜裡的錢，只為了買下那朵盛開一天的花。」

「一天。」阿閃重複。

「你想想，那朵花究竟會有多美？呵呵呵。」老船長看著烏雲的炯炯雙眼突然添了笑意：「他們都以為老夫生病了，但年歲豈是病？與其拖著老舊的身子行走……回頭一搏的利潤，誘人多了。」

一搏？商人如何作戰？只有透過得利吧。不論是與其他商人互為仇敵，或是與死神拔河，只有賺取足夠的利益才配稱作商人。

阿閃晃然明白船長堅持查看貨物的原因：

這是他老人家的最後一搏。不管貨艙是不是空的，樓梯底端那扇長著多重大鎖的堅實金屬門，都守衛著一道尊嚴。

此時，烏雲中的風暴帶出幾絲白光，簡直如海浪頂端濺開的白。一張臉的輪廓浮現在烏雲中，幾乎能夠辨認出五官。阿閃肯定是眼花了，因為烏雲裡不應該有人臉（或者說死神受夠等待，終於來領賞了？）反倒是臨近死亡的老船長絲毫沒有顯現對死亡的懼怕，而是做為門的守護者昂然自若。摸了摸羅盤的表面，他說：

「這故事總有……有些時日了吧。那時，老夫還……嗯。一切都要從那三個人說起才行。」

回憶太過龐雜，以至於對往日的念想開始和現實混合。那雙白內障的瞳孔比鏡環更模糊、也更充滿歲月的力量。

老船長要死了，但他尚存最後一則故事。

二之一、貴族與面紗 The Rich and the Masked

燈芯港（Port Wickton），風和日麗的天氣。

一排工坊佔據了港口西側，整條街都看見人們操作著比他們還要高大的工具和模具，燈芯港的名字來自此處盛產的蠟製品，尤其是從蜂巢製出的蠟，靠的是多年的養蜂經驗和適宜的天氣。養蜂勢必需要飼料，於是蜂農們在山坡的背風側，才不會傷了花蕊，種了千百株滿山遍野的花，說穿了這些萬紫千紅的植物即使不照料，蜜蜂們也會使之長年綻放，一旦蜂農宣告蜂巢熟成，農工們便須小心翼翼地取下已然沒有蜂后的巢，說是因為確保年年都有蜂巢可用，不可濫殺蜜蜂，其實多半是農工們不肯被螫，低廉的工資根本不夠去神殿那敷藥。取下的巢先是以杵搗碎，取出硬殼，放到大鍋裡加熱，只添入少許的清水和工坊師傅們不肯外傳的秘藥，熬好幾天都需要有人看守底下的火，汗如雨下但工資最優渥，那溫度不能太高以免融了銅鍋，製出的蠟會偏紅，所以必須三不五時伸鐵棍進去，將還在燒的木柴刮出一些。當師傅們的秘藥與蜂巢互融，呈純厚的麥黃色，才進入最費工的程序，只見整條街上百位工人在鞭子和吶喊聲中奔波，因為蠟液由高溫至凝固只有短短幾秒，在這段期間必須傾倒銅鍋，注入模具。就看瓊漿一樣的蠟液填滿了半具模，工人迅速的插入一根指頭長的棉繩作為燈芯，蠟液繼續注入，沿著細細的溝槽流淌到下一座模，填滿、流淌、填滿、流淌；當最後一座模具也注滿時，大多的蠟燭已經凝固完成。

他發現，即使花園背風，奇妙的香氣融合了花蜜和蠟特有的金屬味，仍然時常出其不意的染了鼻尖。他聞了奇異的味道，發現除了燈芯港之外，沒有任何城市有這樣的風情；工人叫喊聲和高溫的銅爐，這些都是令人看了心情平靜的東西，一座店鋪就設在工坊外頭，木桿撐起布料，穿著托加的商人就在底下賣各色的蠟燭，被妻子罵得一臉不悅，恐怕是價格賣得太低了。

他挑了六支蠟燭，應該足以撐過這一趟航行了。只要在融注時加進不同的原料，做出的蠟燭就有不一樣的顏色和燃燒氣味，但他只買了最簡單的淡黃色蠟燭，還向商人求了便宜一點的價格。他說這蠟燭的顏色不純，應該燒不久，商人原本還打算據理力爭，但又瞟了妻子一眼，隨即同意用三枚銀幣賣出。他拿走用油紙包起的蠟燭，另外挑了一瓶透明的蠟油（簡單加熱，用來封箋或保護紙張都很方便），這才發現，採買時自己的心情十分不錯，他充滿決心的相信天空的秩序，好似他相信所有名正言順的道理。這是最適合出航的晴朗天氣。穩定和煦的東風、露面而不刺眼的暖陽、高昂而不歡騰的情緒。什麼都無法打破這股理應存在的寧靜。

離開工坊，往碼頭的方向走去，東口的布袋裝著他所有行李，他甚至有時間停下來面對港口——下風處的船隻收起了船帆，像是停靠在屋簷的一排排棕黃色的雀鳥，低頭休息。碼頭延伸出的木頭平台，正確的說法是磯，一條一條懸空並以山壁做固定處，供船隻停靠、起降。他不敢想像下一次停靠燈芯港是什麼時候，而這樣的不定，竟然有一種放鬆心神的草藥般作用，他趁著專注的頃刻間整理接下來船上工作的種種，像是手持清單那樣一項一項確認。那是一艘紅褐色的巨大船艦，像頭等待翱翔的雄鷹蜷伏在港口邊，儼然大過其他停靠得船隻。經過碼頭邊的一排小木棚時，他又聽見幾個休息中的碼頭工人正在談天：

「……說了可別不信，那人鐵定是跑到王城來了。」

「人？不，一定是月！」

「高山城邦（The Citadel）的兇殺案就是他犯下的。那是兩天的路程以外呢。」

「你是呆子阿？那、那些月巫師進城哪需要走路，彈彈手指就行了！幾天前死的邦主夫人和兒子，連屍體都還沒下葬，你忘了？」

「我聽說連頭顱都割掉了。」

「真嚇人。賣報紙的跟我說呀，現場的血跡刷了三天都沒法刷掉。」

幾陣害怕的低語再也沒法聽清楚。他無心去管時間上的不合邏輯，不能去想。他快步走過長長的碼頭，抵達登船用斜放的長木板。深紅船身的映影讓四周充斥著盎然生氣，甲板左舷排滿了貨箱、絨袋、鐵籠、油布包等物和好幾名負責搬運的船員；他們小心翼翼的處理著那些貨物，因為一絲損傷都能賠上半年的薪水，那可是上百杯的啤酒和溫飽呢！陽光照在他們汗流浹背的身軀上，散發汗味和原始的蠻力印象。右舷十分不同，一側已經清出了條路讓貴客們悠閒的通行，雖然每一名上船的乘客貴賓似乎都暗地裡側眼打量著對方，但面對面時又全都表現的十分得體及客氣，哈腰不斷。

「這艘破船最好掉進海裡！掉進去！立刻！」他聽見有人大喊。小小騷動掃過碼頭附近，聲音是從船上傳來的。作為一名大副，他掙扎著該不該斥責喊出這句話的人。船在這種萬里無雲的天氣停靠在港邊當然是安然無恙的，可是詛咒全船的那人理應被責罵懲罰，這是掌管一艘船的鐵律。他決定忍住漲至喉嚨的怒焰，先撇開處罰的想法，專心點清上船的人員和物品。秩序要緊。他嚴謹的檢視所有通過的人和物，並在羊皮紙名單上一一打勾。過沒多久一船員走上前，抹了汗對他說：「咱這最後一批貨了，頭兒。」他是個壯碩的特魯族人，遍布臉上的黥面是水藍色的，操著粗重口音。這人好像叫哈伯？還是哈利？

「知道了。全都搬下去擺好，列張清單給我。」他喜歡清單，更喜歡將清單上的項目一個個劃除。他又抓住那高壯船員的肩膀，「嘿，不准有遺漏。還有，把剛才在底下鬼吼鬼叫的傢伙帶來找我。」

黥面的臉露出難色。

「怎麼？」

「剛剛那……是船長在扯嗓子吶。」船員抓著頭道。

「船——」他打住。原來眼球翻白的速度能夠這麼快。「月火的，他真瘋了。你走吧。」

船員鬆口氣，一溜煙的跑了。

手上都是汗。他趕緊用手巾抹淨剛才碰人的那隻手，快速環顧四週以確認每件物品都打理整齊、謹遵秩序。目前為止天候似乎沒有阻撓的意思，實屬難得。船艦與港岸連結的粗繩已經準備好解開了，桅上收起的帆是白色的卷軸等著被展開，風吹得纜繩不停搖晃，似乎連整座港口都侷促地等不及送行。這是他晉升為大副後第一次領航，因此一切都必須毫無瑕疵的進行。他絕對不能像前任大副佛洛恩（Forloryn）一樣……此時身後有人突然問：「出航不會耽擱了，我希望？」

他轉過頭：「阿，不必擔心，船長他只是……累了。本船馬上便會啟航的，先生。」

陰影下倚靠著一人。那剪影顯現纖瘦俐落、手腳修長的體型。好久沒看見人穿奇東袍了，尤其他又橫肩披了一件及腕的蚌袍，雖與尋常旅人相去不遠，但即使是尋常旅人也不會這般刻意地選擇平民的服飾。其姿態如出眾的舞伶，安靜地網羅觀者全然的視線；舉手投足間，蚌袍隨之舞動，帶著緩慢而安靜的氤氳，將力與美的天秤傾向後者那一頭。說話的嗓音令人想起某種失傳已久的古樂器，抑揚間帶著自然產生的節奏感。

「請直呼在下的名字吧。」陰影裡的人說。

他當然記得名單上每一個乘客的姓名：「我知道了，沙散諾（Thothano）。」

「如此年輕便擔任大副，絕非易事。」沙散諾道：「特別當此船……嗯，在下一時找不到形容詞。」

他毅然道：「商雀號（Fall Finch）是商船中的佼佼者，論速度絕不會輸給任何艦艇。」

沙散諾站到了日光下。一襲合身的白色罩袍，樣式讓人想起祭司的袍子，不過他輕盈的體態在陽光下更為優雅，宛若千錘百鍊後活靈活現的雕塑。白紗。他臉上圍著白紗遮住五官，看不見表情；只有紗間的兩道目光明亮。沙散諾隔著面紗淡淡說：「呵，在下並非這個意思。這是一艘很美的船，在下從岸邊遠處便欣賞之，此時更覺無誤。閣下很是幸運。」

「也請直呼我的名字吧，我堅持。」他覺得氣宇軒昂的沙散諾不難相處，前提是其真面目確為如此。

「好的。」

「頭兒！」一船員從船尾扯嗓子喊道：「兩位大人到港口了！」

沙散諾奇道：「哦，尚在等人嗎？」

他正要回答，便聽見長長的吆喝聲。兩列全副武裝、腳步統一的衛兵。熠熠生輝的金屬身子並立至碼頭兩側，腰間赫然配著劍。接著從建築物旁的牛皮遮棚底下緩緩步出數人，帶頭的一眼便有貴族的模樣。光亮的鞋靴踩著碼頭的乾木地板、錦衣首飾對比平民的麻布衣著、走馬看花的步伐與辛勤流汗的船員；那幾人散發的氣質全然排斥著港口的平民勞工氣味。更離譜的是，貴族完全明白自己的格格不入，反倒驕傲的抬頭挺胸。

他快步站到了登船處、理過衣領並擺出專業的微笑：

「公爵大人、男爵大人，歡迎蒞臨商雀號。」

這兩貴族有著天壤之別。走在前方的老男人已過半百，油頭和鬍鬚都帶著白絲，多汗的臉上盡是厭惡與疲倦；他的衣著華貴多彩又緊繃，儼然支撐不住穿戴者的臃腫體態。旁邊是一位目光精明的中年男子，衣著雖高貴卻也嚴謹許多，至少像是知道自己即將在船上度過數日的人。後頭的僕人和婢女皆低著頭，替兩位大人拖著沉重的行李。

「沒有搞錯吧，選這種天氣出航？」臃腫的老男人怨道，一邊用手帕擦著汗一邊蹣跚行走。微笑略為減了幾分專業：「公爵大人，船艙裡已然備好您的房間以供休息，請放心。」錯不了的，這老男人便是公爵。大副依稀還記得老公爵寫在邀請函回函上的話：船不該飛在天上，也不該在海上，因為如此龐大的人造物隨時都有解體可能——信紙下方蓋著華美的暗紅色戳記，圖案是隻猛獅——但他還是來了，真是狗改不了吃屎。

那頭肥胖的老獅子此時睥睨著周遭的粗繩索、龐大的貨箱和走動的勞力。你若直視他，他便會將肥垂的下巴上揚幾分，硬是要俯瞰著你。這是一頭住慣了宅邸豪院的獅子，當然不願待在日曬潮熱的甲板船艙之上。

暗紅色的手帕揮了揮，可是上頭的獅子永遠不會活過來。老公爵也沒有多和同行乘客打過招呼，便搖晃著朝艙房走去。

這時，輪到目光精明的中年男子走上前。那人穿著海軍藍的軍人外套，梳到後頭的頭髮十分整齊，笑容得體且拘謹。既不是俯瞰也不是仰望的歉然道：「這位想必是商雀的大副。請原諒公爵。長途跋涉。」他的脖子略為折動了一下當作是點頭致歉。一雙顴骨禿起的地方，讓人想到演舞台劇才會佩戴的面具，上頭可以畫上喜怒哀樂的表情，然而配戴者在面具下的表情卻一無所知。「當然。」他努力讓自己聽起來世故點，並與男子握手：「男爵大人，容我冒昧地說，當初信上只提及您二人會上船。事實是，本船恐怕沒有辦法容納這些僕役和保鑣。」

「嗯。」被稱為男爵的精明男子頷首道：「我能夠理解，畢竟這不過是艘商船。但是，公爵他的生活較為……充裕，失去僕役對他的衝擊想必不小。」

他皺了皺眉說：「我會去和公爵說明的。」「噢，不，讓我來吧。」男爵說：「若是由大副前往，叔父只怕會威脅著要將船員趕下船、而非他的僕役。不如……尋求折衷，只留一名貼身僕役服侍叔父即可。這樣對雙方都好且不傷和氣，可好？」他惦量了一會：一名僕役所增加的載重和伙食，尚在可接受的範圍內。於是他表示同意，男爵擺出一副「你當然會答應」的微笑，又不經意的瞟了圍著白紗的沙散諾一眼，表情閃過陌生的疑惑。

男爵也移動至艙房後，沙散諾又開口了：

「年輕的大副，在下相信你知道你吃虧了。」

「有嗎？」他老實地反問。

「男爵的提議聽似兩全其美，卻只是兩方討好——稍稍得罪年邁的公爵，便能讓大副你欠下一個人情。」他還真沒這樣想過。他必須更加注意這些待人處事的權衡之局，否則只會跟佛洛恩大副的下場相同。

「沙散諾你呢？旅行時不需要僕役嗎？」他頗為受挫的轉移話題。

「在下的族群只怕是沒有區分地位高低的。倒是公爵的生活如此奢靡、姿態如此高傲，又毫不隱藏自身的家徽，在下只得研判是來自王城、近來捲入王位鬥爭的辛叢（Psinzon）公爵。」

「你沒猜錯。」

「而那位是威廉・布萊茲（William Bleitz）男爵，他的姪子。兩人聲名遠播，都對蒐集奇珍異寶有著相同的熱忱。」

「似乎沒有事情瞞的過你，沙散諾。」

「在下的習慣是隨時保持情報暢通。」沙散諾輕描淡寫地說：「嗯，有趣的乘客、價值連城的商品；看來這會是趟難忘的旅程。」

在兩人談話之餘，所有貨物終於進到了貨艙，多餘的僕役也被帶下船。舵手發出號令；船員們將纜繩一扯，只聽「嘩」地一聲，白帆卸下頓如蒼鷹展翅——就連站在甲板上的二人也被刮起的風掃過，有一瞬間每個人都抬頭仰望著徜徉的幾片雪白——橫跨主桅的側帆並非全然水平，而是有傾斜角度的鰭狀，如同飽滿的羽翼在風的吹動下延展鼓脹。港口邊漸強的風正好配合著起飛的時機，流暢地跑過商雀號的帆繩間。她也躍躍欲試了。

「我必須指揮啟航。失陪了。」他突然想起，必須趕快拿到那張清單，並務必謹記佛洛恩當初如何殉職。看著他走遠，沙散諾白紗間的潔淨雙眼透出笑意。「與你結識是在下的榮幸……拉雷恩。」

＊※＊

商雀號展開羽翼離港。

婢女正著手為公爵整理行李。她跟隨爵爺上船，並把辛叢公爵和布萊茲男爵的行囊放在最大的兩間艙房；比起掛滿吊床和髒衣物的險惡船員室，這兩間房簡直如皇宮宅院般華麗。辛叢公爵有一個很簡單的習慣：能坐時，絕不站。因此凡是站立超過一刻鐘的行為全都不會出現在他的行程裡。至於身旁周遭的僕役是坐是站，都只是枝微末節的小事。窗外變化的光影顯示船正離港升空，輕微的搖晃險些讓她的大紅寬帽滑落。為什麼船能飛？她曾好奇，但是跟隨貴族們南來北往的她早已收起了危險的好奇心。她將那頂大紅寬帽的帽簷壓得十分低，即使船艙裡一點陽光也沒有。

公爵坐在躺椅上，悶問：「我的腳墊呢？」

「在這，大人。」婢女將四腳的軟墊搬到躺椅旁邊。

「茶。」

她拿起茶几上的水壺，緩緩將熱水沖進瓷杯裡，嘴中的呢喃細小如鵑啼，此為一次，她說。

公爵啜了口茶：「妳說什麼？」

「大人，您需要幾匙糖呢？」她道。

「兩匙。月火的，這天氣快把我逼瘋了！唔……威、威廉，威廉人呢？」公爵漸漸發現，只有吼叫才能讓諸多下人聽進去。

「男爵大人正在與大副談話。」

公爵不厭其煩的比劃：「叫他快點把東西拿到手，我要在開始前知道所有——」突然，一只茶杯被他肥壯的手拍落茶几。婢女站在茶几旁一動也不動，也沒有試著接住杯子，紅帽簷底下的表情同樣未動。「框」一聲，杯子接觸地板隨即碎裂，瓷片飛散時劃過她的手，留下一道紅色傷痕，和那頂帽子一樣紅。

「喂！笨手笨腳的賤人！利索點！」公爵甩著被茶水浸濕的袖子說。

她抬起滴血的前臂，小聲說道，此為兩次。

「說話大聲點不會啊？支支吾吾，當老子是來聽妳訴苦的？」

「……小女子是說，這不會發生第二次的，大人。」

「最好是不會，不然下次把妳那漂亮臉蛋也砸了。把其他僕人叫來。」

「小女子這就清理。」她的聲音依舊平穩。
公爵嗤了口氣，檢視起手中的帳冊，肩頭的獅子勳章紅如血印。
婢女倒退著步出房間。走廊裡有幾盞黃燈，但還是有些昏暗。她正好在轉身時看見了海軍藍的外套。
「男爵大人。」她主動說。
「唔。」威廉・布萊茲應道。
「公爵正在等您。」
「知道了。」他說：「妳去一趟貨艙，確認東西是不是在那。」
「請問，其他人呢？」她問。婢女當然鮮少發問。
「下船、回領地。」
「……老姜也下船了嗎？」
「老姜算在『其他人』吧。怎麼？」
「……小女子的行李寄放在他那。」
「這船不會為妳回頭的。」
她沒有回應，而是直接往走廊後方走。男爵眉頭一皺，伸手想要攔住她。那頂紅帽子突然停了下來——他看見婢女手臂上的血痕，頓時縮回了那隻手，就好像那頂鮮紅寬帽帶著火燙的熱度，碰不得。婢女的手臂完全沒有發疼的樣子，只是多了一道單調的紅色的裝飾，反倒增添了原本缺少的血色。
「妳……別做蠢事。」

她頓了一秒：「我不會的……男爵大人。」陰暗的走廊裡溫度驟降，燈罩透出幽微冷光。

一路上，婢女刻意避開會碰見男人的地方——船員室、廚房等。她的腳步放得很輕，黑跟鞋踩在硬質木板上竟完全沒聲音；這是不可能屬於粗人的、卑微僕役才能練就的悄然腳步，既無聲又不會打擾任何人。左拐、右彎、再右轉走下樓梯。她沒花上幾分鐘，便在船尾處找到了貨艙的入口。這裡不但無人看守，甚至能說是門戶大開。跨過寬大的門檻後，那頂紅帽四下張望了一會。只見高矮胖瘦皆不同的箱櫃與油布包堆積如山，長櫃儼然已經裝不下；有的在地上排列整齊，有的因為奇形怪狀只能斜躺在其他物品之上。許多物品的體積甚至大過她，還有的看似是剛包裝好，上頭連紙籤或名牌都沒掛。小格窗戶透進的陽光照射在這些遭覆蓋的財寶上，添上落塵的顏色後頗有藏寶山的模樣。

她提起手指捏著鼻子，開始在貨艙四處看查，只因空氣中瀰漫的那股味道——這不是古物散發的霉味、不是粉刷的防水油漆味、也不是財寶散發的銅臭——說不上酸或苦的氣味飄散在這房間內，令她想起公爵的領地裡有一間收藏室和這裏十分相似，僕人們暗地裡稱那房間為「藏寶窟」，收藏著公爵多年來潛心搜刮購買的珍品，然而她的搜括很快被人打斷。

「唔……我不記得有個姑娘上船呢。」男人說。

她沒有失聲大叫，只是停下手邊的動作。

堆積如山的箱子如鬆動的泥土翻動了起來。兩捆破舊的卷軸從上頭落下、一尊長頸玉瓷瓶被撞倒在地、幾座金銀器像是破銅爛鐵般滾至牆角。從藏寶山破土而出的，不是守護財寶的巨龍也不是死去七日的先知，而是一個男人——這金髮陌生人大喇喇躺在珍貴的商品堆裡，任由貨品埋過自己。金髮男人極具宗教味道的復甦，也揭示房內氣味的來源。只見男人右手抓著一只深綠色空酒瓶，腳邊還躺著另外三只。地板上處處可見暗紅色的酒漬。聽說體格瘦的人特別容易喝醉（但這沒阻止世間的瘦子喝酒）而金髮酒鬼的外表不但單薄，又顯得……特別歪斜；修剪半邊的髫渣、深秋稻草般的亂髮遮住了眼、過大的棉衫遮掩著身軀和長臂，下擺處還黏著不知是酒汙還是油汙的異物。四肢健全的他，總給人一種永遠都坐不直的邋塌感，像個窩在聖壇後頭偷偷過夜的流浪漢。

「呀阿——」金髮人伸了個大大的懶腰，酒瓶隨手扔到一旁。「嗯……吶。想聽件奇怪的事嗎？想聽嗎？我想說，我要說。聽著。每次我做夢的時候總覺得自己跟個呼風喚雨的月巫師一樣清醒理性、機智過人。可我又聽說不喝酒的人做的夢，全都模模糊糊、斷斷續續的，甚至起床之後沒多久便忘得一乾二淨。是不是酒裡有魔法，妳說這是怎麼一回事？」金髮人講話毫無間斷，內容更是令人難以回答。

酒瓶滾到了婢女腳邊。「唔，不愛聊天呢。」酒鬼自討沒趣的癟了癟嘴：「說妳該說的吧。」

「小女子是公爵的婢女。」她行一屈膝禮：「看守人，如果您願意，小女子可以幫忙整理貨——」

「不必了。嗝！哎呀，我放哪去了，真是……」他搖晃的站起身。這人好高，頭頂簡直要碰到天花板了，幾匹價比黃金的綢緞從身上滑落，他也滿不在乎：「等這艘破船出了國境，貨品們會一件件赤裸裸地呈現出來，一絲不掛，不必婢女瞎攪和。阿哈！有了！」他又不知從哪裡掏出一瓶酒，用歪斜的牙齒咬掉了軟木塞子。「妳剛才怎麼稱呼我的？『看守人』？真他媽難聽……這裡值得看守的只有黴菌和灰塵，小姑娘妳看看這些玩意兒，名家的真跡、失傳的收藏……妳幾乎能聞到這些東西散發的銅臭，是吧？全船上下穿金戴銀的客戶都把他們床墊底下壓著的寶貝送到這裡來，相信會以好的價錢賣出、而他們能拿那筆錢再去買更多珍奇異寶。對我來說這根本是死胡同，而且是很危險的死胡同。好多事能出錯呀！一口酒、一枝火柴，誰知道會燒掉多少錢？真不敢想像、真危險吶……話又說回來，我想必要再重複一次：

「我不記得有個小姑娘上船。」

她稍稍退了一步：「……小女子叫薔薇（Rossete），是公爵的婢女。」

「我管他是公爵、還是天殺的新月王！妳可知道這艘船的規矩？」

「薔薇只是個婢女。」她又退了一步。

他開始往前走，笑道：「婢女很好。凡是喜好杯中物的人都知道一定要禮遇端酒壺的人。」

薔薇頓了會：「……請問您是？」

他嘴角往上一揚：「我是『熱愛』杯中物的人，而妳……。」他瞇著醉眼端詳那頂大紅帽，即使底下的臉依舊躲藏著。「愛酒者的鼻子告訴我，妳並不只是個簡單的婢女。」

說起他的鼻子，正因宿醉而紅腫，像是被大黃蜂螫過。他跨出的每一步都歪斜著，隨船身搖晃。他很高，簡直能當馬戲團裡的奇人異士。可是她沒地方可退，背後就是貨架了。他長長的右臂倏地一伸，架住薔薇的纖白手臂。

「……。我會大叫。」薔薇說。

「哦？妳會？」酒鬼湊上前，那張嘴巴吐出的氣簡直能再調成一瓶髒酒了，「這薔薇難道帶刺？」

不論他如何靠近、如何拽著她的手臂，婢女都低著頭，但沒有畏縮。

「聽好了。」他緩緩地說：「這些貨，所有貨，都不是妳能動的。銀貨兩訖，這是規矩。」

——「你訂下的規矩。」

聽見這聲音，酒鬼馬上鬆開了那隻纖纖素手，並對著門口的方向說：「阿，備受尊敬的大副來的正好。喝一杯？」

「我拒絕。」拉雷恩站在門口，手裡拿著剛到手的貨品清單，而金髮男人儼然高過拉雷恩一顆頭，他氣餒的說：

「你煞風景的能力與不敲門的壞習慣恰成正比呢。正如我常說的……你記得我說過這句話嗎？是我夢中囈語？說的真是好……『跑到天涯海角做生意，就是要讓天跟海搆不著。』飛呀，拉雷恩，別忘了我們正在飛。我只寫自己的規矩。」

拉雷恩看了被逼到牆邊的薔薇一眼。他懷著一股氣，沒來由的氣，對高瘦的酒鬼說：「船上的規矩不能亂。」

酒鬼沉默了數秒，然後轉向門口、靠近拉雷恩，刺鬍渣臉和參差的金髮直接貼上到了拉雷恩的臉前。渾身酒氣的他一字一字地說：

「我的船，我的規矩。」

拉雷恩感覺手掌一濕，溫紅的液體從指尖滴落。貨品清單被倒出的酒給浸紅了。

「是的……船長。」

酒鬼咧嘴一笑，收回酒瓶，像是剛才的威脅從未發生。「好孩子。做一位紳士，護送薔薇小姐回去公爵的艙房吧。我要回到我的早餐時間了。」他搖一搖半空的酒瓶。

薔薇驀地出聲說：「不必了，大副……還有船長。小女子會自行回去。」她三步併作兩步離開貨艙，在視野及印象裡留下一道鮮紅的淺影。

「替我向兩位爵爺打招呼！」酒鬼……不，船長向著薔薇離開的背影笑說。

金髮船長轉過身：「還站在這做什麼？點貨呀。」

拉雷恩深呼吸了一次。他低下身慢條斯理的整理散落的珍貴卷軸，雖然不知這些羊皮紙上寫著何等胡說八道，他卻知道這些章節對某些人來說珍貴無比，也因此值得被呵護直到賣出。船長的的右腳還踩著一份卷軸被他用力抽起，依循卷軸的數字編號塞回牆櫃裡。完成這個工作後，貨艙的秩序絲毫沒有改善。拉雷恩環視堆積如山的寶物，暗自將自己比擬作人類英雄踏入奧林帕斯山的寶庫，深覺一股壓頂而來的自卑感；別說是眾神給予的考驗了，他連整理這些雜亂無章、千奇百怪的物品都無法勝任了。拉雷恩說：

「所有乘客我都清點過了。」

「怎麼樣，我沒猜錯吧？那個叫沙散諾的是不是長了個大鼻子才圍著白面紗？」

「這不重要。」

「當然重要，這關乎著我在做生意的時候會不會突然捧腹大笑呢。」船長一副受了傷的樣子說：「那樣多失禮阿。」

拉雷恩握緊了拳頭，他想到方才啟航前船長因酒醉而大喊瘋話的行為，又感到胸口那把火復燃起來：

「船長！我剛才如果再晚一刻走下來，會看到什麼？」

船長將亂糟糟的頭髮胡亂撥至腦後，歪笑道：「喔吼吼，拉雷恩老弟該不會是對小薔薇動情了吧？真可愛，像個純情青少年，但是這種男人間的話題，需要幾瓶黃湯下肚之後才方便討論唷。小拉，你應該沒有喝過酒吧？需要我教你嗎？」他的笑令人發毛，每次都是從歪斜的下巴到起皺的額頭，一路揚起發出顫抖的笑聲。

拉雷恩蹙眉道：「公爵和男爵才上船不到一個鐘頭，他們的僕人就差點被玷汙了！」

「玷汙？你真以為自己騎著白馬舞著寶劍呀，我的大副？這麼刺的薔薇，是難以被玷汙的。」

拉雷恩深深換了一口氣：「別惹火客戶，這是你教我的。」

「我也教過你，別讓商雀號的貨物被人偷拿走阿。噢噢，我的拉雷恩，你還有好多事情要學阿，不能讓規則、律法什麼的蒙蔽了眼睛。」船長說：「你看到婢女小姐手上的傷嗎？」

「有。」拉雷恩答道。

那條鮮紅的疤印在白嫩的皮膚上，連瞎子都看的見。

「看到她喊痛了嗎？」船長又問。

「沒有。」

「所以囉，這薔薇不但長了刺，還不怕莖被折斷……這樣看來，有些東西是我們親愛的薔薇不惜被折斷也要刺傷的。」船長不知從哪裡抽出一張米白色的長手絹，打量了起來。拉雷恩認出來那張手絹和婢女的裙子同色，想必是屬於薔薇的。何況渾身酒氣的船長身上也不會有這麼乾淨的布料，想必是剛才貼近的時候從薔薇那偷來的。不過，這油然而生的感覺是什麼？保護慾嗎？既然心中的清單上沒有這一項，拉雷恩決定忽略。

「你喝多了，船長。」

拉雷恩伸手請船長歸還手絹。

誰知船長只是聳聳肩：「沒有比平常多阿。過幾天就要上演重頭戲了，我可不想喝醉上場。」他伸出長長的手臂，搶過拉雷恩手上那張清單，逐項念了起來，「嗯……我看看……乘客：『胖獅子』公爵、『管他叫什麼』男爵、大鼻子人……」

拉雷恩咬牙道：「對，這三人是你重頭戲的主角。」他打量散落一地的貨物。大主教遺留的卷軸被棄之如敝屣、獨角獸的斷角被埋在一張藏寶圖底下。他暗自發誓，一定要找時間把這珠光寶氣的贓窩徹底的整理一遍，恢復應有的秩序。

船長道：「你確定？」

拉雷恩說：「非常確定。」

「我若是你，會再三檢查的唷。畢竟……」船長用手掌捧起米白色的手絹，放到鼻子前用力嗅了一口：「呼——哈。畢竟酒鬼的鼻子是很靈的。」

向來被打不還手的拉雷恩再也沉不住氣，看準了時機，一把奪過手絹。

他立刻瞪大眼，又丟下手絹。

為什麼丟下了？

因為小刀掉到了貨艙地板上。

一手掌長、造型簡單的刀，沒有雕飾或花紋。兩面看起來都頗鋒利，略為彎曲的刀身端處尖銳的反光。它不是直的。直刀是工具；餐刀、柴刀和菜刀都是直的。至於帶弧度的刀則是拿來傷人的，因為拔出較快。地上躺著的這把小刀，已經拔出了。船長「哎呀呀」的嘆了一聲；已經出鞘的刀只有兩種可能。已經傷了人，或是正要傷人。說了這麼多，都沒說到重點：為什麼婢女的手絹裡會藏著這樣一柄小刀？

這樣的凶器，讓拉雷恩的腦中又閃過佛洛恩大副的死狀。佛洛恩，一位行事俐落且盡忠職守的好大副，偏偏在今天不斷被提起，那張虯髯粗獷的臉就像宣傳海報裡的人物，英魂不散地在大街小巷跟隨著拉雷恩。

船長用手絹抹去金色鬍鬚上的酒沫：

「你還記得佛洛恩的事嗎？」

看來兩人想到的是同一件事、同一張臉。

連那「臉」字都沒聽完，拉雷恩已經如離了弦的箭矢衝出船艙。

＊※＊

二之二、薔薇與刺 The Thorned Rose

威廉沒有懷疑過自己的身分。他從沒有想過「為什麼我是現在的我」。他不需要。這樣的不存疑，想必在誰身上都是一種特權吧？你若想知道威廉．布萊茲的故事，也非難事，因為他從不隱瞞。他的服裝比一般人一輩子穿的所有衣服加起來還要昂貴；他的襯衫燙的平整，沾上髒汙便立刻更換；他肩頭的勳章代表參與過的幾場小戰役，擦得雪亮；他沒有佩劍，可是走路的姿勢至少表現地像個揮過劍的人；他說話總是不大聲也不小聲；他雖有個頤指氣使、脾氣暴躁的叔父，自己從不使喚僕人，也很少大呼小叫；他自己鋪床疊被、自己騎馬外出、甚至自己縫補掉下的衣服釦子——如果抓過領地裡的任何僕人一問，都會說布萊茲男爵是個確確實實的「平凡」貴族。

但是到底……到底為什麼沙散諾左看右看，也看不到威廉．布萊茲的「心」呢？這對沙散諾而言幾乎是種恥辱。

商雀號翺翔向上，不知不覺間距離地面已經有數公里高。下方遠處，原野上那些瓦片缺漏的農舍與黃稻草屋頂，變的如針織地毯上黃、灰與栗色交織成的紋路。

他們身處這間大型艙室平常是船員們休息吃飯的地方，四周的堆積著木桌椅和工具雜物，足足佔據了整個牆面。除了船上供兩餐的放飯時間，這房間更是禁止進入，否則視為怠忽職守。沙散諾已經花了半個鐘頭和這位男爵談話。他那彼此太過熟稔的家庭、太過不熟稔及守貞的婚姻、他在政治上的失利、商業如何從朋友間的耳語變成他叱吒風雲的領域、以及隨之而來如草藥上癮般的興趣……；男爵流暢地應答著這些話題，簡直像是排練過無數次。他解釋道：

「你搞錯了。叔父並不想要篡位。他從未考慮過這種大不敬的想法，只是宮廷貴族們的結黨營私讓他十分不耐，無奈之下被捲入姻親的王位鬥爭。」

沙散諾說：「在下明白了。那麼……公爵大人來此躲避權位鬥爭。男爵大人，您又為何一同來到商雀號呢？」

威廉淺笑道：「和你一樣，是來尋找的。」

沙散諾問：「找什麼？」

威廉說：「我想你知道的。」

「您如何知道所尋之物一定在船上呢？」沙散諾語帶保留地問。

男爵的家鄉遠在鄰邦。起先他對此行一無所知，幾年來他與辛叢公爵已然陷得很深，二人不惜重金、動用不少關係去打探消息，「時沽」雖不合法，但只要做足了準備工作、賄賂了對的執政官，兩人的眼線能比任何帝國或城邦還要四通八達。也許年齡影響了野心，注重享受多過成就感的胖獅公爵，將擁有，視為寫字板上的劃記，累積得越多越好，反倒是男爵自己，他更像是運動會上的選手，不顧一切奔向標竿與桂冠。他旗下的信使數量堪比溝中老鼠，貴族的手腕給予名義，如參加祭典、舉行比賽等場合，但男爵從來不用蠻力奪取，他得知商人們研發出印鑑作為身分的憑依，於是他也用自己的印鑑封箋，一張張羊皮紙送至境內各地的眼線手中，任何奇珍異寶的消息與耳聞，都上報給他，即便只是可笑的街坊議論，眼線們大多連聽都不願意聽了，只負責上報，但消息匯流到男爵的住所時，卻可以一目了然其中的虛假。寶物易手的範圍甚至延伸至海岸地，群島和幾座峽灣城邦都有，然而男爵沒有將成功視為成功，他如同戴上一副又一副的面具，將蒐集寶物當作戲劇，表面上是被悲劇與喜劇面具遮蓋的人，偶爾在眼睛的洞孔處，看見真實的欲望一閃。這就是為什麼，今年春天寄來的那封信讓男爵與他的叔父又驚又喜，真正的寶物可能在商雀號上，那封信雖然囑名是給了公爵，但是男爵毫不猶豫地自願同行。

「那信，不是寄給您的？」沙散諾問。

威廉解釋說：「不是的。有天晚上，打掃叔父書房的僕人禁不起好奇心，拆了叔父的信來看。事情於是在僕人間傳了開來。」

「僕人犯的是重罪吧。」

「叔父確實動怒了。」

沙散諾面紗下的眉目輕皺：「後來呢？」

「她是地精。」威廉嘆道：「可是叔父大怒時也忽略了什麼兩族和約，堅持在眾人面前處決她，以殺雞儆猴……。我不知道叔父究竟怎麼了，好像著魔似的……坦白說我是在那個炎熱的中午才知道，地精的血液是紫色的。」

沙散諾心頭一顫，說：「……要當一位好的僕人並非易事。」

「要當一位好的姪子也不容易。」

「……言下之意是？」

威廉換了個坐姿：「我經常收到……各方的壓力。諸如領地內的臣民奉勸我、王城的貴族指示我，要我盡快請叔父退位。」霎時間時鐘的齒輪落入定位，一切如公母交配般吻合。有了！沙散諾定神聆聽；這是半個鐘頭以來威廉‧布萊茲第一次說到關於自己的情報。

威廉續道：「我的確知道，以叔父的年紀與脾氣要統治這麼大的領地，實在力不從心。可我雖身居男爵位，做官的意願向來不高。」

「不執政？」沙散諾繼續放話詢問：「那麼爵爺您的志願何在呢？」

威廉想了想才說：「唔。我聽說南方民族將四十大關稱作『非惑』，意思是自己想要什麼、討厭什麼皆瞭然於心。」

「您達到非惑了嗎？」沙散諾客氣地說：「在下倒不覺得您像是有四十歲。」

「太客氣了，沙散諾。」威廉笑道——這人怎麼會不願做官呢？他的笑容非常……端正。如此正式且妥當的笑容、看到地精被斬首也面不改色，唯有在鏡子前反覆練習才能達成，正是所謂「嘴笑眼不笑」的表情。沙散諾看了竟有些佩服。

「容我冒昧。沙散諾你又是被何陣風吹來的呢？」男爵問。

沙散諾隔著面紗說：「在下不過是一介學者，不足為奇。」

「學者值得敬重。不是有句俗話嗎？知識能分辨真偽。」威廉說。

「知識能帶來力量。」沙散諾淡淡地接道。

威廉好奇道：「你也知道。這是月族俚語吧？」

「是的。」沙散諾用奇異的方言重複了剛才那句話。「男爵您懂月語？」

「噢，不。」威廉輕輕搖頭：「只不過辛叢家的領地恰巧在南境邊緣，而蒐集寶物又時常與月學學者來往。」

「月學……。好字。」沙散諾品味著這個詞，好像能咀嚼出糖汁一樣。嚼著嚼著，他像是突然嚐出了樹皮味，問道：「您既然從南方來，想必聽說了高山城邦的慘案？」

威廉眉頭一皺道：「當然。其實邦主和叔父是多年的老朋友。」

「請節哀。對那起案子人們可說是眾說紛紜。您有什麼看法呢？」沙散諾問。此時那件袍子下的身體正微微顫抖——他刺探人的毛病始終改不了，好像抽煙斗或喝烈酒一樣是個陳年的癮頭；平時過過癮倒也還好，到了重要時刻想要戒癮實在難上加難，而且往往帶來知識的惡果。

威廉想了想：「犯案者雖可惡，那背後的貪婪之心才是更應該戒慎恐懼的。」

「您不覺得應該嚴懲兇手？」沙散諾問。

「我這樣說吧：你會想要嚴懲獅子獵捕羚羊嗎？還是說，會想要觀察周遭的人，有沒有獅子的眼神？對那些懷抱恐懼的人來說，一位強大的月會因貪婪犯下弱肉強食的惡行，乃是天性使然，就與尖耳朵一樣。」察覺自己說得太多，威廉表情一變：

「這並非針對你……或你的族人。」

沙散諾的顫抖變得異常劇烈，但不再是因為長年的癮頭。風雲變色間他忽看見男爵的面具長著鬃毛、張著利牙。威廉反倒鬆了口氣，他很高興半個鐘頭的示弱與交際，能探究沙散諾的底細。現在他確信了，沙散諾想必也是其中一位收到信的人。威廉笑了，換了張面具的演員，笑容顯得淒苦而哀怨：「你一定覺得我是壞人，但我必須澄清這絕非出於自願。邦主和叔父之間實在是老交情——甚至能說，邦主是宮廷裡唯一支持叔父在位的人。嗯……『曾是』。」

沙散諾雙眼圓睜，幾乎要迸出血來。他倏地站起身，手臂處的布料透出一層光，纖長的手指不住發抖，控訴著誣陷族人的男爵：「你——！」

這時只聽一聲轟然巨響，竟連在場的二位、走廊上的水手都嚇了一跳！木牆上本來是扇舊門的地方被砸出一個大洞，裡頭一片漆黑。過沒多久，一名金髮巨人從洞裡走了出來。

「吱吱喳喳的，早餐時間都被打攪了。」他的左手握著一只半空的酒瓶，右手握著……對，必須承認那是一把鎚子。無論是誰看到那麼大的金屬鎚，想必都會想到鐵匠舖裡用來敲打熔鐵的工具。只見巨人單手持著長約一尺的金屬鎚，如提著樹枝般輕鬆。鎚子的握柄和頭都是某種說不上稀有或常見的金屬，鎚頭的側面更印著巴掌大的圖印——看到圖印，艙房中爭吵的二人立刻知曉來者是誰。

很多時候，拳頭大的人說話最大聲。這句話也適用在鎚頭的。布萊茲男爵抓緊了眾人皆詫異的機會，說：「船東。感謝您的來信邀請。」

「信？什麼信啊？」船長將金屬鎚立在牆邊，繼續喝著酒。

威廉語塞了一會，沙散諾見機便說：「您寄出的邀請函上頭還有您的徽印。」他瞟了一眼金屬鎚的圖印，「信上寫著『唯有持信者得參與時沽』。」

船長甩甩頭說：「噢，信呀。我都忘了……。欸，不過寫了就是寫了！白紙黑字多好啊，像我最討厭的就是用武力，你爭我奪的多不方便。看看我這樣磅——！獨眼巨人都快被我吵醒了。偏偏師傅的教誨深刻：拳頭總是極富效率。兩位請見諒呀我也不想這麼唐突的出場，不過要是遲個幾秒會發生何事我是難窺天命。商雀號向來以和為貴，在這裡要打架要親熱都不關我的事。只要把錢包準備好我的船誰都歡迎。」他的話如珠炮，聽得沙散諾皺起眉，威廉則勉強笑了。

「以和為貴，沙散諾。」男爵對圍著面紗的月道：「這不是針對你。」

沙散諾怒道：「殺害您叔父的朋友、誣陷給我的族人，僅為一封信？」
男爵說：「恕我直言。如果明白這些年來那兩個老頭子聯手幹過的勾當，便會知道這不是惡行！再者，那絕不只是一封信，你我都清楚這艘船上有什麼……」
船長將笑容藏在酒瓶後面，看著兩人爭執。
沙散諾冷冷地說：「不懂的是您，男爵。您難道以為除去高山邦主，便只需要與我爭搶此物？」
「不需『以為』。我明白的很。現在這艘船上唯你我有這信了。」
「……。」

「等等！」船長突然舉起瓶子打斷兩人，他指著男爵問：「那朵花……是你買下的，不是你叔父嗎？」他甩了甩頭，「哎呀，哎呀呀。我竟猜錯了。看來我欠拉雷恩一杯。」
「花？你在說什——」威廉突然瞪大了眼。
其他二人能看到，那張面具改變了。
在艙房有限的光線照射下男爵的面具第一次顯得光影分明——本是一頭狩獵得手的驕矜雄獅，卻忽然被爪下的羚羊反撲，喪失了主控權，在草原的漫漫長草間挨餓受驚，震懾於羚羊的剽悍野性，也敗倒在自己的驕傲之下。
「這就是喝下別人釀的酒的下場。」船長說。
沙散諾疑惑道：「酒？閣下是什麼意思？」
「噢，我忘了你是月，這比喻不恰當。當我沒說。」船長搖著手，又小聲自言自語著：「竟然是尖耳朵阿……還真不是因為有個大鼻子，我欠拉雷恩兩杯了吶……」
威廉猛然大聲問：「船東大人，那女人到底做了什麼？」
「她是你雇用的吧。」船長說：「她做什麼我哪管的——」
一聲長叫從走廊另一頭傳來。
三人再也沒空互相詢問，箭步跑出艙房。
油燈的光競相剝落木牆的花紋，將人影變化的張牙舞爪。
他們循聲跑過走廊，左右亂拐，最後停在底部的貴賓室外頭。
大副拉雷恩正跪垮在地。
身前是一灘鮮血，紅如玫瑰。

＊※＊

殺手是個有趣的概念。
殺手是一種職業，他們售出的服務便是生命。這個職業的起源眾說紛紜，有人說是諸神首先雇用殺手；譬如眾神之王派出的巨鷹，日夜反覆啄食鍊在山壁上的普羅米修斯的內臟，只因他為人類偷了火焰。誰能說老鷹沒有拿到豐厚的獎賞呢？在殺手的世界裡生命是一種計價單位，只要付出相對的金額就能取得，有時錦上添花還能獲得額外的名聲。顯然在這價值觀扭曲的職業框架下，「交易」體系依舊存在且持續運作著。
你大可肆意的說殺手是毫無道德標準的一群人，畢竟雇用殺手的人不論何時都會找尋適切的藉口以除去敵人；道德辯解、追求正義、血海深仇、覬覦利益或是為了懲罰教導人類生火的上古泰坦。巨鷹或人類、地精或月、利爪或利劍，只要能夠幹成一筆勾當，手段如何骯髒也非重點。因此一位經驗老到的殺手能夠看穿雇主的意圖……而真正的殺手不會在乎雇主的意圖。他們只要牢記一件事：每個人都想活下去。有的人多、有的人少，但每個人都已將自身性命的價碼牢記在心。

腳凳倒了。除此之外，公爵的艙房和兩分鐘前並無不同。帳本仍舊翻開在同一頁、熱茶還冒著煙、打破的茶杯還散落在地毯一角。拉雷恩跪坐在房門口，表情愕然萬分，嘴中細語：「這……不……這……，又是這樣……」

高大的船長憑著一雙長腿，首先到達了門口，他向內看了一眼：「哎呀。那地毯是獨角獸皮耶，真是糟蹋了好東西。」

布萊茲男爵也到了門邊。他看了房內的景象，接著抱住腹部乾嘔，看來男爵知道地精的血是紫色的，卻從來沒有想過人的血是紅色的。遍地血漿一路由地毯內側擴散到了門邊，剛好停在拉雷恩身前，一灘深紅將珍貴的毛毯浸為暗棕色。男爵好不容易止住了反胃的感覺，卻沒有辦法提起勇氣走入房間。雙腳像是被釘在了原地。獅子畏縮了。牠知道自己放縱自然的反撲，才造成現在這般後果。

只見婢女薔薇靜立在躺椅旁邊，一動也不動。她身上奇蹟似的一滴血都沒沾染，米白色的長裙依舊一塵不染。唯一的不同是，薔薇的帽子不見了。那頂從未拿下、遮住臉龐的大紅寬帽此時不見蹤影，薔薇真正的模樣也終於展現在眾人面前。盤起的紅髮，白皙的頸頷……甚至連拉雷恩他自己也感到困惑的是，他內心為何正被這女人吸引。

並非病弱或高貴，她嶄露氣宇軒昂的態勢；個子不高，只需要一身英氣就把眾人都比了下去。她緊抿著嘴，兩唇都發白了，眉宇間透著利刃般的冷意，卻不知是因為驚嚇還是興奮？這當然不是被美貌震住的時候，可以說沒有比這更糟的時間了。但……拉雷恩甩不掉一種想法：這位女子她肯定是雅典娜染紅了長髮、走下了奧林帕斯山、降落在這艘商船的貴賓室裡。除此之外還能有誰有這般堅毅超凡的風華？

薔薇雖美，莖卻帶刺。躺椅上的公爵，其樣貌雖沒那麼精彩，卻肯定令人移不開視線——巴掌長的口子劃開了公爵多層肥胖的頸部。傷口深而精確，將頸動脈一舉劃開，血濺當場。他的臉上還帶著震驚，卻只能是十分僵硬、再也不會動的震驚。

薔薇丟下手中的瓷杯碎片，冷道：「……這是第三次。成交。」

第一個衝進房間的是沙散諾。他推開船長與男爵，快步走到公爵旁邊，枉然的檢查著老獅子的生命跡象，純白的袍子很快就被染紅了。薔薇絲毫沒有阻止沙散諾的意思，她甚至沒有露出惶恐或害怕的神色。她轉過頭看向門口：「你以為拿走了我的刀就行？」

船長抓了抓頭道：「當然不是，只不過想拖慢小姐妳。但我猜錯了。原來殺手的雇主是姪子，不是叔叔，慨然慨然。」

薔薇說：「和布萊茲無關。這是……為了大義。」

威廉大驚，指著她說：「妳——」

薔薇向他瞪了一眼，讓男爵雙腳發軟。她已經完全脫去了剛才低頭不語的婢女模樣：「住嘴！道德淪喪的人沒資格教導我道德。這是你要的吧，男爵大人？等到東西到手後，你遲早會聘我除去老獅子的吧？就像在高山城邦一樣？除去這種官，人民都該感謝我。

「骯髒的老獅。」

她往地上啐了一口。

「我——」男爵一時語塞。

羚羊不只是反撲，還轉身踏死了獅子。

拉雷恩好不容易爬起身。他說：「船、船長。公爵他……」

船長喝了口酒：「嗝。拉雷恩，出了航做生意就是要躲避律法。這裡是天空阿，我們又有什麼資格阻止殺手賺錢呢？我是商人，商人一旦簽下了契約便不可違背之。」

拉雷恩幾乎要翻臉。

「這上頭有你的印鑑。」薔薇從懷裡拿出一封信，上頭的徽印和船帆上的相同。「公爵現在用不到它了，就當作我的酬勞吧。」

在那一刻，布萊茲男爵和沙散諾不禁一頓。

他們各自拿出相同的信箋。

信共有三封。

過了數月竟一起回到商雀號。

三個持有者不約而同地看向金髮的船長。酒鬼巨人狡黠地笑了：「都到齊了，戴歐尼休斯庇佑！諸位不會對本船的商品感到失望的。請容我重新自我介紹。我是商雀號的船長阿格拉斯・金不換（AgorusPriceless）。」

沒人嘲笑這名字。噢，不，應該說唯一笑得出來的只有阿格拉斯自己。對其他人而言，「某物」的欲望吞食並釋放著醜惡的氣味，搭配癱坐在躺椅上的屍體透出腐朽且神祕的腥味。離港的商雀號顯然已經掙脫循常律法的桎梏，到了這裡便只有人與人之間貼近本性的對峙。勝者得以抱得寶物，而敗者的哀號在數千呎高空中無人理睬。

這是拉雷恩無法理解的壓力，他痛恨這般沉默，呆愣地看著三位客人，反胃欲嘔。男爵為何不哀悼叔父的死？沙散諾為何收起了怒氣？薔薇究竟是什麼身分？諸多疑問沉如鋼鐵，將他壓的喘不過氣。混亂的腦袋卻又想到了佛洛恩大副的死——平時一絲不苟的強壯大副，在領到薪餉的那天稍加放縱了一下，被人發現時已經身首異處躺在後巷的血灘裡——既然這是貪婪所帶來的下場，為什麼人的心還不斷生產著無窮欲望？他看見薔薇手刃辛叢公爵。對於美的震懾和畏懼在心中交和。全副的注意力都擺到了薔薇身上，好像暗自盼望著能從雅典娜的身上得到某種答案或啟示。

「這間房我要了。清理乾淨。」薔薇頭也不回得往外走——沒有人敢攔下她。

走過門口時她的袖子輕掃過拉雷恩的手臂，螫出一陣刺癢。

這樣一朵帶刺的花，老夫還能怎麼形容呢？

＊※＊

三、故事與床邊 Story and its Lair

小時候，是好久以前的事了。

母親總在他興奮地睡不著覺時，唱一首歌。明明就是些拿來嚇唬小孩子的童話，其字與句卻總是能讓他冷靜下來。也不知道是因為懵懂無知的聽了內容，或是因為母親幾近哀傷的優柔嗓音，在那林間農房裡聽來總是倍加溫暖催眠……

她自然而然地留下，
她毅然決然地等待，
她從未被眾神趕跑，
她從未令眾生絕望……

這首是他的最愛。母親的歌聲和故事卡在他腦中的角落，蹲坐多年徘徊不去。在暴風雨來襲、流落街頭、或是被流氓追打的晚上，他總是忍不住在嘴角邊輕輕哼著熟悉的旋律。小時候他其實從未搞懂這則故事的起源或結局，只知道這樣的一段歌謠有些像個護身符；雖不值幾枚錢，卻別具意義。

「快關上門。」

「門？啊，是。」

阿閃回過神，趕緊走到門邊，關上，接著索性將門閂及鎖頭也帶上。終於，風暴的聲響暫緩下來，像是野獸被阻隔在厚重的柵欄之外，無從肆虐。他將鑰匙交還給船長，老人則將鑰匙藏在懷裡最隱密處。

「船、船長。」

「嗯？」

「……薔薇小姐為什麼要殺人？」

船長深吸了口氣，一口濃痰卻卡住了呼吸，讓他又咳了幾聲：「唔咳、咳咳！你和她上船工作的理由相同，為了錢。」

「可是……男爵沒有聘用她呀。」

「呵。」老船長低頭看著掌上的羅盤寶物，緩緩說：「他確實沒有。」

阿閃眼見老人又陷入長考，索性繼續剛才進行到一半的體力活。

時沽號的貨艙沒有期待中堆積如山的的金銀財寶，只有木箱。他走到木箱堆成的山壁，一個個搬到兩旁，慢慢地清出一條路。阿閃本就不是個健壯或是手腳俐落的人，幸好這些木箱雖然或大或小，卻都是空的所以不重。他逐漸深入木箱小山的內部，那些檜和松、黴和塵的味道已經在鼻子裡混為一種全新的感官刺激，令人昏昏欲睡。

「把繩索繫緊！動作快點！」幣崔絲渾厚的嗓音從天花板上傳來，隔著厚木板，聽見甲板上人聲吵雜。阿閃不禁加快動作。風暴的聲音雖被阻絕了，帶給船身的搖晃卻還在。在這毫無窗扉的密閉艙房裡，阿閃甚至不知道這艘船離開碎磷森林了沒。好消息是，船身似乎沒有再次撞到山壁，這都要歸功於大副的指揮。壞消息是，天花板傳來的忙亂腳步聲示意著時沽號尚未遠離風暴。

風暴簡直就像在尾隨這艘船似的。

「找到。一定要找到她。」

阿閃繼續搬開木箱，心中納悶著船長到底期望能找到什麼。

終於，老船長回過神緩緩說：

「布萊茲他阿……僱薔薇殺邦主也是情非得已。邦主獲得賊匪般的名號，乃因他對南北幹道上的商旅課徵重稅，比強盜還要像在搶劫。而辛叢身為管事者，不但睜一隻眼閉一隻眼，還肆意徵收任何商旅所攜帶的寶物，納為自己的收藏。這兩人的狼狽為奸，一舉癱瘓了當時南境的大半交易。」

阿閃沒聽懂。但是母親說過，徵稅的人想必沒一張好嘴臉。

老船長接下來說的話讓阿閃停下動作：「人心叵測，與其問『為什麼』殺人，不如想這行為能讓她『得到什麼』。她是殺手，全大陸最好的殺手；最頂尖的傭兵、獨來獨往的軍隊。不過……再髒的報酬，也總要有個去處。」

「去處。」

船長解釋：「她既無城堡領地、也無家庭羈絆。賺了錢總是得花掉的。」

阿閃總算稍微明白了。他抱了個大木箱堆到左方的角落：「她也想要買寶物。」

老船長點頭說：「全世界，無人例外……。」

「那、那寶物是什麼？」

「……盒子。」

阿閃困惑地問：「盒子？——啊！」突然，他的腳被一個扁木盒給絆住，顏面落地，手中搬的箱子也掉了。

「痛、痛死了……」他爬起身，只見摩擦破皮的手肘腫脹且流著血。他這才知道船長剛才是在提醒他小心腳下。這個禁止船員進入的貨艙中堆積著如山的木箱，大小不一又擺放凌亂，一不注意就會絆倒人，讓這裡幾乎成了一座木製的碉堡。到底是廢棄多久的貨艙？舊暗的跟野蠻人的山洞一樣。

船長看著阿閃對手肘吹氣，又說：「對，就是個盒子。」他撿起剛才絆倒阿閃的扁木盒，撫摸著空無一物的內緣，「商雀號上有一個容器，裡頭裝著……老夫今生見過最有價值的東西。」

阿閃等待。

他等了一會，才發覺船長沒有要繼續說下去的意思。說不定賣關子也是商人的習慣。

阿閃想了想，問：

「是……龍的心臟嗎？」

「不是。」

「鳳凰蛋？」

「不是。」

「金羊毛？魔法杖？」

「不。」

「呃……是珠寶嗎？」

老人搖搖頭：「價值的定義是廣泛的。」

「那……要不然……是新月王的王冠嗎！」

「他戴得是裝飾用的藤冠。」

阿閃回想著先前在書店裡，聽過怎麼樣的傳說或神話故事。可是即使是英雄傑森在十二項考驗中尋找的寶物，也總有其好處與壞處。實在沒有任何一件物品像是容器裡裝的東西。寶物、寶物，最有價值的東西。無所不知的魔鏡也需要正確的使用者，必須對魔鏡念出符合的咒語，方成其效，至於屆時究竟是會使魔鏡開口，抑或是看見自己，恐怕必須親身體驗才行。

阿閃苦思之際，老船長問了：「你可知道這裡曾是什麼地方？」

「……我不知道，船長。」

老人以眼神輕撫過梁柱與牆壁，緩緩說：「時沽場（Timeworth Lair）。」

「時沽……和船名一樣。」

「我們在慶祝時吃阿、喝阿、玩阿，」老人靠坐椅背：「在這裡我們幾乎把自己當作神。我們販賣的珍奇異寶足已令任何人垂涎，販賣的手段更是既下流無恥又名利雙收。在這時沽場裡面，出價最高者就是贏家。我們創造對立、創造競爭、掌控慾望，令親人與盟友都反目成仇刀劍相向，就好比那……那什麼……那些混血月族，成天想著革命奪權，何苦呢？老夫告訴你何苦：因為唯有在衝突碰撞間，才會磨擦出漂亮的火花……才具備真正的價值。」

「價值。」

老船長對無知的觀眾嘆了口氣：「唉。這裡今非昔比。這場賭局裡每個人拿到的手牌、分到的籌碼都不同。咳咳……，我們都在等最有價值的一張牌抽出，使手牌變成贏局。玩牌與否，這就見仁見智了。」老人將羅盤握緊，蠟黃的臉上出現一種阿閃很熟悉的神情——獸欄裡的老棕熊閃爍著不滅野性、母親唱床邊歌謠時也帶有疲倦的溫情，好似本性中自有一種心境是不畏艱苦達成心中所願——她自然而然地留下，她毅然決然地等待。

阿閃說：「月……還有殺手也是？」一想到母親，他右手下意識地握緊幸運硬幣。

「特別是。」

阿閃說了他最常說的一句話：「我不懂。到、到底要多少錢才能買下寶物？」

老人這次的咳嗽特別嚴重，殘枝般的身體劇烈的發抖。

「更多。」老船長說。

積塵的地板和成千上百的空木箱，好像被施了魔法在幽暗的房間內共鳴。乾涸的喉嚨在空氣中產生兩座聲波，與遠處的風暴和甲板上的叫喊聲漸趨和諧。這兩聲不巧將風也喚醒了。

＊※＊

四之一、雲端之境 Gates to the Clouds

雙腳觸地的人跟栓在獸欄裡的走獸一樣，不會曉得雲海是有許多層的。

並不是一塊豆腐般的灰白水氣浮在天上，而是烤熟的白麵團交互堆疊在幾千呎高之處——最美好的是崇山峻嶺竟是透明的。頭重腳輕的灰雲隨時泫然欲泣、有的白色孤島寂寞的隨風推進、有的白色海洋遮蓋半片天。只需要花上幾分勇氣就能在千變萬化的雲丘、雲山、雲峰、雲海之間優遊。

桅杆劃破了魚肚白。

前進著、長高著；像熱刀切奶油，在白色平原留下一道痕。

奶油化開後綻出鰭狀的船帆、流線的船身。

最後整艘船艦躍出了雲海，抵達高空。

以賀博（Erabl）及其他幾名膽大的船員，靠著繩索和皮背心垂吊在船身兩側。

他們抓著纏繞船身的莖幹與藤蔓，深紅色的巨大船身被這些深淺不一的慘綠覆蓋，顯得生氣昂然。船員們即使穿著厚棉襖墊的外衣，在寒冷的高空也同樣一無是處。嘴巴吐出的氣直接就成了霜，連水氣階段都跳過了。

「吆——！」

他們撒開鋪天大網。

雲櫻（Veil Blossom）是天空中罕見的樹種。枝上的花色粉黛繽白，粉紅的配色點綴阡陌枝椏，有如艷紅染上白霜，殘留深淺不一的痕跡。花叢濃淡適中，不至鮮豔也非有稀疏之處。雲櫻的香氣常被用來預測天氣，遠至百里都沁人心脾。大風吹過，則枝幹迎風搖擺；微風吹拂，則落英無所不至。棕灰夾雜的枝椏出沒在雲霧的夾縫，是魔法最易匯聚的地方。一旦吸收足夠空氣中的魔法與水氣，雲櫻便能開花結果，在魔法的涵養之下長成遮蔭的巨木；一對金色的奇美拉和幾隻風精在樹叢間徘徊，啜食雲櫻的果實。這些果實對人類有毒——這點連小孩子都知道——食用後會產生幻覺與四肢癱軟，可是它們卻值得船員冒生命危險採集。

只見幾次撒網與收網後，以賀博一群人已經堆起一座小山那麼多的雲櫻果了。透明的果皮、彩色經脈般的果肉，這些果實在港口能換到好價錢。魔法只屬於月。正因如此，含魔法的雲櫻果實對人類巫師來說價值連城。以賀博當然沒有想這麼多，這些都是商人和讀書人的考量；雙腳著地的人的考量。

他確認四下沒人，塞了幾把透明的果子到衣襟裡頭。

※

咚！咚！

這兩下敲得好大聲，木牆壁裡的蛀蟲都嚇了一跳。

「成交。」

「太好啦！」一名穿戴盔甲的騎士大喊道。那吶喊，比為國王打勝仗時還要慷慨激昂。

以賀博進到艙裡，拍落身上的霜片，正好遠遠地看著騎士大人衝上前，將一大袋金幣擺到寬紅木桌上。金幣與盔甲片的鏗鏘聲響特別的像。錢幣點清後，騎士出現在房間的另一端，腳步快得嚇人。

「這是您的了。」一個駝背老人將長布包交給了騎士。健壯的騎士如獲珍寶的捧著布包，然後迫不及待地將絨布卸下。

一把劍。

冰冷鋒利、劍柄十字處鑲著紅寶石、握把尾端雕著龍頭——只要是寶劍該有的特點一應具全。然而即使是寶劍，也不值那麼多金幣。這把劍真正的價值是背後的故事。跟所有有故事的東西一樣，這上頭也附有魔法。以賀博接著從旁邊的船員們那打聽了；這劍就是百年前初學劍術的學徒在決鬥中打敗王國首席的劍士用的劍。「稚劍」（The Child's Play）這名字當然是家喻戶曉。

隨著騎士審視魔法劍的每一處，騷動在他四周擴散。

「騎士配上魔法劍，真是恐怖。」

「這樣一來誰還敢跟他決鬥啊？」

幾個船員在一旁的角落談論著。

時沽場分成台上和台下。好幾列賓客坐在一列列的琴木長椅；男的女的、老的少的、高的矮的、美的醜的、快的慢的……這二三十個人的群體總像是座四通八達的城鎮，什麼樣的人都可能住在裏頭。偏偏這座「商雀鎮」裡的人各懷鬼胎，從不彼此交談。他們的眼睛好像牽著線似的，動也不動地盯著台座上的人和物。他們欣賞的表演叫做時沽，真可說是商賈最醜陋的型態。向來只有富人才玩得起這款遊戲，藉由競標與喊價讓參與者的欲望逐漸顯現。這不是比擬一座陷阱，而是大方掛著警告標示的一潭流沙；「下有寶藏」。真正的寶物只能獨得，而真正想要寶物的人會付出所有，跳進流沙。若雙方皆渴求一項物品，鬥得你死我活、傾家蕩產也是常聽說的事情。墮落的人，便隨這般景況的蔓延漸增，以至於一個世紀前王國裡明文立法，禁止任何私下或公開的拍賣會。在國境外就另當別論了。

一個略嫌年輕的男人出現，打斷了船員們的閒談：

「在這嘀咕什麼，回去工作。」

以賀博第一個起身。他不想要引起大副的注意，更怕兜裡的幾顆雲櫻果被看見——以賀博很確定還有其他人想要這些魔法果實。他離開了時沽場往船內更深處走去。牆上深淺不一的光影，如幢幢鬼魅隨燈火搖擺。

＊※＊

拉雷恩困擾極了。

高空總讓他頭疼——是因為空氣的魔法濃度太高了吧。他近來的想法是，負面的情緒如同疾病；恐懼讓胃翻攪、憤怒讓心狂跳、壓力讓側額抽痛、倦怠讓四肢軟弱。每個人或多或少都有這些毛病，更有些人陳年的情緒足以威脅性命。拉雷恩拖著身體，十分不願地回到時沽場的準備間。這裡又窄又暗，要側著身才能在箱子櫃子間走動。一對做工乏善可陳的小木桌和凳子是他兩天以來的工作崗位，只有吃飯休息時離開，這也讓頭痛更加嚴重。

「稚劍，共一把……稚劍……。」他在帳本上搜尋魔法劍的條目，然後把騎士大人所付的金額如實填上。

三百金幣。

誰會付三百個金幣換一塊長條狀的金屬？一位王國裡的騎士年俸也才二十個金幣；這個金額對於平民或

水手來說當然令人垂涎，但是要存到買下寶劍的天價也要好些年頭。

「揮舞魔法劍的騎士，是野心過強、還是劍術太弱呢……」拉雷恩自言自語道。

他瞄見牆腳的空酒瓶。

嗜酒如命的阿格拉斯船長每到了主持拍賣的時候，便能夠保持全然清醒（他自己更十分自豪這點）。雖滿口胡言亂語，卻總是能對商雀號的商品津津樂道，使賓客們瞪大了貪婪雙眼……賣命的想要那些東西。即使是破爛的半張畫布……一張莫浮僅存的真跡竟能賣到兩百金幣的天價。更別提稚劍這種經各方認可的歷史器物了，如果在地面上它是鐵定要被鎖在某個貴族的寶庫裡的，只有在高空、法律搆不著的地方才能以時沽轉手經人。阿格拉斯船長心知肚明，每一件物品都有其歸屬，根據的就是人們願意花多少錢將其買下。

然後拉雷恩想到：那三個人已經有兩天未踏出艙房了。不論時沽場如何激烈的展開拍賣，他們都沒有要參與的意思。威廉・布萊茲男爵曾傳話「不克前來，請見諒」。其他二人則是默不作聲。

隨著「怪人們」退居到船艙裡頭，其他賓客樂見其成地繼續爭執、怒斥、競標、收買、搜刮與明爭暗搶。兩天來易手的商品已經不下百件。魔法寶劍、龍的鱗片、冥王黑帝斯的涼鞋、阿基里斯的腰帶扣、戴達羅斯的遺作……任何腦袋能夠想到的任何寶物都曾經出現在這座時沽場。昨天下午，恰好有一位長相奇特的遠國商人宣稱自己擁有一件時光法器。

「包準有了個用嘿，大佬。真品、真品！」商人口齒不清且男女難辨，不合比例的小嘴巴長在嗅覺器官的上方，皮膚是透明的深綠色，像是月光照射下的棕櫚樹葉，於是整個人如同站在夜晚樹蔭底下的神祕客。

「證明。」拉雷恩當時問。

「月族製的了嘿。」牠拍了拍綠手臂上的複雜機械。

「這不是證明。」

「讓他用用看不就得了，拉雷恩。」船長阿格拉斯突然從一旁出現說：「我挺好奇的。」

「唉。」拉雷恩嘆道：「是的，船長。」

商人蛞蝓般的綠眼睛發亮，說：「唷嘿！沒問題！漲價的喔，我要。」

圓胖的商人搖搖擺擺地走到房間中央，舉起腕環上的法器。

煥散的白光從彩色寶石散射——

亮、滅、亮、滅，一圈圈光暈籠罩房間，

接著魔法的光輝閃爍——

伴隨燒火般的氣音，商人晃然間消失了！

衣服和法器散落一地，在場的賓客和船員們各個面露驚奇。這是真正的魔法！無須月族身分也能使用的法器！當然，這位商人究竟位在何處（何時）、是不是還活著，唯有牠自己知道；牠多半被魔法炸成微末、被傳送到船外的下墜而死、或是……萬分之一的機會……牠真的成功的穿越時空了。

「哈哈哈哈！」阿格拉斯拍著膝蓋笑的岔氣：「牠、牠真的用了耶……哈哈！」金髮巨人的笑聲很深亢、很遠。他嘲笑的是商人的愚昧，或許也嘲笑魔法的虛幻。月。或許是嘲笑這個。月到底有何怪異、魔法到底有何奇妙，拉雷恩開始漸漸明白了。

回想的期間，外頭時沽場又完成了一項拍賣，他將一幅畫的價錢寫到帳冊上：「下一件……呃……有了。莫浮大師的真跡，『朗多的嘆息』，共一幅。兩百金幣。」

動筆間，拉雷恩首先發現不對勁的是帳簿。

羊皮紙上的水漬。

他抬頭檢查天花板與窗戶的縫隙。這裡密不透風，只有他一人。

臉頰上一陣濕冷，他驚覺房間沒有漏水。

原來他正在哭。

淚水先至……接著眼皮顫抖、耳窩發熱、喉頭乾嘔、口水和鼻涕直流。「咳阿！咳咳！……」，噴嚏咳嗽接連而至，有如某種急性的強力病毒刺入軀體，引發劇烈的反應；五官的黏膜全像是被捲入漩渦，不斷的失常運作。帳冊的內頁被弄的黏膩且一蹋糊塗。拉雷恩的第一個反應是魔法；是將異國商人化為粉塵邪惡魔法找上門了，可是乾如沙漠的嘴巴和疲軟的四肢讓他無法開口求救。船為什麼要搖晃？就不能直直的開嗎？他吃力地推開椅子站起，然後跌倒在地。昏沉的腦袋加上稀薄的高空空氣……霎時間，拉雷恩已經感覺不到地板了。

「咳！咳！！」

魔法！該死的魔法！憎恨髒污的他此時已經被冷汗覆蓋，淚水令視線朦朧。宙斯啊！要是有什麼寶物能治好他的劇烈頭痛（或是讓他的臉保持乾淨，不會沾到這些該死的體液），他絕對願意傾家蕩產買下。

「對不起。」

拉雷恩猛然抬起頭。一道如床單潔白的光出現在準備室的後頭。它亮著、成長著，讓人看不見走廊的盡頭，船艙內部有如被千百枝蠟燭點亮。他們亮著、成長著，直到一個矮小的人形輪廓由光裡出現。要不是身體還在分泌痛苦與各種液體，拉雷恩或許會被這突然出現的人給嚇一跳吧。

「對不起，你受苦了。」小人停下腳步說，聲音像個女孩。

「讓它停下……」拉雷恩一把鼻涕一把眼淚地對著小小的女巫師說。

女孩歪著頭：「我無法掌控你的身體呢，一如你不能掌控我的話語。」

語句未結，拉雷恩身上的疼痛和不受控的五官突然間停了下來。

他看著自己的雙手：

「這……這不是真的。」

女孩說：「有什麼是真的嗎？媽媽說過，『寶物、真跡、魔法，比比皆是人類賦予意義的詞語。』飛船也是人類做的吧？好神奇呢！嘿，對了！我有東西要讓你看看。來！」

拉雷恩說：「看什麼？喂，站住！」

「來嘛、來！」

他沿走廊追了過去，腦中只想著一件事：

早已背得滾瓜爛熟的清單上，絕沒有什麼小女孩。

跑了好遠，長百呎的船身怎麼會有一哩長的走廊？

拉雷恩一連跑過幾個賓客帶上船的古代文物。

一對白色拱門聳立在他面前。

是動物的犄角做成的？還是象牙呢？

拉雷恩看著這對高過自己的拱門，複雜的雕飾及遠古紋路交纏攀附在乳白色的動物硬骨上，建築師將巧思注入後始能忍受風吹雨打，有的部分在歷史的軌跡下褪至土黃、有的依舊潔白；一扇門將野蠻世界與文明世界的象徵巧妙地融合。

拉雷恩的精神異常緊繃，可是不得不推開白色的門，往迴廊深處跑去。

「快來、快來！」女孩興奮地說，轉進一間房裡。

「呼呼……」拉雷恩追進房，氣喘如牛地說：「呼……安靜點，這裡不能進來！」

「這裡沒有人呀。」女孩四處打探著：「可是氣味好糟糕哦。」

「這——」拉雷恩環顧四週，卻不見房間的主人。

此處的味道當然糟，畢竟前兩天才住進一個死掉的公爵阿！可是痛下殺手的婢女呢？她應該將自己鎖在房裡兩天，從未離開過才對。要不是小女孩的誤打誤撞，拉雷恩就算被馬車拖著也不肯踏進這裡一步。

女孩笑道：「哈哈，你好怪，竟然害怕空房間。」

她身輕如燕，竄過門口的拉雷恩，往走廊深處跑。

女孩這次停在房外，沒有打開門，而是墊起腳窺看裡面。

「這個人在做什麼？」她問。

拉雷恩趕緊將門抵住，不讓女孩闖入。

「不要打擾男爵。」

「他為什麼要看著亮亮的石頭呀？」

拉雷恩瞪著她：「那不是亮亮的石頭，是鏡子。好了，快告訴我你是從哪裡來的。」

「鏡子？那是什麼？」
「妳媽媽沒教妳嗎，鏡子是一種工具，能讓人看到自己的樣子。」
「……。」女孩想了一會：「看到自己？每天都扮演『自己』過著日子，還會看不清楚嗎？」
光還在增強，拉雷恩的視線被茫茫的白侵蝕著，眉頭間因此而抽痛。
小女孩又不見了。
他低吼著追上去。

「這個人，好乾淨呀。」小女孩站到白色的祭司袍旁邊說。
「妳快給我過來！」拉雷恩氣急敗壞地衝進第三間房中。他連忙加道：「沙……我是說，月大人，十分抱歉，請您見──」
對方一動也不動，只是坐在椅子上，專心地看著書頁。
沒聽見。圍著面紗的人似乎完全不知道拉雷恩和小女孩的存在。
「這……月大人？」拉雷恩錯愕地看著小女孩湊來湊去打量這位月：「我、我一定是瘋了。」
我是怎麼了？大家都看不見我嗎？
女孩問：「他為什麼圍面紗？是因為……不想暴露自己是誰嗎？」她看了一眼攤開的書，「可是他很想知道世界上的其他事呢。媽媽說好奇心很重要，跟我一樣。」
拉雷恩終於動怒了：「嘿！！聽著，這不是妳能來的地──喂！！別動！」
太遲了。

小女孩抓住面紗的一角，扯落。

月嚇得站起身：

「誰！」

當然沒有人回答。即使回答也肯定不會被聽見。拉雷恩覺得心跳加速至危險的速率，似乎有人在敲打胸口的大鼓。他變成鬼魂了嗎？難道他就這樣永遠不被他人看見、不被聽見的死在魔法的屏障裡嗎？

拉雷恩接下來看見的，是月學者的臉。

然後他的腸胃翻攪，喉頭一陣苦炙，差點吐了出來。

月的面貌？拉雷恩聽過各式各樣的故事。宙斯以自己的身體構造創造人類，卻又偏愛月，賜之眾神的容貌，唯美無暇。沙散諾的臉蛋很美，太美了。拉雷恩試著在那完美比例的眼耳口鼻、眉睫額頰尋找任何一點缺陷、一絲不和諧——完美無瑕的東西都是這樣讓人感到噁心的嗎？幸好月看不見他，否則這樣不停地打量肯定是做不到的。終於，拉雷恩看出來了。是左和右。沙散諾的兩側臉龐是鏡像。如同將右臉放到鏡子旁邊，臨摹雕刻出每一寸肌膚都一模一樣的左臉複製品。不論是人類還是飛禽走獸、年輕還是衰老、富有還是貧窮，必然有獨特的傷疤舊痕、黑痣胎記、骨位皺紋、嘴唇的仰角……左臉和右臉總該有相異之處。他沒有。左右臉對稱的他是完美的；那對尖耳朵直指著詭譎，令人發顫作噁的完美。

「嘻嘻。」女孩笑著跑出房間。

拉雷恩這次終於追上女孩：

「妳要什麼，女孩？」

「你有看到嗎？看見了吧？那三個人的價碼好明顯呀。」
「什麼價碼？」
「他們都想要寶物。我讓你看見他們手中的籌碼了。」
「這……不、不對！我不會被妳牽著鼻子走！妳到底是誰？妳對我做了什麼？」
女孩頭也沒轉：「埃庇斯是我的媽咪。你不認識媽媽？埃庇斯……媽媽她，是寶物的製造者。」
「寶物、寶物，每一個人開口閉口都是那東西，如果沒有寶物公爵也不會……夠了！妳這偷渡客，別再胡扯了，快把我變回去——啊！」
拉雷恩向女孩伸出手。
他的膝蓋和手腕一軟，整個人突然像一碗陽光下的布丁，癱倒在地。
「我已經付帳了，你賴皮！」女孩氣呼呼地說：「媽媽說，你一定會履行契約、你一定會幫我！」
「少胡說八道了……妳是偷渡客，快告訴我妳的母親躲在哪。」拉雷恩努力地想要撐起身體。
「我、不、是，偷渡客。」女孩倔強地說：「你需要證明，對不對？跟那個圓滾滾的商人、還有他戴的法器一樣？」拉雷恩緊張的一縮，只見周遭的白光逐漸增強，「讓你看，然後你就會幫我了。我才不是偷渡客——」
他徬徨四顧。
好痛。他搗著頭仰望，原來他再度倚靠在那對犄角與象牙的拱門下。
「——我就是寶物。」
綿密籠罩的光芒蓋過所有顏色。這肯定是月族魔法；她如此絢爛奪目，竟將拉雷恩的游離意識也吞沒。

＊※＊

啪！啪！

巴掌搧在臉上，連腦袋都一起衝鳴，兩耳像是被原木撞擊的銅鐘。

「醒來！別逼我把錘子用在你身上！」

拉雷恩睜開被睡意黏牢的眼皮。阿格拉斯巨大的手掌正揪著他的衣領，大力搖晃。酒味夾雜著汗味頓時讓他清醒。

「你在做什麼，睡死啦？」

拉雷恩立刻跳起大喊：「她、她在哪？」

「誰？」

環顧四週，拉雷恩已經回到準備室的木凳上：

「她……」他轉頭問阿格拉斯，「剛才那是誰？」

阿格拉斯船長下巴抵在錘子握柄上，用一副荒謬的眼神看著他：「剛才？這裡沒人阿，你月火的遇見誰啦？」

「這、一個小孩……小女孩。」

「女孩？長啥樣子？」阿格拉斯問。

「她——」拉雷恩頓時語塞。

是阿，她長什麼樣子？

前一刻發生的事悄悄溜走，他記得女孩說的每一句話，但是她的長相和神情全都逃到天花板和牆壁間、逃到船的外頭、逃到一望無際的雲海中。

白色的裙子、或者那只是光？月族才能使用魔法吧？他竭盡全力地抓向感官的印記，但是記憶的門扉在清醒中早已緊閉，就像……像是踢開棉被後、賴在床單上恍惚的幾分鐘；默念不是夢，肯定不是夢。他從未做過如此真實的夢，疼痛與疲憊竟都是真實的。可是他無法開口形容，既因為自己口語笨拙，也因為說出的話絕無可信，聽者只會把他當作一個瘋癲的預言家，厭惡地從自己眼前推開。卡珊卓肯定曾懷有類似的心情，嘴裡冒出的字句永遠遭人棄之如敝屣。

拉雷恩不是預言家，他必須承認女孩殘留的線索唯有那陌生名字：埃庇斯。

阿格拉斯說：「我看你是睡昏頭，做了見不得人的夢吧。哈，什麼小女孩……」

他仰頭灌下一口酒，然後從桌上隨便抓了一塊布抹嘴：「快把自己弄醒，拉雷恩。真正的工作快開始囉。寶物可不會自己長腳走到桌上被賣掉。哼，不只是那三個怪人，連我都蠢蠢欲動了。」

拉雷恩看著船長拿來抹嘴的那塊布，厭惡地說：「……你就不需要清醒的腦袋來主持嗎，船長？」

寶物，又是寶物。

船長嘴角歪斜地揚起：「保持爛醉，永不宿醉。」

「……歪理。」

「歪理也時常可信呀，壞掉的時鐘每天也能準確地報時兩次呢。不可思議的事都是糊里糊塗間發生的。這就是為何我向來覺得『醉』比『喝』重要的多。」阿格拉斯自滿地說：「特別是現在，有不速之客來了。」他的話絕非理的方程式，只不過是幼稚、宛如兒戲的脅迫。兩人往時沽場走去。拉雷恩的眼睛肯定還在做夢，或還在悠悠雲海中漫步，因為那塊沾著紅酒漬的擦嘴布，貌似是曾圍在月臉上、浪花一樣的白面紗。

四之二、河床結冰時 Riverbed

一天早上，拉雷恩睜眼看見最奇怪的景象，是胸膛上的兩隻右手。其中一隻是他的，另一右手塗了深紫色的指油，散發花蜜水的淡淡氣味。這隻裝飾過的手最令他感興趣之處便是小臂與上臂竟完全一樣，不論粗細長短或膚色深淺，勻稱如布織娃娃，戴了兩只戒指分別在無明指和食指上，隨著拉雷恩呼吸，赤裸的胸膛起伏，她的手指偶爾微微移動。

他漸漸記起，前一天晚上是港灣起風的前一夜，船隊離港的前一晚。拉雷恩選了一個幽靜整齊的街區走入，那安安靜靜的石板路和狹窄、有些彎曲的迴轉坡路引他來到舞房點了燈的門口，音樂演奏聲從窗間透出。他坐在布置簡單的房間，直到敲門聲響起，穿淡綠色帔絡裙的她小步踏入，風吹得及肩的頭髮亂了分寸。

拉雷恩輕輕將那隻手物歸原主，放任妓女再睡一會，悄然起了身。他經常在床沿待坐片刻，不是為了打呵欠而是要沉澱心情，好像連起床都要附上革命情懷。上衣和長褲都在床尾的櫃子上，以及妓女淡綠色的長裙放在一塊。

對，想起來了，她的名字是紫羅蘭，是個常見的花名。她翻了身，此時看不見臉，但總歸而言是五官標緻的臉蛋，就是妝容有些不必要的濃厚，他觀察她後背光滑，小腹平坦，一對酥胸被把玩的次數恐怕不亞於她的臀部，雙腿因這座城市和港口都建在斜坡上的關係每天要走不少路，也就細長結實，它們之間幽微的光線好比這座傾斜的港市，有些歪曲又不失秘境般的優雅，觸摸時，傳出一股練習再三的顫抖；一朵美味的鮮花上唯獨的缺點，如雕像的衣角凋零，是她柔軟的腰際有幾道淺至幾乎無痕的疤，像爪痕，但又更長了些，難道是刀傷？拉雷恩喜歡比自己年輕幾歲的女孩，當然若是送來了稍微年長的也無所謂，有的時候老鴇就是沒有他所要的貨色，他隨興的態度和闊綽的錢包也使得幾間熟絡的舞房對他格外客氣。這些地方雖未必是經港口管轄的合法場所，但衛生等條件肯定是拉雷恩親自遴選過的，送來的女孩各個會說話又懂舞樂，兇得起來又偶爾百依百順，不做女演員真是可惜了。

「你是守信的人嗎？」紫羅蘭躺在他懷裡一問。

他愣住，沒有回答。

拉雷恩其實沒想過，更沒料想這問題會出自妓女口中，並非看人低，事實上拉雷恩做過比賣身還要更令人不齒的工作，那麼心裡這份驚訝、這份躁動不安的脈搏從何而來？他四處工作已經數年了，從碼頭的粗重搬運活到手腕痠疼的抄寫員無不嘗試過，甚至曾助人綁票勒索，但他總沒幾天就無聊得揚長而去。他不覺得自己是個守信的人，承諾卻仍有一定的砝碼，自恃為崇尚自由之人，甚至不列舉清單便會渾身不自在，只不過，在主動且負責的樣貌之下埋藏了一個被動的他，一個將自由據為己有的他。沒錯，這就是拉雷恩的疤痕，因此他渴望有形的監牢困住不可能自由的身，也許到時候他就能對自己守信用，除去疤痕的燥癢了，屆時真的想逃都逃不了，他就能重拾認真工作的態度。

「現在。」他低頭將她壓在身下。

「真心急。」她嬌嗔道。和她結合的感覺很好，甚至能說歡愉之外還有盡興的感覺。他盡可能地溫柔，在她的導引下享受這一切。

再回過神來，他已經倒在床上好半晌，眼中盡是她的髮絲和那幾點惹人憐的雀斑。她睡得熟，腰際的傷痕呈淡粉紅色，一直延伸到肚臍下方。他套上衣褲，從高頸陶壺倒了一杯水飲盡，又替紫羅蘭倒一杯。

他搖醒並將一袋錢幣親自交給她，離開前只說了一句「給妳的孩子」。昨晚還可以嗎？妳願意交換真名嗎？他曾考慮說更多話，但無論說什麼似乎都是裝模作樣，都提醒著他自己花了數日的酬勞在一個素未謀面、更甚者萍水相逢的女人身上。結果便是兩人一句話都沒再說，紫羅蘭甚至在棕色髮絲後面看也不看拉雷恩一眼。

離開舞房的拉雷恩深深確信這輩子都不會再看見這朵花，他當天就去港口找到一艘正在徵員的紅色商船，登陸了名冊。一切都按照他前一天擦桌子時從餐廳客人那聽到的消息。好像是叫鷹雀號？一邊走向港口，他一邊回想紫羅蘭前晚，在燈下故作靦腆的模樣，楚楚可憐地十分動人，即使心裡知道她只是為了他多掏小費才這樣臉紅，不過到現在，儘管四下無人的石板路上他又經過同一座噴泉，拉雷恩也百般不願承認他真心的希望紫羅蘭能多做挽留，哪怕她只是多說了一句撒嬌甚至誘惑的甜言蜜語，拉雷恩也許便一輩子都離不開那雙溫柔的手臂了，而正是他永不承認的渴望也是久未憶起的晨醒。

「金漣漪的花粉。」

「什麼？」拉雷恩從回憶中抬起頭。

商雀號的暗紅色船身佔滿視線，那名黥面的特魯族船員停在拉雷恩一旁，手臂壯的像木杵子，他指向商雀號主桅側邊，兩人正由上而下俯瞰的位置。「花粉沾到帆，影響運阿。」「運？」「命運、命、運……運氣。」他咀嚼一番非母語的詞彙，總算找到了正確的說法。

拉雷恩確實也聽過這一項謠言，說是有一些花種，例如喜歡攀附雲朵下層的金漣漪，若是將花粉沾到了船帆上，此趟航行必定厄運重重，但這也是迷信令人著迷之處，若仔細一想，植物散布花粉的時節各自有異，金漣漪開花趕上風雨暴躁的季節，正是為了將花粉傳得更遠，和商船的貨物有著一樣的目的，船員長久以來卻將天候不佳阿、航行不順阿，盡數怪罪給花。拉雷恩轉身，下令黥面的船員幫忙其他人，偷懶的處罰是刷甲板——若是能記得他的名字就好了。撐著欄杆，他逆著日光觀察。

一艘小船悄悄靠近商雀的下腹，小船漸漸追上商雀，從逗點大小，現在已經變得如油燈那麼大了，過不了多久便會產生第一次接觸。

以賀博被叫了下來，決定將帆上的金色花粉暫時忘去。他曾經是驍勇的戰士一族，射弈高強，百呎外的獵物無不一箭穿心。第二十次冬日慶典時，他已經受族裡四位處女的青睞，東方的樹林是他們幽會做愛的地方。他並獲得部落的紋身與名號：有耐心的。他喜歡這稱號，但也因此背負一個謊言；每回部落的孩童們帶著自製的短弓，才半隻手臂長，他們包圍以賀博，拽住他的褲管逼問射箭的訣竅。以賀博常常說個梗概，弓的質地阿，射箭時手腕的角度阿、手肘的高度阿，但他總會藏私。箭在弦上的短短一刻只屬於他，呼吸緩和乃至靜止，也不管姿勢或風向了，全副精神都聚焦在兩隻手和右眼上，感受，甚至享受著風。

曾經的驍勇戰士將粗繩綁結，複雜的足以撐起一族之長的營帳，尾巴多出的一節垂掉在船身外，剩餘的繩身聯繫船桅的固定閥。準備就緒以後他背起第二段較細較長的麻繩，脫了鞋繫在皮帶上並手腳並用地爬上木梯，他慶幸這是全商雀號上下最容易的一段梯，直直上至瞭望哨的底緣才停下。若是某個瞎操心的人在管事，鐵定每一個高處都加裝鋼環以便船員們栓上安全繩，然而待了這麼久以賀博一次也不曾用過這樣的裝置，坦白說鋼環們可能曾經就在那，如今不是懶散的鬆脫就是被風帶走。商雀頂部的方向帆收妥後以賀博兩手扶木梯兩側，順勢滑下，木刺勾進掌心肉的感覺令他回想起貼於臉頰的弓弦、閉起的左眼與弦上的箭。

船員們在商雀最底層的甲板尾端圍成一大圈，兩個人負責一條纜繩，輪番拉動使艙門緩慢地滑開，好像商雀的底部被尖刀劃開一道長方形的口子，多了個大窟窿。眾人手忙腳亂地將艙門固定的時候，高空的空氣已經開始闖入，由下方的井開始，將白棉絮團塞進布娃娃裡那樣。以賀博藉機走了一圈交付每人一條粗繩鉤和鐵環。

小船的外型十分醒目，不是紡錘型的底而是兩道平行的龍骨撐起船身，整艘船由上而下俯瞰是長方形的，長約兩輛驢車，現在靠近一看，小船的艙外滿目瘡痍，甲板大多的地面與船身都像是被潑了漆，黑抹抹一片，左舷的前半更像是被房子那麼大的猛獸咬扯了一口，傷及見骨。主桅雖仍完整，橫桅則以斷去大半，原來曾是淡色的帆也多變得如焦烤的磚色。可憐的小船，她肯定是經歷了某種生死關頭，只留最後幾口氣。

「準備。」拉雷恩下令。船員各自取了距離站在船腹大窟窿的周圍，舉起繩索等小船接近。他在心中暗自估量小船的長寬，究竟能不能安然停妥在商雀之內，要知道這艘紅鳥兒裡面已然堆放了不少貨物，這無論如何都是一項挑戰——如果是毫無經驗的人也許會想，小船的船桅呢？怎麼可能全部塞進商雀的腹部呢？

商雀的影子完全蓋住了小船，彼此僅餘一條街的距離。拉雷恩一聲令下，窟窿旁船尾那側的船員奮力拋出繩鉤，有的搆著了小船，有的多試了一兩次，而他們全都瞄準小船的首部。繩鉤被船員們拉扯至盡數繃直，在一連串整齊的吶喊聲中緩緩將小船的頭部抬起。又是一聲命令，只見另一半的船員迅速將繩鉤垂下。此時已經處於直立狀態的小船，船尾處卡住了這些繩鉤，像是被懸吊一樣。拉雷恩趕緊命令所有人幫忙，每條繩索交由二至三個人負責，一時之間抬升船頭、懸吊船尾的力道一同發揮，過不了多久小船便完成了空翻旋轉，狀若倒放的木碗。他們最後的努力則是將小船拉入商雀號的腹部，等到繩索都解下、以鐵環固定後，那景象就像是商雀的船腹變為小船的甲板，她的單一船桅則突兀的向下刺出，而船艙內總算恢復安靜，原先吵雜風聲也被消弭。

「放我下來！快來人放我下來！」小船的船艙出現喊叫。

一切稍穩後，拉雷恩命人從小船左舷的破洞進入，他們像是山脈裡的礦工消失在一片沉悶的黑暗之中，沒多久運回了喊叫聲的來源。

「他……把自己倒立著綁在牆上。」

擎哈爾（Zin Har）如同麻布袋般被拖出。起初覺得這人的樣子滑稽，因為腰際還纏繞著固定用的纜繩，而且他足足花了一晌有餘才將繩索解下。拉雷恩乞求諸神這不要是另一位棘手的乘客，而他的禱告很快地遭到推翻。矮小的擎哈爾約只到拉雷恩的肩頭，頭戴一頂木冠，身穿棉麻長衫和褲裝，樣式是見多識廣的船員們都不曾看過的剪裁方式，前擺長過後擺，蓋住膝部。他全身的衣服因外頭的雲霧濕氣而滴著水，他的目光給人偷偷摸摸卻又專注的感覺，兩道眼框深邃，滿臉灰塵，也許是因陌生而產生的錯覺，看事物的神情帶著景仰和渴望，好像飢餓的孩童看升起火的爐灶，一雙不擇手段生存的獵物之眼。一身上下最顯眼之處——儘管他嘗試用高領和蓬袖掩蓋——無疑是頸部延伸至腰間的半身刺青，暗紅色的好比瘀血，栩栩如生的模樣，比起駭人，反倒更像罕見的藝術品，聽說許多尚未被諸神賜與文字的氏族，會將故事和歌謠刺在身體表面。這人臉色死白，像天氣不佳的雲朵顏色那樣白。他的衣衫將貨艙的地板滴濕，需要叫人來清理才行，而他靜靜打理儀容，絲毫不管周圍的十幾名船員。

拉雷恩想起船長說的：擎哈爾當年進了商行，尚未學成，一存夠了錢就收拾包袱離開，而教導多年的商行師傅聽見「我不幹了」，竟朝擎哈爾吐了口水。拉雷恩猜想這樣的人面對生意態度自然是冷漠，鮮少將客戶擺在高位，交易隨和甚至不求得利，一切顯得他把從商看做零工，暗地裡卻有更重要的任務。

那黥面的高壯船員上前扶起擎哈爾，兩人對看了幾秒。

「擎・哈爾。」那人說出拉雷恩的清單上的名字。

「擎・以賀博。」兩人交換了名字，隨即大笑著忘懷擁抱。誰知道在天空的一角還能找到族胞呢？多數人不知情的是，「擎」是特魯族給予成年男子的稱謂，而「特魯」一詞即是擁抱的意思。以賀博熱情地擁抱他的同鄉，並問他為什麼把族中稱謂加在名字前，那人的臉隨即黯淡。我早就不屬於特魯族了，他說，拉雷恩當下卻只想到清單的錯誤，因為他竟然對新來的乘客如此不知情。

擎哈爾求得不多，他開口向拉雷恩索取多餘的木料以修補小船——紫羅蘭號。

拉雷恩雖有些不情願，但仍答應盡其所能。

他推託船長正在休息，不方便見客，隨即叫人替擎哈爾安排食物和艙房。拉雷恩心想，這人很是小心，他的態度理所當然，一雙灰色的瞳孔證明了他確實是外族人，但為何有人會將自己倒立著綁在艙裡？獨自一人是怎麼綁起繩索的？他上下顛倒了多久才等到船被翻過來？拉雷恩壓抑心中萌生的猜疑，決意等到阿格拉斯與擎哈爾見面時再定奪。

「晚飯照常在甲板。」拉雷恩說。

同一天稍晚，本就寒冷的高空甩不去濕氣，拉雷恩多披了一件麂皮背心才走出艙房，進行每天晚餐前的盤點清查。不只是牲口和糧食等日常船用，商品也是，拉雷恩最痛恨的莫過於兩方洽談時使用大略的語言，「牲口一百、亞麻三百匹，保證三年不進犯」，其中沒有一個字是穩定不變的定量。城邦與城邦、部落與部落之間的紛爭或許能以隨便而欠精確的口頭承諾消弭，但交易不行，多少黃金，一克都不許差，這也是拉雷恩熱愛清單的原因。

兩舷迎風，木料和箱子都還有些潮濕，發出些許霉味。平時話匣子常開的船員們，似乎都被前些日子所目睹的行徑嚇了一番，較少出現大肆喧鬧的場面，多是一群一群地小聲私語，倒是橡木桶的酒消耗的奇快。

大夥最難忘記、最想以酒精沖散的，果然還是右舷的木板——公爵的遺體用個布袋裝著，因船上禁止升火，只能從木板滾落——木板到海面的距離少說幾千呎，曾經的老雄獅就在極大的水花、足以粉身碎骨的衝擊之下落入冰冷的海水深淵，再不復見。（念及此處拉雷恩必須承認他差點忘記了，他隨即命令三個不情不願的船員送餐給三位拒絕離開艙房的乘客）直到眾人吃空了大半個鍋子，阿格拉斯才從艙裡走出來，帶著一位晚餐時的稀客。

「男爵大人要來？」

威廉・布萊茲推辭了送餐並陪同船長走到甲板，一臉已經忘記不愉快、忘記叔父的肥脖子劃開一道鮮紅口子的模樣，他和大夥打成一片，吃飯喝酒、談天說地，更說一定要見一見今天剛「抵達」商雀號的新朋友。拉雷恩也被迫應付了男爵一兩句寒暄，但他嚴正地拒絕了喝酒的邀請，阿格拉斯嘲笑他不解風情。餐後，依照傳統，擎哈爾搬出小船倖存的一甕葡萄酒贈與阿格拉斯，作為接待的回禮，全船的人、甚至連男爵都以為，阿格拉斯定會當場開了封暢飲，沒想到他命人將酒收起，選了個位子，兩人正好相對而坐，只見船長親自替來者是客的擎哈爾切了兩塊羊肉、盛一勺大廚拿手的燉菜。

「多久沒見了。」船長說。

「你知情吧。」擎哈爾小聲道，臉色蒼白。

「敘舊都不願意？好。」

「你明知那是幌子、是謠言，卻慫恿我去。」擎哈爾的眼神黯淡，彷彿一個孩童看透了大人們的哄騙，顯得格外惡毒。他是用盡了一切勇氣才敢來到這裡，拉雷恩看的出來這半身刺青的陌生人異常脆弱，簡直像是還在神廟學習的孩童；他更看出擎哈爾的膽子很小，與其說他喜歡孤單的航行，不如說他不敢面對人，但也正因為他這樣怯懦怕事，當他自顧自地說話、當他冷眼責怪你時，你心裡總會浮現一股欺負弱小的寡廉鮮恥。「別動。」拉雷恩冷冷地向船員們說，生怕他們口出惡言得罪了客人，或更糟，得罪其他乘客。

「我說的沒錯，那或許來自謠言，但絕不是幌子。畫就在那。」阿格拉斯說。

「我拿到了！」摯哈爾意識到自己多麼激動，又坐回位：「拿到了，也安排好離開的事項。我確實將畫挖出來了，三個月不見一絲陽光，整整三個月！那些成天淋雨的人連腦子都凍壞了，我試過攀關係、提高價碼、甚至用最貴的法器交換，結果那群溼腦袋沒半點動搖，連畫家生前的住所都不肯告訴我，遑論取走他的畫。不能。我一直告訴自己，我不能讓這麼多年的努力付諸流水……」他的語速很快，眾人豎直了耳朵聆聽，如果夠安靜的話，想必連底下幾個艙房都能聽見摯哈爾的故事。

起先他很幸運，到另一座大陸的航行時間，因為風向的關係，幾乎超前了進度。他記得抵達的時候，河床正好結冰。

紫羅蘭號花了半年，準確來說是六個半月，橫跨那片無法橫跨的領空，滿艙的乾糧和飲用水都近乎用盡。六次半的盈缺，也難怪摯哈爾逐漸覺得飛行所消耗的不再是食糧，或木桶保存的苦澀飲用水，不再是他對於天空和觀星辨位的知識，更不再消耗風，他餵食給紫羅蘭號的是記憶，飛得越遠，他便忘得更多。摯哈爾早就已經忘記腳踩硬地的感覺，更別提靠岸、甲板不因風吹而晃動的感覺了。

霞卡，是特別的存在。

一切都起因於摯哈爾想要找人說話，他需要聲音。到了航行的第二個月，摯哈爾走至艙中，解開柱上的其中一個繩結，牽出所剩不多的牲口，他總是不禁擔憂糧食用盡的那一天。他唯獨覺得這隻羊別具意義——

至少是最後一隻沒宰來吃的羊，他將牠取名為「霞卡」，在特魯族語是大地的意思，他決定將霞卡視為旅伴。在所有特魯族人中，擎哈爾自認為是唯一歌喉難聽的人，其餘部落裡的男女老幼模仿蟲鳴鳥叫、馬匹的嘶鳴或原野上的大風，人人都像是慶典中的演員。然而日以繼夜的自言自語已經快將他逼瘋了，他開始將所有曲子，那些記得片段旋律的特魯族歌，全都唱過一遍給霞卡聽；奶媽的搖籃曲、部落玩伴間的童謠、採收時求愛的歌曲、頌揚潘神的史詩……如果他懂木工，或許能做出一把魯特琴，再花個大半月就能彈出幾句小調，但孤零零的紫羅蘭號根本沒有多餘的木料，擎哈爾只能拍手擊腿，把窄小的甲板當作工人們三天三夜搭成的舞台，而霞卡是他唯一的聽眾。

他當然考慮過和一頭羊交朋友是多麼荒謬的事，向來只有喪失理智的部落瘋子，如他的二表兄，才會跑到羊眷中和這些生物攀談。不過，霞卡不是普通的羊。牠的毛皮白中帶灰，摸起來柔順，遠遠看起來像一身金黃——聽說，大城邦的英雄曾經被眾神賦予任務，偷取一匹金羊毛，對擎哈爾來說霞卡的一身毛皮被神話渲染，越發像是珍貴之物。羊，不，霞卡的肢體似乎經過較為優良的設計，眾神用了巧思，首先賜牠四足，接著讓牠的四肢移動時緩緩慢慢，卻省力而準確，毫不浪費，相比之下人類的舉止太過沉寧，喪失眾神的靈性。

為了應對空蕪的天空，擎哈爾自創了遊戲叫做「我要吃」，參加者向來只有霞卡和他。擎哈爾發現，霞卡不需要開口便能與他對話。那雙動物般的眼睛，不，就是動物的雙眼，象牙色的眼白包圍菱形的琥珀色瞳孔，同情和義理，就好像霞卡開口出聲。

遊戲開始，他們用邏輯辯論嘗試打擊對手的論點，當然擎哈爾可以用強，但每當輪到霞卡發言時，擎哈爾總會為她想到完美的回擊點。「你可以吃我，但同時良心也會吞噬你。」「肉質內的精氣能支持我到那座大陸。」他說。「你口口聲聲說，我的死，意即一具肉體的凋零，能換來你的旅途成功。難道你認為抵達那座大陸，你就會升格，抵去我的凋零嗎？」霞卡的眼神顯然已經超越擎哈爾的言詞，他變得太過擅長阻止自己。「我想要去到那座大陸，為了這點，妳勢必得死。」到後來，遊戲雖繼續進行，霞卡的辯解卻傾向拖延時間，牠似乎已經察覺無論如何都將淪為盤中飧，只是時間早晚的問題，因為擎哈爾在遊戲開端就已經深深在心裡植下一念：羊是食物。

每當說話聲停下，那股窒息般的安靜便會回歸，只有環繞所有方向的空氣和水氣，擎哈爾開始幻聽，開始分不清什麼是雲層，什麼是前是後。每天不只一次，他坐在紫羅蘭號的船緣，看天裡的雲，雲外的天，準備一躍而下。有一天，擎哈爾已經做足了準備，他將霞卡的栓繩解去、鬆去紫羅蘭號的帆和舵。唯一尚未圓滿交代的，就是他此行的真正目的。

「對不起，親愛的。」擎哈爾坐在船緣，抱著頭想要想出一首曲子。這時霧來了，或者說紫羅蘭號沖進了低矮的雲，在一片使任何羅盤喪失功用的濃霧之中，擎哈爾想不出任何旋律，終於沉沉睡去——眾神才知道他睡了多久，可能是一夜，可能是好幾個月。無人駕駛的紫羅蘭號無風漂浮，倒像是有人在前頭以細繩拖行，游過空氣。當擎哈爾醒來時，船已經停了，當山風將臥獸般的水霧吹開後，他發現船桅是卡在乾涸的河床上游的灰石之間。

到了。

霧徹底散去，他花了三天確定這片土地不是幻覺、不會踩空，才終於下了船，嘗試著尋覓人煙。眼前看到的、鼻子嗅出的全都陌生，他好像換了一副五官。動物外觀奇特，植被未知而危險，但至少他知道自己位於山裡，應該往低地水源處尋找聚落。他遇見的第一座聚落是個礦村，而他又花了三天，確認此處的居民作息；料想全世界不論哪一座大陸、說何種語言，任何礦村的作息都大同小異吧，男人們在日出前就進入灰石礦坑，天黑了才提著火把走出，他們開採的石材廉價變賣給更大的聚落裡那些有能力購買石材建造房屋的人。谷地中，有一種特別的樹流著黏膠般的樹汁，當地人學習將樹汁和少許灰石粉攪和拌勻，製造一種乾涸後黏性驚人的黏膠，用來固定屋頂的瓦片尤其適合。從這基本的交易與剝削之中，擎哈爾壯起了膽。

也沒多大的不同，他想。

第一次與這座大陸的住民接觸時成功地搭上往城鎮的驢車。那是他第一次看見驢子，他饒富趣味地觀察這似馬又像羊一樣溫順的動物，而他很快地遇見最大的問題：語言。擎哈爾喬裝成啞巴，在一座農場求到了份粗工，每天就是圈養照顧一群被稱作「青牛」的動物，吃硬麵糰配水和野漿果，晚上睡在牛舍的黃色草堆上頭，一切都提醒他霞卡還在身邊的那段時間。青牛既不會說話也不搭理人，緩慢地過著牛舍周圍吃草的日子，也不知是他養牛，或是牛認養他。

夜裡，空氣的顏色似乎會跟著草地改變，睡到一半的擎哈爾動輒衝出牛舍，跑過月光下也發綠的草地，過激地喘氣。他的恐慌總會持續好幾分鐘，冷汗直流，兩手捏得草都流出汁液了，口中重複念著「對不起」。

農場的日子過得很慢。久了，擎哈爾便發現這座大陸的人說話時句子往往成雙成對，分為前半和後半，他們將動作的最後一字做為判斷主詞的依據，一個句子只能包含一個動作卻能包含無數個受詞，所以每個句子就像一串養分過剩的葡萄，贅了又贅，聽的人則必須養成一種耐性，不到句子完結，絕不妄加回應。其他尚有許許多多規則和習慣他只能慢慢地學，擎哈爾向來不是一個好學的人，內心某種時而澎湃時而隱匿的情緒卻逼得他不斷聆聽與記憶，在日夜不同長度的大陸難以記錄原先的時間，他甚至認不出任何星座，幸好，約在幾個季節變化間他已學會花草樹木、日常所見的語言。他仔細思量，繼續裝成啞巴，只在必要時開口，因為他發現人們經常覺得啞巴不能覆述說溜嘴的話，在他旁邊就會特別口無遮攔。

也許是這樣裝癡賣傻的優勢，他終於開始打聽一幅畫的故事——自從紫羅蘭號出航，已經過了兩年有餘，而他只能模仿這種語言，體現樹木等待果實的耐心。

這片大陸的船多數用單桅，還有一種稱之為槳的扁平狀木板作主力，無論怎麼看都太過原始了。況且它們不會飛，這是擎哈爾第一件確知的事。只能仰望的天空，全副世界彷彿有種由立體壓為平面的新鮮感，或許正因為原始而未發展，貿易顯得疲弱而不頻繁，劃分棕黃色田野的牆多半由巴掌大的石塊砌成，卻缺少磨平石面的工法，牆頭參差不齊。這裡的白天比黑夜還要長，但下午常大雨傾盆，傍晚開始冒炊煙的聚落裡，除了宗教場所附近之外多是泥土地，井水、生活用水和與動物的餿水攪和在一起使地面常年泥濘。聽人說，到了越大的城市，味道只會越來越重，延綿數里的水溝直接流進了附近的下游窪地。

成天淋雨的人們雖捨棄了嗅覺，卻將視覺看作一切。他們崇拜畫作，每一戶人家的牆上都有一些對稱的彩色圖形，不論是掛毯或壁畫的形式，而任何作畫者都被奉為能力優越者，反之，擎哈爾也常在巷子的泥潭中看到自裁的盲人，破爛的衣衫遮不住畢身的爛肉與膿瘡，飢餓與疾病折磨著他們也褻瀆著宗教，脖子盡是勒痕。魔法是遙不可及的神祕現象，是宗教也是知識的大宗範疇，理解「事物為何有如此的外觀」儼然是學問的開始與方向，這樣以感官定義世界對他來說有另闢天地的感覺。他從祭司的佈道中學到不少語言，更學到剛剛萌芽的一神理論。擎哈爾不肯深入探究那唯一的神，連名字都不認識，不論怎麼想，憑一己之身統治整片大陸的所有事物都顯得太過荒謬，好像所有傳說都只和祂有關，總覺得太過無趣和蠻橫，但是這樣古怪崇拜形狀、膜拜色彩的地方，則更加深了他的信念：畫一定在這塊大陸的某處。

儘管是蠻荒之地，流浪四方的旅途確實充滿巧合，他從不於同一個村落停留太久，到了一個地方便四處打探關於那幅畫的消息。來到盛產礦物的丘陵時，天氣再度開始轉涼，雨水冷得透進衣衫裡，他因風寒而臥病將盡半月，又險些被醫術不精的祭司欺騙。險惡，這是他為這塊大陸做出得結論。

太陽每天升起的最高點也不超過肩膀，若爬到丘陵之上，環顧四周，顏色陌生的原野能延伸到視野盡頭。這裡產出的礦物被送進工坊，經初步碾碎後便裝袋，送往大陸的各個角落，人們拿到手之後須放入木碗中，以短棒壓勻磨碎，以清水調配比例作為顏料。雖大多不可食用，礦物和植物能這般妙用也令他大開眼界。而這塊丘陵地開發得早，早在拓荒時期便建起聚落，最為津津樂道的是人們口中的「先知」最先踏足此地，他被認為是唯一的神派來的使者。擎哈爾不願認識陌生的神，也許是深怕宙斯降下懲罰，但他卻恨不得了解關於先知的所有事。

出產顏料的礦坑在坡沿的後方建了幾座工坊，擎哈爾就在木遮棚裡頭做體力活，他領到了一件背心，用繩索穿過背面再打結的那種，和一雙粗皮的手套，一旦戴在手上就準備當晚多好幾塊破皮處，但他只能咬著牙戴上，因為他負責將出土的大石塊擊碎，分裝到驢車上，用的是榆木柄的鐵槌，每天都要花上好幾根榆木，他們叫那種工具「斷柄」。

在礦坑外，重複的勞力工作令擎哈爾有空嫌開始胡思亂想，他經常納悶為何礦工們都不肯和「地表上的人」一同休息吃午餐，某天大夥趁著雨停，拖了背心在木棚上頭曝曬，擎哈爾資歷淺就被叫到棚子上頭掛衣服。他老遠就看見一個戴著羊毛帽的身影，跪在工坊的後頭，朝天空膜拜。

開工後，擎哈爾在汗流浹背的惡臭人群中，找到了那頂羊毛帽，是個近六十歲的老人，站也站不直。老人是工坊的工頭之一，沒有名字更沒念過書——這裡大多數的人都沒有。他頭髮全無，於是戴了那頂羊毛帽，作了一輩子的工頭他的一雙手已經永遠印了深藍色在皮膚裡，洗都洗不盡。工坊裡的眾人出於敬老尊賢，都叫他伊登，在方言裡亦即「懂事的人」的意思。不只是雙手，老人更將全副心意都獻給了唯一的神，大家都認為他一輩子都沒離開過礦坑，生在這，更會死在這，而老人沒有否認。

他看擎哈爾——雖已極力遮掩，但老人家真是眼尖，那半身的刺青立刻引來注目，老人不知怎地頗為中意，可能是刺青的顏色令他錯以為擎哈爾是個虔誠的教徒了吧。擎哈爾索性將錯就錯，特魯族的傳統紋身隨即成了先知的福音紋身。老人一開口就很難停下，說話竟比祭司介紹的還要詳盡，他先解釋了礦工們為何離群索居：在礦坑中待了太久，礦工的心都生了病，外人不會知道，但他們很可能看到了真正的黑暗，剝奪五感的黑暗。後來，每次到了休息時間擎哈爾和伊登便討論起先知的大小事蹟。其名諱拜隆，沒有姓氏；關於先知的傳說很多，大多界定了神與人、人與神之間的限制，做為半神的掙扎即使人信服真神的存在，也激勵生而為人的信仰。先知首先下筆作畫，根據記載，先知授予人們「畫與話語」，更將顏色分門別類奠定出學問的基礎。

擎哈爾天天叨擾伊登，打聽著關於先知的作品，老工匠雖有些狐疑，但這也不是什麼祕密：

「請告訴我。」

「這也不是祕密。」

先知離開以前曾留下一幅畫。也許是受神的召喚，他走得有些急了，一幅畫竟只用木炭磨成的黑墨作畫，灰與光暗互溶，糅合出輪廓後快速塗墨，甚至尚未塗色。其實，只要是作畫人想必都明白習慣是最難以改變也最難以練就的，先知當時的作畫方式便十分奇特，如同拓印，一絲不苟地由畫的底部開始向上描繪，先是描拓了一塊斜放的木質地板和桌椅的四腳，連木質雕刻的細節都鉅細靡遺地繪出；接著到了畫的主角，從他們的鞋子和下擺看出，應是一男一女。但是畫斷在主角們的大腿處，再往上，超過半面畫紙皆是空白。

「它有名字嗎？」

「《襪子和襯套》。」老工匠說。

原本，出於一種剛剛萌芽的尊敬景仰之心，先知的全部畫作皆未取名，惟祭司與所有信仰唯一的神的人將那幅黑白的畫命名為《襪子和襯套》，還真只畫了這些物品。歷經數百年風霜，統治者當然崛起了，當國王（或城主、或邦主、或大帝，老人說都一個樣）收納先知的畫作於皇宮時（那皇宮也是由未磨的石塊砌成），唯獨留下這幅黑白的作品在神殿裡，不對，在那塊大陸上，祭拜唯一的神的地方不叫神殿而是教堂。《襪子和襯套》，擎哈爾將名稱深深地打印在心裡，用斷柄敲實了。他終於打聽出畫的下落了，也得以開始計畫奪取，他簡直等不及拿了便走。

他也許會想念吧，名叫伊登的老人；那頂羊毛帽底下、皺紋之間的那副眼神儘管原始、儘管沒有見過會飛的船，卻彷彿正鑑定目中的一切。但擎哈爾絕不會懷念的是礦工們在聽見《襪子和襯套》的故事時，露出了憎恨和恐懼交雜的神情，好似黑白的概念勾引起不願面對的日子，這感覺就好像學生討厭書本、工匠討厭工具那樣，雖是厭惡卻又緊緊相依，更不准外人出言傷害了這些東西的記憶。

據擎哈爾所說，當他終於歷經千辛萬苦奪得《襪子和襯套》時，發抖著，攤開一看，心中只想到紫羅蘭號停靠之處，橫豎已是五年過去，野草都漫過甲板了。終年結冰的河床表面，紫羅蘭號隻身等著他回去，而霞卡想必早已不見了。

「後來的故事，就沒那麼複雜了。」擎哈爾說話時仍帶著奇怪的口音，拉雷恩曾以為是特魯族的方言，現在總算明白，其實是習慣影響了他說話的方式。「我從古城偷走晝之後，沿著計畫好的路線、補給了我的紫羅蘭，上了路。」那故事確實沒有很複雜，回家的路途對歸心似箭的擎哈爾來說更為容易。不過，他萬萬沒想到的是，待了五年有餘的大陸上雖沒有飛船，渡洋的領空卻有混血月族的船匪。他們佈下天羅地網，當擎哈爾終於連夜逃出大陸的古城時，混血月族的船就在半路埋伏，紫羅蘭在衝突中險些變為一顆火球。半月，船匪，簡單的不可思議。

「《襪子和襯套》被他們拿走了，所有東西都被拿走了。」

擎哈爾說話越來越小聲，眼神左右橫移不定，瞳孔縮小，他的皮膚尚留藍色礦物的痕跡。

他突然開始以手掌底部敲擊自己的額頭，越拍越大力，「啪！啪！」聲響沒有要停下的意思，每打一下，他就好像將自己打落深淵，那是一種令在場的人全都深感不適的行為，拉雷恩聽著拍打聲，無人上前阻止，人人都只是露出「你何必這樣」的反感，彷彿這樣自責已經是一潭自取其咎的流砂，倘若跳下去拯救則反遭吞噬。頃刻間，自殘的擎哈爾額頭上的髮絲已經沾上血，連腳步都有些不穩。拉雷恩實在不想要商雀上出現第二具屍體，這才跑上前架開擎哈爾，阻止自殘的鬧劇，而拉住另一隻手的是以賀博，「好了，好了，大人！」

拉雷恩等著阿格拉斯化解這僵冷的場面，甚至將此事一笑置之，畢竟這人，連船上乘客突然被刺殺都可以出聲嘲諷，但船長卻收起了他詭異的笑容。

「大老遠的追來，不是為了頭皮流血吧？」阿格拉斯說。

若真要說，擎哈爾的眼神透露著他好像成了自己的人質。這不是欺騙與否的困境，在只有他獨自一人的世界裡，他又向下墜落到了乾涸結冰的硬地，除了修復紫羅蘭號以外他定是另有所求，才會低著頭來找阿格拉斯這個令他陷入苦海的人。他像是一隻受傷的幼雛，雖害怕世界，背後卻有強大的力量迫使他忽略這種恐懼。

「你會幫助我拿回那幅畫。」他虛弱地對船長說：「我不是挨打不還手的人，不再是了。我知道混血月族將畫藏在哪裡。」

「知道又怎麼樣，親愛的商雀以及她的乘客毫無義務益助你的私情。」

擎哈爾說乘客當然不必幫他，但是他對商雀的行蹤瞭若指掌，更了解阿格拉斯除葡萄酒之外還有一項不可缺乏之物。他態度卑恭，卻彷彿一舉揪住阿格拉斯的弱點。拉雷恩突然明白，這才是如此忌憚擎哈爾的原因，不穩的理智只是一小部分，他是一個為了渴望已經傾盡所有的人，他無巢可歸，任何告訴他退一步海闊天空的人，都只是不理解他心中那股渴望的強盛。擎哈爾說商雀號要躲避律法，去無人的天空有一條必經之路，他更說，不論想要賣什麼，少了信用，阿格拉斯不可能成功。

「這才是最棒的部分：你會帶我過去。」

四之三、必經之路 Pathway

紅港的妓女不是最美的，食物與葡萄酒不是最好的，卻有最公平的骰子。佛洛恩學到這一課是跑遍了各地的賭場，小至神殿的偏房裡，祭司們以銀製高腳杯當作骰杯，大至貴族們也能搭馬車公然前往、柱子高過神殿的別墅，紅港絕不乏後者。錯綜複雜的巷道，攤販一時性起就攔路架起棚子，兜售香料衣帛，馬車隨地停放，排泄物的氣味漫天，說話喊叫聲在街角被敲擊鐵砧的聲響蓋過，搭配鼓風爐的跳動紅星，彷彿正替整座港城加熱。

紅港之所以叫做紅港，而非又長又難記得原名，正是因為港口的迎風側，滿山遍野的屋頂全是紅瓦——用了當地盛產的土做成片狀，比尋常的瓦片更防風。若登上山頂（居民們只有節日時才這樣大費周章爬階梯），有一間阿波羅的神殿，外頭的大理石神像上了橙黃色的釉彩，那具豎琴聽人說是純金打造的，但放得太高，想偷也偷不走，更沒人會去打神殿的主意。順著大方袒露陽具的阿波羅的眼光，正是他的馬車每天出發的方向，俯瞰整座紅港，只見赤色的屋頂像浪潮一樣衝下山坡，冒黑煙的鐵匠鋪、扒手橫行的市集、南方商行的據點、囤貨所、執政官的華麗居所……到了港邊，碼頭延伸出的木頭稱為磯，一條一條懸空並以山壁做固定處，供船隻停靠。

走進紅港的賭坊，佛洛恩算了一筆賭金後揀了張桌子坐下。適應昏暗的火光後，他觀察同桌的人賭藝不精，是小賭怡情、步步為營、見好就收的那種賭客。有時候他也喜歡欺負這種野心狹小的人，但一來贏得不多，二來輸贏其實都失了興味。換了幾桌，他跟老朋友們點頭致意，彼此都儘量避免同桌太久，以防傷和氣，畢竟他們許多人即便賭藝高超，骰子操縱自如，賭金最多也就是當天白天的工資。

佛洛恩不一樣，他是一種特別的賭客，賭坊老闆最是知道。他可能一年只來一次，在附近的旅店往往一住就是數天，也就是商雀號停靠港口的那幾天，直到出航時才回到船上。相對的佛洛恩的賭金較為闊綽，不論進帳或散財都是大把大把的金銀幣。為何說骰子最公平，其實並非因為莊家不賺，莊家永遠是最大的贏家，佛洛恩之所以光顧這地方，之所以光顧任何賭坊，都是因為它們足以讓他忘記航行的日子。

「又一艘船不見了？」背後那一桌有人忘了控制音量，佛洛恩忍不住放慢手中速度。

「噓，別聲張。」又一人說：「本就是風險十足，怪得了誰呢。把得來不易的東西，賣個恐怖的高價，又替它們編出一堆故事，難怪每個城邦王國都要嚴令禁止吶。」

「你參加過嗎？」

那人頗為得意地回答：「當然，還標了一副卷軸呢。那船長說是從地精手上搶來的。」

第一個人問地精到底藏身何處，第二人說他怎麼會知道，兩人又互相吹噓了一會有關時沽的傳聞，其中一人更聲稱他的店鋪曾經有月族光顧過，佛洛恩只是偷笑，但笑完之後，他擲骰的興致不知怎地就沒了。他年紀也不小了，早就過了成家的年紀，但私人的財產不會多過正正經經做工的人；有個賭客，叫什麼什麼斯的，從少年時期開始替人抄書寫字，一做就是好幾十年，紅港裡頭所有諭令和書卷都經他之手，竟然當到了執政官的幕僚，位階不小。這人和佛洛恩一樣，快到不能工作的年紀了，很快就有人開始「尊敬而忽略」他們，擺置一旁當作取笑的對象，穿上一身老人的袍子等著黑帝斯接送。

佛洛恩不一樣，他會被全船的人取笑，還要被個毛都沒長齊的小夥子頂替位子，更慘的是他經年累月攢下的錢幣，放在大副的臥室牆壁裡面的一只暗櫃，根本裝不滿一個布袋。佛洛恩有些氣餒地擱下象牙製的骰杯，算一算自己的賭金，今晚不知是沾了什麼花粉，運氣真是月火的糟透了。

「下回再還。」

這兒的老闆身兼莊家，在自家就穿了件露出胸口厚毛的托加，他用手指摳著自己的肚臍：「你們下一次停靠要何年何月呀？我又不是傻情人，可沒提供賒帳。不過……今晚的風特別大方。」

「你問吧。」佛洛恩將盤上的食物掃淨。

老闆將身體湊近，發霉的汗臭味傳來，但佛洛恩已經大致習慣了：「我聽說商雀新雇了不少人，哪來的錢呀？」

「腳踏實地的工作。」

「那法器有名字嗎？」

「我怎麼知道那瘋子又搞到了什麼貨。」

「船長沒對你說？」

「他這個人……像個臭小孩，自己以為詭計非常的聰明、騙過所有人，說穿了就是笨。」

老闆的眉毛一挑：「若能讓我提起興趣，就抵銷你輸的上一手。」

「真的？」

「一筆勾銷。」

走出賭坊，天色已晚，彎曲的巷子裡沒人也沒燈火，佛洛恩算算時間，離商雀號揚帆出港還有好幾個鐘頭，但他既不睏也不餓。忽然他發現，面前是上百階的石梯，它們蜿蜒向上，兩旁全是紅瓦屋頂的房舍，高矮不同，直到階梯的盡頭好像有一只金碧輝煌的處所，只見得到角落。佛洛恩在階梯的起點，暗罵了一聲

「月火的」，隨即捲起褲管向上爬。他不止一次跌倒，不只一次停下來喘氣，每爬一階都像吃掉他一部分的內臟，早知道他就養成數十年的喝酒習慣，內臟一樣痛得讓他流淚，但至少心情會好一點。也不知是哪根筋不對，可能是近來的運勢實在爛得堪比泥巴，佛洛恩突然很想要一些慰藉，然而喝酒或玩女人都太耗費心神也太昂貴，好像要投注更多心力、更多靈魂的事業。他個人行事的準則是，不論月族或人類、競標或搶劫，商就是商，還不就是錢幣易手，有時搭上一些情報或人情呢，因此他從不是個迷信的人，他也總是對年輕一點、頭髮還沒白的那些小夥子這樣說。

但那天晚上有些不一樣，也許是身子骨頭都累了，佛羅恩突然覺得，與其被眾神之一塞進一些胡言亂語的神諭，他更想要「對著神」說話，而非傾聽。佛洛恩當然不在乎關於什麼埃庇斯的傳言，早已經放棄阿格拉斯那個身材巨大的廢物了。他快要可以退休了，至少不必成天被困在商雀號上頭，屆時他可以去神殿外面乞討，討了錢幣再去光顧賭坊，他也終於能忘記埃庇斯。

佛洛恩唯一沒有算到的，是在紅港的巷子裡有一群人，正潛伏在陰影之下，等他抵達神殿附近無人處。他們領到的命令是殺，並且弄得像是半路搶劫或是積欠賭債。

這些人沒有想到這件工作這般容易，對象竟然是個老態龍鍾的男人，看來，寶物在商雀號上的傳言沒半點真實。殺手是一群特別的人，他們穿得像普通人、尋常醉漢或路邊的乞丐，只是兜裡多了一把尖刀，他們不會在乎雇主的意圖可能只是一筆長年的賭債，他們只掛念一件事：每個人都想活下去。

＊

航圖躺在木桌上，有些太大了，只能將需要的那半面攤開，其餘則必須捲起，它的材質是上好的羊皮紙，表面刷上一層蠟——採自凌晨就出門採蜜，無人看顧的蜂巢，價格令人咋舌所以只塗了薄薄一層。拉雷恩早在出航前仔細地研究過航海圖，如同一筆一筆拓印在腦海中，每個細節都瞭若指掌；不過，地圖傳達的有限，諸如氣候和地域的統治者、去到一處不能招惹誰，維繫這些都要靠旅人們之間的訊息。拉雷恩眼睛忍不住上飄，航圖的上緣是一片連地標也沒有的空白，擎哈爾卻說，他隻身印證了船員之間的耳語，某塊陌生的大陸。

若真要說，擎哈爾捎來的故事沒有什麼好不相信的，若非他的恐嚇，阿格拉斯也不會再度把自己鎖回艙裡。船長已然答應擎哈爾，助他拿回《襪子和襯套》也許真是為了維護那所剩無幾的尊嚴，或是信用吧。如果拉雷恩能接受那幅畫真的存在的前提，擎哈爾又為什麼非要它不可呢？其實不必多想也知道只有一個可能：魔法，它簡直是所有事情最方便也最隨便的解答；船會飛是魔法，月的永駐青春也是魔法……沒有月該有多好，拉雷恩想到。對呀，那塊大陸沒有月，擎哈爾提及人滿為患的城市、百帆齊揚的海運和越來越分裂的城邦，全部都是屬於人類的彩色社會，就是沒有提到雙耳尖長的美麗種族。也許，只是也許，那位神祕的先知與月有著莫大的關係，更可能是其中一員？拉雷恩天馬行空地幻想，他盯著航圖，嘴中不經意地碎念：「來呀、來呀。告訴我妳要去哪……」

地圖還有第二個值得注意之處，擎哈爾並沒有說錯，落日棧道是一條必經之路。

「名字或許挺浪漫的。」那時被威廉一問，他解釋道：「但那不是尋常的商船、甚至不是成群的戰船應該經過的地方，我在猜，之所以叫落日，是因為有太多船都在那裡殞落。若時間允許，大多數情況都會花半個月繞過山脈……你看這、還有這，重兵把守的疆域分界，山脊間建了壁壘，一見來者不善，就是放箭射成蜂窩，再派火船追上把我們裡裡外外都燒盡。落日棧道沒有什麼引人入勝的特點，就是個格外隱蔽的通道，它能帶我們直直穿越山的心臟。」

「你說，棧道的入口開在山壁的皺褶深處？」威廉問。

「船長已經告訴我航向了。」拉雷恩說。船長同時也向他透露，年輕時途經落日棧道，那是他還是學徒的時候，也是絕無僅有的經驗，若拉雷恩沒有猜錯，阿格拉斯和擎哈爾應該師出同門，或至少在學徒時期就認識了，他們倆的關係既是同儕又是競爭，高獸配上矮壯的喜劇演員。

威廉說：「容我釐清，我等要聽信一個被控訴為叛徒的船長、去一座重兵防守的山脈邊界、找一道千仞高的山壁和位置不詳的入口、走一條連旅行者都當作鄉野傳奇的棧道，最後抵達一片無人的天空？」

「這些沒有寫在信的介紹裡嗎？」拉雷恩問。

「我可沒有勸阻的意思。」威廉說。

「男爵。」拉雷恩收起禮貌的笑容：「不，『公爵』，容我冒昧，僅為這艘船上的東西，您三位真不惜冒這麼大的風險嗎？」

威廉・布萊茲公爵回答「是」的時候十分肯定，當然，以他的見多識廣和紅潤的臉色，若是撒了謊拉雷恩也無從得知。忽然間拉雷恩想起孩提時代玩的一種遊戲，名字已經忘記了，現在回想，叫做「死亡本能」倒是十分合適：一個頑皮的代表會提出挑戰，通常透過揮舞去了皮的斷枝，像是倒立，或水下憋氣，遊戲開始時只見眾孩童一致整齊的捏住鼻子，潛入水底。通常不會有人想到贏家的獎賞是什麼，總而言之，如果比別人晚潛下去就好比已經輸了第一仗。水底的世界因為細細小小的生物和深色的水草而髒兮兮的，但你必須努力的睜開眼睛，以防旁邊的人作弊上去換氣，大家你看我、我看你，臉頰一律脹地紅通股股，斷去的水草騷過腿邊又向上飄走。怪的是，一群野孩子玩比憋氣的遊戲，也沒有訂下規矩，平時扭打成一團的，水底卻沒有人會拳打腳踢——可能是求生的本能告訴我們，亂動所消耗的精力太划不來了吧。大家自顧不暇地捏住鼻子，此時已經有人忍不住，張了嘴吐出一堆白泡，浮上水面，年幼的拉雷恩眼掃四週，一邊確保敵人的動向，一邊放鬆四肢，連划水的力氣都省去。他感覺到腦袋尤其是鼻腔上方那一塊開始發疼，已經過了多久了？周圍漂著兩三個年紀比他大好幾歲的男孩子，托加袍漂浮時像水鬼；當時拉雷恩涉足的是一種無論如何都能贏的無敵狀態。

若要說，威廉給人的感覺——他和其他兩名乘客給人的感覺都並非這般，他們並不是為失敗做好了心理準備，心中無敗；會不會船上的那件寶物、那件阿格拉斯在清單上只列了「那個」二字的寶物，其實是威廉、沙散諾和薔薇三人賭氣之下，不肯放開的玩物。威廉就像戴起頭盔的勇士，遮住雙眼以外的五官，掩蓋不住他溺斃的勇敢與死亡本能。

如今再想，拉雷恩已經不記得慪氣遊戲的輸贏了。他發現這一類「事實」特別容易忘記，反倒「狀況」容易記得，這和一般人相反，總是記得「我曾經去過落日棧道」而不是「棧道裡的景象是如此這般」，前者就是事實，後者為狀況。忘了輸贏之事實，玩伴們的臉龐更是忘得一乾二淨，有一半以上已經上戰場身亡了吧。但拉雷恩清楚得勾勒出一次念頭，那時游離的神智中，他所念及是把死亡擱置一旁的，既不在乎沒有意義的輸贏也得不到同儕的尊敬，卻恰好又處在一種，生存顯得太遠、太高過於水面的排斥感，那是拉雷恩第一次心生自盡的念頭。

時沽已經暫停四天了。曆法說今晚阿提密斯正好休息，商雀距離山脈尚有一段距離阿格拉斯即下令全船熄燈，連瞭望台的油燈都必須滅了，在無月夜空中商雀宛如消失了一般。拉雷恩藉機下到寶庫中借走了一整袋的夜明石，每一顆約拇指大，稜角分明，表面呈瑩青色，在黑暗中發出幽微的亮光，好像將光線困在石頭裡了，若依照它們的價格判斷，應該是由內陸的礦區買來的。拉雷恩將夜明石全部裝進厚實的隨身布袋裡，不透出一絲光，螢光雖傳不遠，在這塊區域依然太過冒險。

走回甲板，船首斜桅旁邊有一個多日未見的的身影。

不論怎麼看，沙散諾少了面紗的臉龐都太過詭譎了。換言之，察覺對稱性就好像突然間發現愛人的缺陷一樣，讓他嚇得從床單上彈起，巨大且難以平復的衝擊。月的面貌令他作噁，但姿勢依然十分優雅合宜，拉雷恩站在他的斜後方，當時全船漆黑一片，只能就著星光看；甲板的前半立滿了象牙色的白圓柱，半徑和長短都如舞女的小腿，頂端平整，有些像是少了燈芯的白蠟燭，不知為什麼，它們擺在飛行中船艦的甲板，竟然不會搖晃倒塌，排列的形狀是一個中央被直線穿過，如同搭了箭但沒有弦的弓，箭尖指的方向正好是船尾。

「這是公爵大人交代我轉交的。」拉雷恩遞出一個巴掌大的布包。

「感激不盡，拉雷恩。廚師見到在下就藉故離開了，也無機會相借。」沙散諾說他名字的方式好像它十分拗口，任誰都聽不慣，他細長的手指夾走布包，過程完全沒有碰觸。拉雷恩當然打開檢查過布包，裡頭是有如水晶磨碎後的透明粉末，每一顆都有如細小的寶石，伸手抓取，由指縫間滑落便有如晶瑩剔透的簾幕迎風垂下。「要海鹽作什麼？」鹽巴的價格極高，光是從海岸運至內陸販售就是一筆可觀的生意。

沙散諾雙腳併攏，蹲下時往右擺，這就是奇東袍不便之處；他一邊調整象牙色柱子的位置，一邊漫不經心的解釋：「宙斯是寂寞的王。祂的兩位手足裡，海和陸透過山脈之心採下的雲母石、月圓後首次漲潮的鹽，向凡間低語，唯有天空不會結晶，即使下了雨雪也是落至地面或海洋。若欲傾聽天空的聲音，在下須借用其他兩者一用。」

「聽啥？」

「在你耳中，恐怕都只是信仰的兒戲吧。」

起先，拉雷恩心頭有陣冷凍般的心寒，像是高空墜落時心臟離開胸腔的感覺。他知道了，沙散諾知道我的夢了！不論怎麼隱藏都沒有用，沒有事情逃得過炙熱而銳利的雙眼，月的無所不曉令他驚愕又害怕，連夢境的角落都被逐一檢視，在那瞬間，他真以為沙散諾已經看透一切，看世界有如翻閱書房中一卷早已熟讀的書籍，拉雷恩驚覺他必須將祕密藏得更深才行，挖一個深不見底的坑洞。拉雷恩不應該這麼接近一位乘客，畢竟對方是客人。兩人中間隔著一根根白柱，他驚覺有好多話想要問沙散諾：有關夢和女孩、有關擎哈爾、有關陌生的大陸，但仔細一想沙散諾也不會比自己清楚到哪去，也許時間真的能賦予某一種錯置的智慧，讓人堅信原始的教條裡，明文規定城邦的長者必受尊敬，年齡與閱歷一同增加。

拉雷恩突然想起了什麼：「她沒事吧？」

「你持過劍嗎，拉雷恩？」

「沒有。」

「那麼你與在下同愾，皆不了解奪人性命的感覺。薔薇小姐一步都未踏出房。」

「聽著，我很抱歉，但你不能在船上弄這些……遊戲。太危險了。」

沙散諾對於不能二字有了一些反應，太過美麗的雙眸一皺，形成淒厲的銳刃：「閣下難道想要學？」

「不！眾神啊，不，我只是需要關於魔法的一些事實。你能知道《襪子和襯套》是否真的在藏在棧道上頭嗎？」拉雷恩說：「其他人想要什麼，往往看得比較清楚。」沙散諾很乾脆地承認他也不知道這樣的占卜及儀式會揭露什麼樣的諭示，可能是明天晚餐的內容、也可能是死後的世界，端看機緣，或者眾神想要讓人看見什麼，就像夜晚出航撒下網至漆黑的海水中，永遠不知道網子會撞見什麼、撈上來的又會是哪些魚類，許多的時候更是網破魚走。拉雷恩幾乎能確信沙散諾在欺騙他，他一定知道某些關於摯哈爾的事情。

越想越急。拉雷恩抓住雙耳下方，他的脈搏跳得如湍急河川，一陣劇痛隨之傳遍後頸。他痛得幾乎要流淚，但又害怕夢中的小女孩再次現形，硬是忍下。

此時，一聲鳴叫由某個原點爆裂而出，撞擊山、衝碎雲，它觸及這些地方又跑回耳朵邊賞人一耳光，來來回回，那感覺好像有人在腦袋後方奏神樂，鼓弦嘈雜時更讓他絕望的是，音樂好像是被植入體內一樣，想阻止都沒辦法，正當以為要削弱時又捲起一襲浪。它讓人憶起祭司曾說過的故事，神祇他天生俊美，直到那天好巧不巧他望見水中自身的倒影，先不管他為何會在水邊而不鞠水、為何孑孓或魚沒有攪起池底的泥巴，神祇看著水中的倒影，因為自己太美而興嘆，同時，以葉蔽體的山妖精遠遠看著同樣的倒影，墜入沒有結果的慕戀。她不能離開綑綁她的山，否則便會枯亡；她的叫喊無法引起他的注意，他已經被注視吞食，於是日侵月蝕的傾慕漸漸地抹消妖精的靈魂，僅剩她呼喊納希瑟斯的聲音迴盪在山與山之間。

那樣的一聲鳴叫。

一片漆黑中，山壁赫然出現在商雀號前方，由雲層上端冒出，崇山峻嶺像是無數的神殿柱子，橫然擋在路中間，向兩旁延伸至視野盡頭。東邊看得見一面冰河，相互撞擊的冰塊擠壓變形、斷裂後如挫傷的腿骨突出，匯流的冰河將山的背風側咬去一大半，段段裂口即向下切割山的龐大軀體，雖不至於一刀兩斷卻製造出無數的皺褶與崎嶇山峰，另一半山壁則被連年不斷的風雪摧殘了大半，與其說像老祭司的頭頂一般光禿，不如說禿鷹啃剩的戰敗者都有更好看的殘肉敗骨。傳說中，山被地底的神向上推擠，迫使她與天空打鬥，如同眾神的角鬥士廝殺之處，將之視為求偶用的彪炳戰功；由板塊形塑出一座山全然不費工夫、只需信手拈來似的。許許多多生物，但都嚇得四處躲藏；山壁的夾縫中偶爾見得到幾株雲松或韌草；深色的乾土，歪曲的禿枝，最神奇的是這裡的植物依舊遵照地面植物的規則，扎根冒莖、開花結果，而非變得像雲裡的動植物那樣，後者的根與莖均為中空，用以抓住水氣並在高空中形成固定攀附用的冰晶塊。看見的人難免會想，即便已經到了雲層之上，天空和大地仍然爭執不下。

拉雷恩做的第一件事便是衝向階梯，到商雀的船舵處。若透視觀察，一條堅韌的核桃木在地板之下，一路連接至船的尾巴，操縱及轉動著商雀的舵，也就是紅色肥胖羽毛狀的尾巴。拉雷恩下令左滿舵，讓船直直開向迎面而來的山壁。

「大、大佬？」掌舵的船員不敢相信這是命令，手掌動都沒動。

「沒時間了。」

他擠開膽小的舵手，抓住那木桿全是手汗與抓痕的大型輪盤。「嘎吱」一聲，他幾乎聽見她全身上下的哀號。左滿舵使得商雀的甲板傾斜，如同遭巨浪顛起——若是遠古時代在海上，反方向的海水會稍加減緩轉彎時的作用力，然而別說空氣比水無形了，高空的空氣更是稀薄地難以呼吸；急轉彎的商雀號就像脫韁戰馬，拉也拉不住，甩動的帆和繩索發出尖嘯般的聲響，向外甩的力道使得腳底不穩，翻箱倒櫃的聲音傳了上來，甲板上的人更是險些從欄杆處摔了出去。平時用以採集雲朵的細網、撥開雲櫻用的長棍子鬆脫灑了一地，險些砸中從艙中爬出來的擎哈爾，他踩在已經變成門檻的門框上，喊道：「怎麼了！」

拉雷恩雙手放不開，下巴示意船隻斜後方的天空，矮小的特魯族順勢連趴帶走的爬至欄杆旁。

夜空中，螢火蟲般的一光點，金黃色的閃光絕非星辰，她像是慢速的流星做成了鵝毛筆緩緩劃著一線，平行於山的稜線，似乎是在盤旋。擎哈爾立刻就明白那想必是壁壘派出的巡邏船艦，可能還有更多，那些船沒有旗幟也從來不給警告。他幾乎要重新回想起孤單渺小的紫羅蘭號遇劫的那一天，手抓著欄杆，指頭泛白。

她正往這裡來。

這時，高空中急轉的商雀號，終於將船長喚醒。在傾斜的船上，眾人皆東倒西歪，反倒是阿格拉斯走得十分自然，大步流星地步上甲板。金髮的巨人瞄了斜後方的巡邏艦一眼，然後看了看掌舵的拉雷恩，點了一次頭。「那三個！解開錨，等我口令。」船長下令。領命的三位船員你看我、我看你，各個緊抓著欄杆，動都沒動，直到阿格拉斯舉起那把巨大的鎚子要脅，這才不情願的往船錨處移動。

古代的船錨必須垂放水下以求勾住海底的石塊或牆面，而商雀的船錨平時綁在船首，使用時則解開繩索由船的兩側丟下，形狀就如同一枚半個人長的鐵錐，拖著三條最粗的繩索，由於使用不便，停靠港口的船隻習慣使用碼頭提供的繩索，以將船隻固定於半空中。但用不著多說，現在情況特殊，光著胸膛的船員們解開船錨的固定閥，置於左舷。

「穩住……」阿格拉斯是全場唯一沒有死命抓住船身的人：「如果掉下去，給我忍住慘叫，別引來那些傢伙的注意阿。」

強風灌向臉，拉雷恩此時已經沒辦法控制船舵，它死命地失控旋轉，他差點來不及收回手臂。甲板已然傾斜一半以上，山壁倏地靠近，光禿的枝幹快速地在眼前放大，眼看要撞上。

一聲令下，船員鬆開雙手。船錨由左舷落下，只見百斤重的鐵錐火速地落下，拉直了粗纜繩，實心的鐵錐垂直下墜——空氣滿懷期待地安靜了半秒——接著厚實的悶哼擊重耳膜，於船首底下約幾十呎之處重重的繃直了那三條粗繩，發出比皮鞭還要沉上千百倍的緊繃聲響，原先被甩出而向右傾斜的船身，突然找到了半空中的支點，只見船錨的基座「轟」地應聲而斷，繩索持續拉扯之下，欄杆一支支彈飛，木片亂舞。固定於船首的基座繼續受力，船首斜桅應聲而斷。

獲得支點的商雀倏地減速，如一尊紅色大理石像被憤怒的女人砸碎在神龕前，而她的丈夫猝不及防反方向彈出，則如同船上的眾人，阿格拉斯眼見急轉彎完成，立刻舉起那巨大的錘子，未知金屬製的錘頭畫了個半圓，「磅」地擊中船錨的底座，轆轤與固定閥紛紛如運動場上的標槍激射而出，船錨，連帶著三條刺鞭般的纜繩，如寶箱一般迎風墜落，消失於雲層之下。船舵造成右側的前進力道過大，而這犧牲了船錨的急停強硬地加諸反作用力，但兩相力道不可能完全抵消，商雀殘餘的轉彎力量使她打橫後，繼續撞向山壁。

她的身軀一震，船側的木板摩擦凹凸不平的山壁。

「全都閉嘴！」阿格拉斯喝道。

除了商雀船身的木材哀鳴，夜空中所有人噤了聲。金色的光點此時已經十分靠近，變得如脂肪點燃的油燈那麼大，盡職巡邏的守夜人拖著一陣光，劃過百呎上的高空。拉雷恩的四周漆黑一片，緊貼於山壁的商雀好像只能依偎這些在石縫間露出殘枝敗葉的植物底下，尋求一點點庇蔭。有好幾個瞬間他都以為巡邏艦已經看見了他們而減速。著火的弓箭會點亮這片天空，貨物會燃燒，木頭與毛髮燃燒的味道透著一絲燙傷皮膚的焦味，船隻會在雲層和山壁之間不停如跌落樓梯那樣撞擊，拉雷恩的面目會焦黑龜裂如大火後的森林地，一切將陷入奧林帕斯救贖一般的光亮。

他險些忘了呼吸，緊抓船舵，再回過神來，巡邏艦已經離開了。在短短幾秒鐘之內拉雷恩的手肘挫傷、跌了一跤、商雀的船首遭扯飛、她的右舷如遭丈夫欺凌的女子面目全非，但他們沒有陷入火海。

「做得好。」威廉不知何時已經走出船艙，他的長劍是伸出利爪的待獵野獸。

「近了。那邊。」擎哈爾搶先應道，他手指的方向正是山縫間樹木從不生長的地方，一塊巨石好像過胖的橋樑之神橫跨兩座山壁之間，本就狹窄的縫隙被它龐大的身軀硬生生的撐開，樹藤和剝落的石塊在它周圍肆虐有如遠遠看去的裂痕，不但面臨崩塌的危險更終年籠罩於山脈的陰影之下。拉雷恩心裡剛剛將船錨和頭頸的損傷算出一個大概的數字，一個很高的數字，他再次咬牙掌握住船舵時心中暗自忖想，若非那一聲神祕的鳴叫，他會如此迅速地做出反應嗎？

巨岩的底下其實有一番天地，商雀下沉數十呎，只見山壁和岩石中間因天然障蔽風速較小，一些植被足以在此滋長，當然是耐寒且不必日曬的苔癬蕨草，好幾株鍊條垂吊神龕一樣的藤類在陰濕面，若沒有下降湊近看，根本不會注意到，殘缺的船頭伸出，撥開巨岩底下的簾幕後繼續前進，不詳且隱蔽的轉彎不停出現在路的盡頭處，商雀的船身晃晃悠悠地逡巡於兩壁間，好幾次擦撞突出的岩石，小溪般的山泉瀉出石縫在甲板和收起的帆上留下一漥漥水灘，如下起了青苔味的陣雨。此地雷聲不斷，死去或劈成兩截的高山樹由山溝掉落，堆積在凸出的平台、或直直墜落到雲之下，有紅杉和雲柏當然也少不了一些像是嘔吐物的船隻殘骸。

日和月早就消失了，礙於視野他們點了兩盞大油燈，掛在殘破的船頭邊，不無小補。拉雷恩不斷覺得，或更像自我提醒，苔蕨之間，一定有人在偷偷觀察商雀，她受了傷的羽翼好像已經被數十對虎視眈眈的眼瞳鎖定，而船上的人看得見彼此、看得見那兩盞醒目的燈，卻不知有多少人看著自己。這塊地明明在航圖上只是一片模糊的問號，卻沉葬了不知多少躲避災難、尋富貴的船隻。阿格拉斯突然出現在一旁，說：「別停下來。他們會覺得我們不是來真的。」

突出的岩石開始幻變，逼近又遠離，過了某一門檻後，矗立於不遠處的蜿蜒之上是一片茂密的山峰和雷鳴隱隱的雲叢，拉雷恩這才意識到此處不過是落日的入口，在前方無止無盡的群山之下，才是棧道的真身。

「這得要走多久阿……」拉雷恩說。

阿格拉斯灌下一口酒：「咱們至少找到了入口，這——」兩盞燈倏地熄滅了，黑暗頓時張開嘴，咬住商雀的羽毛，她無力掙扎，黑暗的喉嚨鼓動、食道蠕動，狼吞虎嚥將船隻淹沒。拉雷恩聽見幾聲慌亂的叫喊，但對於黑暗的原始恐懼更適合令人靜默。燈是被水澆熄的，是一座瀑布，暗地裡，拉雷恩眼睜睜看著簾幕般漆黑的瀑布水簾，拉動著，它隔開船首、隔開燈、逐一淋過甲板上的眾人，它一階階隔開通往甲板的樓梯，最後水幕吃下他僵直的手腳與軀體，打了一聲飽嗝。

落日棧道的黑暗需要一個鐘頭的時間才適應，好像要游泳的人適應水下呼吸那樣困難。一旦適應後，任意一支火把點燃都像是直視熾熱的陽光刺瞎瞳孔，看東西一律成為影子。他看特魯族頸背上的刺青變得栩栩如生，隨時會跳出皮膚似的。石灰岩的溶洞不會侵蝕地這般自然，簡直要把海那麼寬廣的山給挖空。過了瀑布，拉雷恩真正感到黑暗的原因是他看不見山洞的盡頭或底部，然而確實有什麼在暗影中。

不知不覺，拉雷恩和眾多船員、擎哈爾甚至是威廉都站到了商雀號的前緣，眾人站在船錨破敗處，無語地望著遠方的光亮處。視野漸漸擴大，他才如盲人初見，放眼那座火光瑩亮的山洞。

船隻前方是更多的船，大大小小有如集會遊行的廣場，高矮胖瘦各有不同，在遠處油燈的照耀下高高低低的排列，單桅槳船、逃生筏、巨型船艦相互堆疊，飛得毫無秩序，很明顯沒有碼頭管理員或執政官——拉雷恩現在知道雷擊劈落的殘木都到哪兒去了。他不敢相信鐘乳岩的大小，凝沉的水分早應該承受不住上萬年的重量級地殼壓力，石灰岩不應能長成這樣的大小，最大的一尊足以建一整座市集在周圍，而此地的人確實這樣不顧危險地做了；一圈一圈螺旋排列的木平台、棚子、帳篷、簡陋小屋和搖搖欲墜的倉庫，從看不見的天花板一路向下縮小半徑，到了鐘乳岩的尖端，索性拉起繩索拼湊樹幹建了一座巨大平台，稱為「坪」，是船隻懸掛繩索鍊條，停靠暫歇的地方，當然必須付一筆不小的款項。坪的位置雖多半在鐘乳岩正下方，但也有居民選擇建在一圈圈市集的某處，一下了船，馬上便能走入落日市集。

拉雷恩從來沒有見過如此規模巨大又如此雜亂無章的集市。坪與坪之間隨興地在空中畫出一道道細長的線，遠遠看去像是縱橫編織的網，他拿過望遠鏡一看——原來小一點的鐘乳岩充作那些建造不良的木橋、繩橋、繩梯拓展勢力的地方，哪天心血來潮「好想去隔壁岩買香料阿」，索性就打聲招呼、搭座繩橋就到了，漸漸擴展開來的蠻荒之地像是某種安詳而自然的森林大火一樣，橫行無阻，沒有執政也沒有稅收，兜售用的橫幅想要編織得多大就多大，礙於人情才不至於影響隔壁的鐘乳岩。

遠遠的，他就看見一艘巨艦正在燃燒，成噸黑煙向上方盤旋，山洞彷彿也有自己的一片天空系統，船艦殘餘的木料則分崩離析，帶著火苗瓦解後下墜，就這樣落入伸手不見五指的黑暗。一陣歡呼聲由某座坪傳來，一同歡慶著船艦的燃燒，如某種民族將祭品盛裝於小船，推出港後以火箭點燃，冉冉煙硝升天作為祭拜的最後環節，他們不顧燃燒的船可能擊中下方的石筍居民，甚至引起一發不可收拾的山洞大火，想必是那艘船艦的人當真罪該萬死，大家一齊丟出火把的時候都沒在意。燃燒的船艦和旗幟帶著憤怒向下，在消失前一刻，拉雷恩瞥見燃燒中的她點亮石筍周圍，也就是山洞底部的一小部分，那裏竟然有更多的渠洞，可能連通著未知的地方，他這才明白這不只是一條棧道或市集，或者說，之所以稱之為棧道正是它四通八達的網路，能通往任何地方，當然也包括無人的天空。拉雷恩不禁設想，就算哪一天眾城邦決定聽信傳說謠言，派出聯合的龐大艦隊清掃這個地方，就算他們順利折損上百艘戰艦後躲開雷電交加的蜿蜒小徑、抵達山壁之間的瀑布、進入這座由黑暗統治的山洞，就算殘餘的聯合艦隊足以一鼓作氣面對上百、上千艘大大小小的走私艦、護衛艦和商船，用火箭燒了數不盡的石灰岩上各色的市集攤販和繩橋，也不足以滅了這群唯利是圖的法外之徒。這裡的人就像害蟲或老鼠，如果人類前來剿滅牠們的巢穴，任何一隻漏網之魚都能藉由細小的隧道通往另一座基地，繁衍後代、重建旗鼓；下一座市集的面貌或許更加殘敗不堪，繩梯更破舊、坪更危險，但牠們將是艦隊大火的倖存者。正因為這樣，遠在他方的城邦永遠不會前來剿滅此地，更甚者，許多人一輩子做到大富大貴、權位在握也不曾聽過這個世界底層的淵藪。

五之一、最古老的故事 Ancient Tale

「你去跟著他。」

「然後讓你來看著船？」

「嘿，多傷人阿，我好歹也是她的船長。」

擎哈爾口口聲聲地說，混血月族的巢穴就在棧道那四通八達的通道裡面，當商雀號找了個坪停靠後，他走上繩橋之一，到某一座石筍的市集打探消息。「沒有我，你們也別想出去」他留下這樣一句話，過了大半天才回到船上。

市集意外地擁擠，形形色色的人穿梭其間，妓女和商人、官員和蠻族並肩行走，就算穿著奇異或長相怪異，在這樣的地方也不會突出，因為到處都是斷腳義肢、刀疤肥肚、男裙女褲或巨人侏儒，彷彿社會吐出的菜渣，竟還有專門蒐集的廚餘桶子，甚至是專門的集中清潔服務，而這裡便是渣滓敗類的貨物集散地，燜熱的氣味更是足以使人溺斃。

自抵達棧道後，沙散諾眉頭一皺就回到艙房，顯然此事完全與他無關，但拉雷恩暗自忖定這些千百花樣的市集裡面，一定也有一些月不願看到的東西甚至是同類。

他們有兩個選擇，其一是替阿格拉斯還債，跟著擎哈爾去洞窟中尋找那幅畫。打定主意和商雀共存亡的阿格拉斯不甘願下船，甚至下令，凡與「擎哈爾先生」一起下船尋畫者，賞金幣一枚。其二，乘商雀號沿棧道的主線前進——船艦雖到處停放，但中間隱約有一條較為寬廣、不會隨意被打劫的中立地帶可以通行，鐘乳岩之間的船便是以此互相往來走私——商雀的船身需要修補，且她的體型無法飛在遺跡之中。按照耳語中的耳語，棧道的東方全是來路不明的地底遺跡，起先是座山城，千年的風化和堆積作用只留下原先的地下結構，一部分的下水道和蓄洪池，不論怎麼看都是與當今城邦相當的工藝程度。重新補給之餘，他不禁再次讚嘆餘這座洞窟的巨大，將連綿不絕的山脈全部淘空。

幾番威脅和逼迫之下，拉雷恩最終屈服：他必須帶著商雀一半的船員，跟隨擎哈爾。被當作抵押品是最直覺也最痛恨的感覺，尤其當領頭的人只為了拿回被搶走的東西。領命的他儼然失去了選擇權，而願意拿這一枚金幣的人更是寥寥無幾，只好隨機遴選。他們是商人，不是探險家。

「這盞燈燒完就走。」拉雷恩對那群人說。

擎哈爾聘來的嚮導，是一位皮膚黝黑的胖翁，名叫帕布羅，土生土長的落日區本地人。拉雷恩心想，此人既然終日見不到陽光，困在沒有天空的山洞裡，看來是天生膚色如此。他的雙瞳漆黑，上下唇肥厚，從不露出牙齒，身體的形狀讓人想起老家那尊上了釉、畫著九位謬思女神的陶甕。帕布羅走起路搖搖晃晃的，腰間掛了一只鐵籠，約有頭顱那麼大，鐵框雕得像愛奧尼克式的大理石柱頭，很是漂亮，籠子裡有支細橫鐵可以站立，帕布羅偶爾會往裏頭丟一把麥黃色的種子，只見一隻羽色彩艷繽紛的雀鳥，應是南部熱帶進口的種類，約有張開的手掌那麼大，更帶著一種南方的體面的爽朗地站在細鐵條上，不論帕布羅走路時如何搖晃牠都能保持直立，只在旁人沒在看的時候，才低頭啄幾口種子。

拉雷恩很想要伸手摸一摸籠中雀鳥的羽毛，但牠就掛在帕布羅的腰間，令他縮回手。不知是什麼吸引著視線，那身流焰繽紛的羽毛太過漂亮，不像鳥的主人，在人性鈍黑、不見天日的棧道裡儼然是一份珍寶。

許是在此以前他都緊張兮兮地掌著舵，拉雷恩此時站在不見身底的洞穴中，突然感覺無比的寒冷，簡直要渾身發抖；這裡既不是天空也不是地面，而是另一雜交配種的神祕生物的肚腸之中，拉雷恩以為航行高空的經驗已經練就他硬朗的身體，但胸口產生突然的沉悶，如一口巨大卻吐不掉的痰，積在兩肺葉和心臟四周，呼吸和心跳的空間都變小，讓他不禁懷疑自己病了。他抓起一件厚皮襖穿上。

「你不會想手無寸鐵的出發吧？」

拉雷恩轉過身，看見威廉・布萊茲束緊腰帶上的長劍、抓了一個麂皮水袋放進旅囊，他換穿了一身亞麻上衫和深色長褲，都是袖口束緊方便活動的樣子。

「能防身就好。」拉雷恩說。

「但我們不是去談生意。」

「我們？」

威廉顯然打定了主意，看他英氣挺拔的樣子可比在場的任何人都還要適合在遺跡中探險。拉雷恩轉念一想，既沒有辦法打消予取予求的公爵，更無義務為他的安危負責，畢竟公爵的子民都遠在天邊，順帶少一個麻煩人物又何嘗不好？反倒是留下月族和足不出戶的殺手讓他猶豫再三，何況，哪種白癡會自願踏上沒有好處的探險呢，公爵一定也是有所籌劃才選擇加入。

「多一把長劍總是好的。」拉雷恩再次用上了那種微笑。

燈裡最後的油燒盡後，眾人揹起裝備出發，帕布羅和擎哈爾走在最前面，威廉和拉雷恩緊跟在後。船員們拖拉硬扯牽著一群肥胖巨大的老鼠，約有拉雷恩的胸口高，這四頭冷鼴（Wintry Mole）足足花了十二枚金幣才買下，市集裡的老婦人賊著眼賣給他們，一副「又有月火的傻子要進遺跡了」笑得咧嘴。冷鼴們有長長的尖爪能攀石越溝，頭部如鼠一般呈椎狀，兩眼幾乎全盲，僅靠巨大的尖鼻嗅聞，牠們的毛短硬像棘刺且異常厚實，下頭還有一層厚脂肪，就是拉雷恩在市集裡聞到那臭蛋般的氣味的墨綠色元凶，牠們的價格遭到不講理的哄抬，且不像牠們的平地遠親有挖穿石面的能力，但是在這冷硬潮濕、四處滴著水的蜿蜒洞穴之中，連空氣都彌足珍貴，牠們是最適切的馱獸了。

眾人走過異常熱鬧、龍蛇混雜的市集，一樁樁巨大的石筍和鐘乳岩完全違反建築法則，繩橋和木橋在冷鼴的腳下吱呀作響，只能祈禱數百年來屹立的橋不會忽然斷裂。但就像拉雷恩預想的，即使是他們這樣二十來人帶著四隻巨大冷鼴穿梭於這地方，其實也沒有多顯眼。這兒沒有一條直線的道路，胡亂擺設的棚架間有令人眼花撩亂的瓶罐藥草、精緻的痰盂和酒盅、北方蠻族的頭盔插著兩隻獸角，賣畫和雕像的人，或拿筆刷或拿鑿刀就即興創作了起來，裸體男女和半身雕像最為賣座。四處都是扯破喉嚨相互喊價的人、砸破的酒罈和陷入群架的賭坊、笙歌四起的妓院和斷手斷腳的病乞丐，除了位置不為人知、除了不見天日，落日棧道就只是他見過最龐大、最混亂的賊窟。

躲過一匹暴走的、大夥試著平息怒氣的賽馬，拉雷恩的目光被不遠處的小平台吸引。

一位賣藝的女子正表演一邊吞劍、一邊跳舞的神技，她一頭深金色的長髮綁了個秀麗的馬尾，四周圍著兩三圈觀眾，而她就在那裝錢幣的陶碗上頭跳著舞，她的舞蹈展現驚人的協調性，手腕和腳踝上，各掛了一具小巧的鈴鐺，翩舞的動作便自帶著一陣輕靈的音樂；她嫵媚的程度堪比妓院裡貼身的表演，旁人近乎能看見長劍在她的食道裡的形狀。拉雷恩覺得她的動作是在模仿某種動物，但他說不上來，或許是貓、或許是不懼被神祇侵犯的天鵝，她總是不忘嶄露那剪裁極度暴露的藍色衣衫，坦然露出玲瓏胸鋪的同時，總會多聽見幾聲叮噹的錢幣。

女子最後的舞步足足令拉雷恩停下腳步，只聽那鈴聲隨之而動，她倏地兩腳微張、膝蓋和腳踝一曲，頭一仰，整副纖瘦的身體向後仰，像是長草被風吹得彎曲，她秀髮綁成的馬尾垂落，正巧觸及地面，兩隻手巧妙而刻意地遮住私處，而那柄臂長的鐵劍還插在她的喉嚨中。有一短短的瞬間，她停滯後仰，倒置的眼神正好與拉雷恩對視，在抓不住的瞬間拉雷恩明白了賣藝的女子不斷令他回想的，是港邊妓院的紫羅蘭，尤其那身段、那一襲曝露的藍衣裳，以及那情願販售五臟六腑的眼神。

觀眾們似乎沒發現自己忘了呼吸，直到她恢復直立，仰著頭抽出那把尤牽著口水絲的長劍，彎腰鞠躬，一聲爆裂般的喝采堪比雷聲，隨後則是雨一般灑落的錢幣——

拉雷恩倏地轉身，快手一伸，緊抓一個細瘦的喉嚨，絲毫不怕掐死對方。

「喀、喀」一名瘦得皮包骨的男孩，縮回枯枝般的右手，他的喉嚨僅能發出微弱的嗚咽聲，像一捏即碎的蝨子。看他的年紀絕對不及十五歲，輕得不像話，一身破舊的托加，頭髮短亂，營養不良使他的五官凹陷，牙齒掉了好幾顆，也不知是被揍飛的還是長不全。

「這隻手，不要了？」

男孩死命地搖頭，四肢離地不斷甩動掙扎，眼淚和鼻涕齊流，拉雷恩甚至聞到一股尿騷味。忽然間，油然心生的噁心感讓他鬆手將男孩摔在地上，眾船員跟著圍上，等待大副發落扒手的下場。男孩蜷縮在地上的一攤尿裡，有一位船員踢了他一腳讓男孩痛地縮僅全身。天啊，那腰簡直要貼及橫膈了，而拉雷恩更看見男孩衣服後頸露出一枚圖案，是陳舊的烙鐵印特有的疤痕，一個圓，中間血肉模糊地寫著字。

「奴隸。」船員說。

威廉走近，他丟了一塊布蓋住男孩，將一枚銀幣塞在男孩手裡。

「找一艘船離開這裡。」公爵說。

男孩飢餓的眼睛瞪得老大，一輩子沒見過銀幣似的，而公爵的錢包當然是不痛不癢，或者說男孩若是挑對人下手，得手的戰利品恐怕能好上幾百倍。他將銀幣捏的死緊，手掌都要流血的模樣。他花了兩三次爬起身，隨時準備被踢回原地、搶走銀幣，他以一種「你們為什麼還不下手」的眼神看著他們，隨即展開細瘦的雙腿，鑽出人群。

「等等。」拉雷恩說。男孩嚇得身子一震又縮成球。

拉雷恩拿出一塊布，擦淨手：「你和她是一夥的吧？」

男孩轉過頭，滿是驚惶地看著拉雷恩，點了點頭。

「你走吧。」男孩拔腿就跑，繞過四頭冷鼉，一溜煙地跑進人群，抓著布、抓著銀幣，消失在屋棚和各型各色的垃圾裡。

眾人再次動身，人群漸漸變得稀疏，好不容易見到的熱鬧也很快地如氣溫轉冷一樣消退，心好像都冷卻了。據帕布羅所說，途經遺跡的路線等同繞商雀的遠路，按照行程，不出兩三天就會在棧道的延伸處和商雀號碰頭，但願到時候阿格拉斯已經依約。這足使拉雷恩安心不少，並非因為只需要走三天，而是因為擎哈爾畢竟是有備而來，甚至預估了行程。拉雷恩出聲問前方的嚮導有沒有地圖，畢竟山不會移動，鐵定有幾張準確的地圖吧。帕布羅轉過身，搖了搖頭，張開肥大的雙唇指著自己的嘴巴，只見他的咽喉裡有一平面縫合的傷口，就在消失的舌根前面。

拉雷恩停下腳步，險些撞到額頭：「擎哈爾，你找了個月火的啞巴？」

帕布羅比手畫腳了一陣，手語靈敏地不像是個胖子，擎哈爾代為轉達：「嗯，好，好。他說願意跟來的只有他一個。還有，他雖然不能說話，但是在山洞裡唱歌是最好趕走恐懼的方法。」

「走吧。」拉雷恩建議道：「兩天。我不想多待任何一秒。」

幾道橋的距離引著他們離棧道的主線越來越遠，漸漸逼近這座大型洞窟的洞壁，而市集的火光也迅速地在身後退卻，僅剩一團象徵溫暖的橘黃色暖芒在遙遠的後方。洞壁的傾斜角度像是要撲在來者身上，如果真的坍方也絕對活不下來。左彎右拐的路偶有坍陷、深不見底的池豁和必須彎腰前進的窄處，帕布羅頗為自信地領著他們走過這些很快使人放棄記憶的岔路，好像他就住在這些山洞裡一樣，他的身體左搖右晃，除此之外，拉雷恩再往前看只有五呎遠的火光、撞上一片黑暗。他們進入一個不及人高的山洞，船員們必須鑿挖一小部分的山壁使肥大的冷鼴能順利通過。拉雷恩低著頭前進，隨即面對一副逼人瘋狂的安靜，他生平第一次足以「聽得見」安靜，越來越密閉的空間裡雙耳逐漸失去功用。用不著他下令，眾人不語地在山洞中走著，一致的念頭籠罩心頭：只要不休息，就能盡早離開這個地方。心臟地帶的山脈岩石是再深不過的黑色，像多日燃燒的樹幹焦炭一樣，唯一產生變化的，是人走過時，火炬的光亮了又暗，在洞壁的凹凸與裂縫處產生會動的陰影，由於四周太過安靜，光線消長的樣態似乎成了聽得見的波形，而前方更像是幾千年來只有地底的野獸曾踏足，暗荒一片。

他們繼續深入地底，偶爾路邊出現一堆一堆方形的土塊，有的崩裂不堪僅餘外型，也有的露出打磨過的一面磚，在陰暗處受潮特有的一種潤灰色，土塊兩兩成對且距離相當，說不定是某種柱子的遺骸傾倒或被摧毀後留下像樹敦的、最適合給冷鼴們留下硬屎的土塊。不只一次，兩側的岩壁拓寬令他們產生進入大洞窟的錯覺，但道路又好像變戲法似地恢復蜿蜒曲折。光是顏色不同的苔蘚類，他就看見了將近十種，其中一群蕈菇，即使在沒有火炬時也暗自發著淺綠色的微光。

「你想想工匠，他們為擋東西而做了一扇門，想關緊門而做了鎖，想帶著鎖而打了副鑰匙，但是商人……商人就會發明出一塊漂亮的絹布用來綁在鑰匙上，叫它『鎖布』還是什麼的，然後賣它個好幾銅幣。你懂我的意思嗎？」威廉問。

拉雷恩說：「行商是沒意義的？」

威廉說：「不，我是指商人們看穿了。他們明白，有錢的淑女從來不會施捨，反倒願意花錢在讓鑰匙更漂亮一點，因為這是一種需求。」

拉雷恩擦了一把汗，說：「但是你也明白，給那偷兒的銀幣多半只會交給那名舞女，然後落到老鴇手裡。」

一旁的威廉聳了聳肩：「他有過機會了。下次被抓，也活不下來。」

對於這樣中立的答案拉雷恩反倒感覺放心。某些城邦的祭神儀式，不是人人都可以參加的，婦女幼童被禁止，有殘疾的人更是必須避開儀式，而潛伏在巷子裡的三教九流就更別說了，但若上繳一筆費用，甚至連坐轎子的老鴇都能進入主殿、和執政官站在一起，外來者、旅人和客人若沒有受到接待，也必須透過這樣的方式步入神殿，這筆費用白紙黑字地寫在神殿的諭令中，正是此地的收入來源，祭司們樂見善舉，似乎連善心都能精打細算，而非感性的濫情施捨。對拉雷恩來說，唯一踏進神殿只在繳了幾枚錢之後，因為他這種人到了哪裡都是外地人。他發現威廉幾乎沒有流汗，一頭棕髮依然維持整齊，向後梳至貼齊耳際，他的呼吸不疾不徐、步伐穩健，看來公爵經常踏上冒險尋寶之旅的傳聞屬實。

一堆不知是動物或是人的骨骸堆在山壁邊，再往裡頭的路徑上有無數道痕跡，興許是某種野獸的巢穴。

「我知道你在想什麼。」威廉說：「但不，就連我也沒有到過這麼遠的地方。」

「真的是世界的邊緣了。」拉雷恩點頭道。

「再往前就是一片空白了，你說是吧？」

「真不知道他是怎麼一個人度過六個月的……。」

「別忘了，他有他的山羊戀人。」威廉打趣道。想到隻身孤影的擎哈爾在紫羅蘭號上，一個勁地對著名叫霞卡的羊說話、玩辯論的遊戲，那場面倒是真的讓拉雷恩笑了。

前方的帕布羅忽然停下腳步，折返向後，拉雷恩以為是去解手或是要餵食他腰間的彩色雀鳥，便繼續走著。

他突然被擎哈爾抓住，手都快被扯斷了。

「小心！」擎哈爾叫道。

拉雷恩腳尖前方一如往常是漆黑一片，但他遭一拉，踉蹌使身體前傾，險些跌倒，他的火炬忽然劃了個弧線、在空氣中留下明亮的軌跡——在它落地之際，卻沒有照亮地面，更多溢出的黑暗。幾粒濺起的碎石向前掉落，無盡深淵連它們掉落的聲音都吞沒了。拉雷恩的手臂又被一扯，他隨即向後跌坐在地，氣喘如牛，過度換氣的腦袋流下一滴滴冷汗，試圖運轉他險些丟了性命的事實。只見隧道的盡頭是一小小的扇形平台，再往外，則是一座無邊無際的垂直深淵。

帕布羅無所事事地走到其中一頭冷颼旁邊，他從行李中翻出幾捲粗繩和鐵釘，找了個安全的位置放下鳥籠。在石縫中尋找施力點並不容易，嚮導肥胖的身軀趴在地上，沒多久就將繩索和鐵釘都固定完成，接下來他試著用手指比劃，將眾人分成四組，但隧道中人人都擠成堆，加上帕布羅是個啞巴，後來簡單的分批反而花了最久的時間。

終於，每一組六七個人排站到了繩子後方，兩手緊抓粗繩，繩子的末端、當作負重固定的則是四頭冷鼲，馱獸們舞動著肥胖帶爪的四肢，拚命地掙扎甚至抓傷了一兩個船員，等到眾人終於合力綁定了最堅固的結，隨即慢慢垂放冷鼲到黑暗之中；冷鼲嚎叫的聲音像是得了巨人症的老鼠，吱喳之餘，更多的是向喉嚨鳴動時發出的咕嚨叫響，如果屠宰場傳出的叫聲持續得夠久，應該就像是深淵裡傳盪不停的時候了。肥大的冷鼲消失在懸崖之下時，深淵好像也發出了吸取盤中食物的聲音。眾人緩緩放著繩子，拉雷恩兩手牢抓，掌心磨出水泡和血，就連長年行船的經驗都沒有這般耗力，他的身體向後仰，兩腳交互向後踏，以全身的力量拉扯。

負重物下降了足足一分鐘有餘，當冷鼲們終於及地時，大夥在隧道地板上倒了一片，而繩索幾乎要放盡，拉雷恩估測這懸崖總有百尺深。帕布羅沒有浪費時間。他確保鐵釘沒有鬆脫後，重新繫緊鳥籠，並纏了一條較短的繩在腰間、繩索上打活結，對眾人比了一連串的手勢，隨即緊抓著繩索向下滑落。

「……他說什麼。」拉雷恩喘著氣問。

「你不會想知道的。」擎哈爾說。

命令傳下去了：每個人數五十下再垂降。拉雷恩不得不慶到慶幸，打船時的寶貴爬繩經驗竟派上了用場，下降時，兩腳夾住繩索的力道必須維持且大過雙手，小腿內側雖然摩擦得發疼，但它們是他的船錨，用來減緩滑落的速度。最令他不安的，是腰間那條根本沒有作用的安全索，尤其拉雷恩是打頭陣垂降的，他的底下沒有人當作肉墊，而火把熄滅後擺在背後，雖做足了準備，在轉眼間他仍身陷敵營。

他的背後是黑、頭頂是暗、左右是虛、腳底是無，唯一的盟友是觸覺，一片冷冰的懸崖硬石聳立面前，不遠的地方嘲笑著他。拉雷恩垂降了總有一個鐘頭那麼久，在他腦袋裡或許還要更長，他不斷提醒自己，左右兩邊就是另一條繩索、另一組船員正在垂降，因此他並非孤身一人面對深淵。不要亂想了，那陣啜泣聲只是船員。然而安慰的效果不彰，拉雷恩深深陷入對喪失五官、對無盡墜落的恐懼；山洞裡獨有的悶冷微風令他停下，抓著繩索的雙手不住發抖，直到乍臨的醒悟讓他扯開嗓子大喊：「聽著！」拉雷恩的聲音顫抖孱弱，也不知傳了多遠。「比起天上，這樣的掉落短多了！」這兒連回音都不會傳遞。他甚至沒辦法確定自己究竟有沒有開口，或者那陣大喊僅是內心引發的錯覺，但他終於恢復些許決心，兩腳稍放，繼續滑落。

眾人到齊，已經是半個鐘頭以後的事了，在黑暗中重新看見點亮的火把，簡直像是打完了仗回到老家一樣感動。

「帕布羅？」火光照亮地上傾倒的鳥籠和消失的雀鳥，讓欣喜的眾人恢復沉默。

他們吃了硬麵塊裹腹，找到了山縫間的髒水源，隨便用皮囊濾過就喝。當晚席地而睡，大夥擠得越近越好。拉雷恩於半夜翻醒。他查看了四周，猶記得垂降之際，一頭冷鼴掙脫了繩索，帶著行李逃走了，船員們只能打點糧食的損失和腳程，但處處見不到那啞巴胖子，若要他出聲求救，又像極了蠢貨。他和威廉一致同意帕布羅用的繩索正巧是逃跑的冷鼴那條繩。統計下來這片絕壁的損失，共有一頭冷鼴、一隻品種未知的彩色雀鳥，以及一名嚮導。

此時，拉雷恩才發現他根本不曉得時間、不明瞭太陽或月亮的位置，他們簡直是被眾神遺棄了；他不會承認的，但在某個內心角落，這樣的想法令他心安不少。

*

橋道上所有事物都像覆蓋了一層灰雪，揉麵前撲上一麵粉塵；方正的石磚、磚上連綿不絕的柱子、柱頂的山羊角狀平台。他們走上這座橋已經很久了。太久了。它以平滑幾乎難以察覺的坡度向上，上下左右盡是黑暗，橋面是平滑如祭祀陶罐的淺色石頭，內部如琥珀般蘊藏著白亮的微粒，隱約透明；船員們全都認不出這是什麼建料，於是打算撬下幾塊塞進口袋，但匕首敲擊了半刻石面竟一絲裂痕也沒有，每塊石之間都近乎密合，連指甲都伸不進去。柱子的半徑約三人圍抱，八個人高，並立於橋的兩側，但柱上沒有屋頂，而是山羊頭頂的角那樣的捲曲裝飾——那些其實代表天空中的雲朵，威廉解釋道。他們以密集的隊形走著，誰也不想落隊。橋到的石頭還有另一神奇之處，那些微粒（船員們篤信是鑽石）反射著不知從哪裡來的光，透出了亮度，眾人索性滅了火把在微光裡行走，他們相信既然只有一個方向能前進，嚮導便也不是那麼必要的人物了。

這橋若從側面看，就像一片薄切的樹幹，模型裡，優美的坡度爬升之際，整齊的石柱並列其上，橋底卻一絲支撐也沒有。這樣的建築多半以肉眼無法察覺的角度，跨越中空山脈裡的洞窟，越來越薄，千百年未曾崩塌。

拉雷恩磨了磨食指，那陣粉塵無處不在，像是最細的沙，即使是指尖的熱度也足以令它蒸散。為了心安他再三計算：柱子與柱子之間一直都是十二塊石面，絲毫未變，一行人像是未曾前進一樣徒勞地移動雙腳。

「如果出去了船卻沒修好，我非要找他算帳不可。」他說，似乎要船員們為他做見證。

「阿格拉斯，這些年變得更糟了？」擎哈爾眼睛繼續看著前方，無神地說。

「你沒法想像。」

「天空就是有辦法這樣搞壞一個人。」特魯人說。

左腳，右腳，左、右、左……右……。壓平了空氣的安靜就按在頭頂，他不禁在靜謐中胡思亂想，擎哈爾必然知道一些關於此行的情報，光是他多年前認識阿格拉斯，就可能問出一些關於船上寶物的事，拉雷恩必須一試。

正巧沒過多久，一位船員向他通報：橋的「橫面」開始變寬了。拉雷恩這才一算：「二、四……十四。」威廉說：「剛開始是十二面寬吧？一定是快到盡頭了。」

微光照亮的黑灰色山壁悄悄接近，橋也緩緩拓寬，她的盡頭是同樣的石礦鋪出的圓形廣場，十二根鬼斧神工的柱子環伺邊際。

拉雷恩下令紮營休息，轉眼間小小的兩把營火點起，反正也不必害怕燒壞這些石頭。紮營的速度遠遠快過為性命奔跑的時刻，但搖曳火光傳遞的距離有限，在偌大洞窟裡更像是近乎消弭的燭火，隨時護著，被暗影潛伏的怪物一吹就滅了。一行人合力裝回兩桶暗流取回的泉水，每個人腰間都有一只木碗，打了洞穿繫繩，舀水或吃飯都能用上，松塊類的木頭在刻後還泡過草藥水，防蟲之外也可以避蟲子。

拉雷恩看著一名船員，竟看得出神。那人手腳俐落，準備的巨大陶鍋裡加入琉璃苣，從兜裡拿出一個布包，解開了，裡頭是內陸少見的珍品：薑片。另外攜帶的一些塊莖類都是船上的存糧，甜菜和硬茄就用了整整一袋，手握著食材，懸空以匕首切塊，塊莖的紋路就好像樹木的年輪，一圈一圈數也數不清，剩餘的莖蒂則丟給營外綁在柱上的冷鼉。鹽巴依舊是奢侈品，水滾後，那人改用大把大把丁香、胡荽、孜然攪入鍋裡，此時薑已使湯味乍然醒神，船員拿出了真正的袖底絕活：寬大的油葉包住的一塊白糕，像是凝為塊狀的白粉末；他用湯勺取了大半塊丟入滾湯中，隨即快速由下而上的攪拌，只見勺邊濺起的湯逐漸濃稠，化開的白粉無疑有凝結湯汁的效果。食物的香氣淺淺漫開，像遠溪之濱的炊煙，在旅人的肚中引起絕大的渴望，決心要抵禦妖怪一般。

輪流裝了燉菜之後，船員等不及狼吞虎嚥那些燙口的莖塊，再捧著熱湯緩緩啜飲。威廉坐在營火邊，對燉菜讚不絕口，嘴裡還有食物就在嚷嚷，說這輩子從未吃過如此勁道強烈的料理，並一定要吩咐領地的廚師做出這道菜。「你是打船人了，公爵！」船員們爆出一陣大笑，像是笑著淪落的貴族子弟，而公爵也索性跟著笑話。他似乎有一種特別的能力，能夠跟任何人打成一片，磁石般的吸引力。即使不輔之以酒，有他在的場合，氣氛總會熱絡不少，說起來，威廉既像是湯裡的淡黃色薑片提振了湯底的味道，又像那種神祕的糕狀白粉，倒進燉菜裡攪拌就能讓各個來路各異的調味料融合在一塊。他的武器是一種結合了調侃和溫和眼神的諒解之語，彷彿於傾聽訴說時，就說出與「我聽見了，我會處理的」等值的話，聽的人不得不信任他，接著吐露一些關於妻子阿、家鄉阿之類的陳年往事。有的人知道掌舵手的妻子特別漂亮，便告訴了公爵，他則說了一則關於掌舵和床地之事的笑話，雖不冒犯人，但使得眾人隨之起鬨，甚至掌舵手自己也跟著拍腿大笑。拉雷恩兀自在另一座營火邊，多次出聲制止船員們的喧嘩，尤其在無邊無際的山洞裡，太引人注意了。

「那種粉是特魯族的祕密？」拉雷恩問一旁掌廚的船員。

月火的，他到底叫什麼名字？

「棧道市集裡看到，咱買的。」黥面的船員緩緩攪拌了一會燉菜，隨即替自己盛了一大碗。

「不了。謝謝，很美味。」拉雷恩放下碗：「你那個同族，是怎麼樣的人？」

「……膽子小。」

拉雷恩絕對不會說獨自在空中航行半年的人膽小，他正想問為什麼，未料高壯的以賀博一轉頭，用族話對不遠處的擎哈爾喊了一兩句。擎哈爾聞言，站起身就朝營火這走了過來。

「這公爵還真受歡迎。」擎哈爾嘆道。

「布萊茲大人善於交際。」拉雷恩有一句沒一句的應道。

「我以前也是能言善道的。哈，去他的，就連阿格拉斯那混蛋以前也是滿懷夢想。」

拉雷恩問，是什麼變了，擎哈爾只說：商人碰見了宿敵。應當是指葡萄酒，戴歐尼修斯的贈禮吧，拉雷恩心想。此時擎哈爾伸出短手，又替自己添了一碗燉菜，甚至多撈了幾塊軟爛的茄子，湯都快撒出來了，他短胖的刺青手臂捧著木碗，咕嚕咕嚕地大口喝著熱湯，還冒著白煙的茄子塊燙著了舌尖，他呼呼地吐著氣喊燙，但還是一口接著一口掃進嘴裡，不久，他擱下木碗，打了聲飽嗝，還用特魯族話對以賀博道了謝。

「還是這兒的食物好。」擎哈爾說：「你就是阿格拉斯的左右手？」

「上一任死得早。」

擎哈爾搖搖頭：「那東西惹得禍比《襪子和襯套》還多著呢，竟然還寄了三封邀請函，唯恐天下不知他腰纏萬貫。」

「有時候我覺得，我是唯一對它一無所知的人。」

營火旁，以賀博取出一副里拉琴，就著火光零零落落地彈奏起來，彈音陣陣，卻從不成調，起先有些惱人，聽著聽著，那沒頭沒尾的跳躍如陰晴不定的陣雨，躲也不是，跑也不是，索幸駐足聆聽雨落。

擎哈爾從懷裡拿出一小塊皮革，夾起兩塊燒紅的木炭放在中間，然後取出一個金屬的、頗像鍋架的三角小型支架，擱在木炭上頭。他將皮革束起，包緊了支架，形成一個手捧得住的小火爐，然後從上頭的小洞口丟入一搓墨綠色的乾草碎，揭開皮革邊讓風流進爐內，此時一股有如澡堂硫磺加了烤得黑焦的麵團的味道飄了出來，拉雷恩雙眼幾乎流下淚，咳了一陣。擎哈爾再次束緊皮革，湊近鼻子，鼻孔用力一吸，將那味道極重的、惱人的、透著暗綠色的煙全吸進肺內。他將那大口煙霧含在體內好一會，並緩緩由口中吐出，如此往覆數回。

「這個，是我帶回最棒的東西，他們叫它菸斗。那兒連煙草都分出各種顏色呢。」他一邊說，胸膛起伏，四肢漸漸放鬆。煙霧帶著他的妖魔鬼怪，縈繞嘴頰、撩過雙耳和頭髮，冉冉飄散至無垠的洞窟之中，拉雷恩在一旁聞了總覺頭昏腦脹，彷彿他的靈魂離開軀體，俯瞰著自己凡人之身，而擎哈爾的故事似乎在暗空中也有了實體、多了聲型，正巧在離竅的靈魂面前上演。

他終於又開口，聲音也變綠了：

「我想我漏了一件事。飛往那座大陸之前，我受了重傷，為了療傷，才非要畫不可。」拉雷恩聽人說月族一彈指則使人半身不遂，但鮮少聽說它能夠治癒傷口。一幅畫的能力不應該溢出畫紙，應該好好待在紙上，就像盒子的功能就是收藏裡面的東西、鎖即是用以保護。

「我來到了一座沿海的小城邦，認識了在商會學藝的阿格拉斯，他告訴我關於寶物的事。你們鐵定都以為阿格拉斯想要錢財，其實不然，他從來都沒有長大的機會，是一群學徒的領導人，但又是一個幼稚的笑話，否則怎麼會坐到船長的位置呢？說來說去，最可恨的是我自己，僅僅被一句謊話說服，『在另一座大陸，一切都是不同的。』阿格拉斯這樣說我還能怎麼想？我的傷正在漸漸殺死我，我當然要它！」

「戰爭？」

「……你聽過全世界最古老的故事嗎？」

拉雷恩聳肩，腦中跑過一些開天闢地、舉石填海的畫面，不論怎麼說，那些僅是詩人之談。擎哈爾答道：「人想要得不到的東西。結束。」

「很有智慧。」

擎哈爾甩了甩小臂示意拉雷恩別插嘴，他吞雲吐霧一陣，良久之後才說話。

他愛一個人。更可悲的是，他愛上一個永遠不會愛他的女人，故事其實僅如此而已。她的名字是雅茲拉。這是一個典型的、落魄詩人都不屑一顧的故事，甚至對三更半夜巷子裡躺臥的酒鬼也不具半點吸引力，但偏偏尋常的故事就降臨在他身上。

能同情諒解的是，擎哈爾如何偷了特魯族裡的財寶，變賣後買下紫羅蘭號，也斷了與族中的所有關係飛往一座遠方的大陸。

但是在這之前呢，大可跳過中間的許多細節，諸如那樣一個外族的矮壯青年、一座充滿可能性的城市、一名求婿心切的高官、一次初見世面的慶典、一身遮掩刺青的服裝、一位園中散心的待嫁少女、一次陌生的交談、一個感謝的眼神。這樣沒有結果、或者說她壓根不記得他的短暫認識，讓青年陷入想像裡的愛情泥沼，或他以為愛情就像沼澤爛泥，好像除了她的愛以外，他再也不要吃喝、不願工作了，青年在遠處看著少女直到她的訂婚之日，大為不解的他，臥病在床數月，他從來不知道心能夠受傷，也因此心裡的傷口好不了，然而此時，他聽說遠方有一件寶物能治療他的傷痛。

拉雷恩說：「《襪子和襯套》能操縱人的心，這樣就說得通了。」

「……阿格拉斯告訴你了？」

「畫紙遇上血，就能操控看見的人。」

「他還說了什麼。」

「你如果走火入魔，就拋下你，畢竟借你半艘船的人手，他已經仁至義盡了。」

擎哈爾打哈哈地抓了抓頭、又搖了搖頭像是要制止笑意，不想要那陣悲傷再度席捲；他當然知道阿格拉斯會這樣想，大多人都當他是瘋子。畢竟不是每一天都會聽到一幅畫上滴血的人，可以稍縱觀畫者的心神。受害者甚至無所自覺，只覺得畫作的細節、筆順引人入勝，連靈魂被轉賣了恐怕都不知曉。

「是真的嗎？」拉雷恩問。

「起先我也半信半疑，直到去了那座大陸、遊歷了好幾座城市。我是真的什麼也不懂、連語言也不通、心裡只想著畫而已，我連紫羅蘭號有沒有用樹枝枯葉藏妥都忘得一乾二淨。在陌生的地方，每一次有人看著你，四周的空氣都開始旋轉變色，感覺像加入調味料令人想起故鄉小鎮的菜餚、穀倉的氣味、牧草的顏色，彷彿……沒離開過。」

以賀博出聲，用特魯族語安慰了擎哈爾幾句，但他依舊低垂著臉。過了許久，里拉琴斷續的彈奏聲、隔壁營火邊眾人爆出的笑聲，形成一種不得不存在的噪音，像水氣凝結於貝類的腔室之中，尚未重得令它從雲底下掉落，卻又經年累月得形塑一顆珍珠，到市場賣出。營火燒得只剩紅燼，散發著飽全的熱。然而拉雷恩還沒問他最想問的事情，他還沒問商雀號上的寶物，侵擾他夢境的女孩到底是什麼來歷；他確信擎哈爾知情，他只需要開口問。

沉積雲中有一種貝類，狀如水滴，顏色從淺砂礫色到深梧桐色都有，檢查船身時難免會看見好幾個依附於商雀的羽毛上，漩渦狀氣室裡填滿水氣，寄居的小蟹和珊瑚蟲都跑光了，空空如也的貝顯得無事一身輕，總是隨風聚集到同一個沉積雲的角落。他曾見過雲上的漁夫打撈成噸的貝蚌，以鐵絲或鉤子刮下裏頭殘存的玩意兒就是拉雷恩曾經做過的粗活之一，酬勞少得可憐，且雙手往往被劃得滿是疤。不過，如果運氣好，上萬顆的貝中，會有那麼一顆藏著天空的結晶，想要躲過監工的人，便會把結晶吞下、藏在暗袋裡、鞋底、甚至摳開手背的傷口藏在皮膚底下。全因那樣一顆足以抵過大半年薪水的剔透結晶，來自天空裡一種水滴狀的貝類；那樣的水珠，拉雷恩心想，有些狀似擎哈爾頰上的淚。若真要說，擎哈爾就像天空中迴蕩的聲波，看見了水仙花神，再怎麼自怨自艾都太遲了。

一聲狼嚎般嘯長的慘叫，忽起而斷，如同四肢連筋骨都被戰車輾過一般，刺入耳中。所有人立刻丟下碗，但就憑每個人都聽見了這點，便可以確定那不是幻覺，確實有一聲慘叫，由此處低窪一點的水源傳來，聲音擊中山壁又回彈好像無窮無盡的動力機械。

衛哨的火把滅了，但洞窟裡不應該有風，取而代之甦醒的是住在黑暗裡的玩意兒。

拉雷恩搖搖晃晃地站起，頭腦還因為那陣草煙而有些迷糊。他和威廉對看了一眼，擎哈爾似乎抽著菸睡著了，拉雷恩打算命人去看查，卻看船員們一個個隨手抓起自己的行囊、丟下帳篷和臥鋪、營火和瓢盆，拔腿就跑，一個從水源邊跑回的船員抓著褲管和腰帶，他一句話都還沒說一群人就已經如同跳起的走獸，各個隨之而跑。

黑影的形狀和勾芡的燉菜一樣，圓滑而有些透明，被抓走的帳篷呀、馱獸呀都還隱約看得見影子。

眾人奔跑時直接踏過火堆，濺起陣陣火星。

影子奔跑時無聲無息，有如穿了軟鞋的大軍壓境，暗色潮水漫過橋面、輾過亮白石面的廣場、繞過絕非出自人類工藝的石柱、淹過比神殿還要巨大的鐘乳岩、竄過每一絲石縫，它無處不在，又像是從橋底下那無盡的深淵爬上來的，恐怕也只有那樣的地獄足以容納這樣的怪獸。拉雷恩看見其中一頭冷驢，被繩子拴著不可動彈。

當黑影輕觸牠，肥胖的四肢隨即癱軟，如同中箭時頹然倒地，牠沒有發出任何大叫，反而像是睡著了，接著便被黑影吃下。

拉雷恩抓起隨身行囊和一支火炬，以賀博也反應極快將里拉琴粗暴得塞回袋子裡、扶起擎哈爾，他不甚將燉菜打翻，熱騰騰的湯汁鋪灑在微亮的白色石面間，茄子和水薊滑過地板。

「把他扶好！」

拉雷恩一拳灌在擎哈爾的腹部，痛得那特魯族人彎下腰，吐出一口腹液。「我的煙斗！」三人拔腿就跑，擎哈爾抱著肚子，其他所有船員在後頭，由威廉領隊。

拉雷恩一輩子，不曾，跑得這麼賣力。他累了，肺部不懂換氣，像是縮水的衣料，又重、又緊，前方的路繼續向上爬，左右蜿蜒，高舉火炬的手也酸痛不已，火星迎面讓他幾乎睜不開眼，經過的洞壁亮了又暗、亮了又暗，他只希望右腳能不停超越左腳，反之亦然。

想不起名字的船員，他體力甚好，還推著擎哈爾跑著。

威廉已經拔出長劍，很多人跟著拔出武器，或者說逃跑前，手裡只抓著刀劍棍棒。但武器對影子形同笑話，就算砍得著，一小搓人類對抗這樣的深山巨怪無非送死。

在一個長而直的通道裡，拉雷恩再次跑過無數對石墩，看來又是遺跡的一部分。

他真不應該回頭瞥那一眼。只見跑得最慢的那名船員被影子碰著了腳跟，他像桃木做的骨牌一推就倒，闔上眼，如同昏睡般迎面倒下，皮膚、汗水、衣服，全下了黑影的肚，成了第一頭獵物，偏偏在昏厥前他又抓了前面那人的衣領，求救卻使得夥伴一個踉蹌，緊接著跌倒，跌入潭水一般的黑暗。其他人連回頭都沒有。拉雷恩也立刻別過眼，繼續逃命。

疲憊所產生的第一道幻覺便是每一條通道雖無分岔，卻像是同一條，連壁文、足跡和石塊的位置都一模一樣。他們至少跑了一刻鐘，卻像是飛奔了好幾個鐘頭，拉雷恩的肺縮得如乾癟的皮囊，視野一片撩亂昏黑。

通道的盡頭豁然開展，是一間巨大的石室，雖遠不及橋道的洞窟，卻也是難以看清盡頭一座穹殿，唯獨能當作面積參考的，是一座表面無波無痕的潭水，若非隱隱倒映著洞窟頂部閃閃發亮的礦石，看起來便宛如光滑的黑曜石平面，潭水深不見底，偶爾會有洞窟滴落的水珠，靠近湖心處，巨大的石筍長出水面，而潭水邊際的沙石竟然也是漆黑的。拉雷恩迅速環顧四周。洞壁上，一個個長年侵蝕出的石洞也不知是通向何處，整座洞窟真的是一座穹殿，或曾經是，挑高的建築物底部幾層搆不著上面的穹頂，那些洞彷彿嘲笑著湖畔的這些人，他這才發現這裡，被石柱們貫穿以前，曾於千百年前是某種大型集會場所，也許是城市的中心或廣場？所有市民在此處聚集，如今幾乎侵蝕殆盡，但依稀看得出階梯狀的座位，讓市民或站或坐，聆聽廣場中央的演說。它曾經有一座壯闊無比的圓形穹頂，也許用的就是那種微亮的象牙白色石材，但如今，霸道的山脈，他的血盆大口慢開慢闔過程橫豎就是數百年，直到被深林般的鐘乳岩刺穿穹頂，碎片落下、粉碎，和地面日積月累的漸漸融合，而曾經是戲劇舞台一樣的環狀場地則成為那潭深不見底的湖水。

影子來了，它是細嚼慢嚥的食客，像帝王把幾百道佳餚都各嘗一口；近十位船員的性命已經被它劫奪，享受這最後的狩獵，玩弄著無處可逃的獵物，像獅子將老鼠困在爪子底下，緩緩靠近。眾人被黑影逼得越來越靠近，火炬幾乎靠成一團，汗臭和牙齒打顫的聲音全擠在一塊。

「大副！」威廉喊道，拉雷恩沿著他手指的方向，就在人群邊有湖畔的一顆巨石，約有一層樓高，它就位在其中一座石筍附近，而那尖錐狀的石筍正好搆得著高處的一個洞口。

若能搬動巨石，便能爬上洞口。

拉雷恩命眾人往那裡移動，但就在他轉頭時，黑影伸出一角，迅雷不及掩耳地抓一位船員的腳踝，如享用美食般將其吞下。

「可惡！」拉雷恩咬牙衝向巨石，和威廉同時趕到，兩手伸到石縫中準備搬動：「嘿，別發呆阿！」

「……。」

「快幫忙！」拉雷恩對擎哈爾喊道。

「……。」擎哈爾又小聲道。

「你在說什麼！」

擎哈爾總算找回了說話的音量：「它在這裡。畫，在湖底。」

拉雷恩不自覺地轉頭望向湖心，一片漆黑間，火炬和鐘乳岩的影子在平靜的湖面上閃閃動人，他死也不願承認，但確實有一種直覺般的刺痛感，告訴他有東西在那裡，不論是死是活。難道黑影是在守護著此地？「大副。」威廉又說。拉雷恩甩開那念頭決定先保住小命比較重要，他蹲低雙腳，雙手再次搆著了石縫，好幾個人此時見狀，也跑到了巨石邊一起搬運，百餘斤的巨石移動了幾分。喊叫聲此起彼落，剩餘的人手持刀劍棍棒，擺出了簡陋的陣線，徒勞地刺呀、揮呀，試圖趕走黑影，或至少讓怪物無法靠近，但他們一步步後退。「阿阿阿阿！」黑影抓住一人的長棍，那根木頭立刻脫手飛出，而另一塊影子立刻攫獲那人的腰間，他雙眼一黑，陷入昏死，隨即成為影子的一部分。

拉雷恩半蹲著施力，他的臉脹得通紅，兩耳因為過於用力而嗡嗚作響，兩手近乎筋骨盡斷。石頭總算移動了短短幾吋。他的右腳向斜前方一踩，正好踏進了潭水構成的漥洞裡，「撲通」一聲，水摸著了小腿肚，突然間，一股螫痛，好像那種尾巴帶刺、居住在金色釘珊瑚之間的劇毒蠍子，又小又透明，但尾巴的毒刺足以癱瘓三個成人，拉雷恩想像蠍子的毒螫也比不上他小腿的痛。那潭水暗沉一片，只比清水濃稠了點，但卻如爐中燒紅的烙鐵，不，就向整隻腿伸進了燒得通紅的火爐裡面，持續股風、增炭，他的血肉和骨質如火光下的蠟燭，燃燒受蝕，一滴滴熱蠟燒灼、堵塞他的血管。「阿！」他慘叫一聲，卻仍拚命將巨石頂起一部分，應該說，若是不出力巨石可能會壓死他。此時潭水已然燒過他的鞋褲，螫灼後腿，他將腳從潭水中抽出，倒在湖畔。

這條腿是廢了，但這不嚴重。

拉雷恩抱住腿，皮肉泛黃皺起，他的臉色揪成一團。那塊巨石實在不夠接近洞壁，更不夠高，而他們唯一的出口更已經被擋下。左右打量，又有三、四個船員消失，黑影已經近乎和潭水的邊際貼齊。直到此刻，威廉似乎都不肯放棄，他拔出長劍，首當其衝的面向黑影，在他的鼓舞之下其他人圍出一道最後的防線，以縛雞之力面對敵人。拉雷恩不禁想，威廉的特質便是身先士卒。天命這樣的東西其實稀有，為了他們這些人卻要犧牲一個可以統領城邦的偉人，不論如何都顯得太不划算。

五之二、羊和鳥 Sock and Buskin

歌聲貫透石層。那名船員開始唱歌，拉雷恩認得他，是同一個人，就是那名盜採雲櫻果、下廚煮了燉菜、黥面的高壯船員，竟開始唱歌，名字呢？那是一首外族的歌曲，歌詞莫名，旋律低沉緩慢，像是送人遠行的歌謠，聲音雖在山洞中迴盪，聽來卻有種廣大的無際平原的錯覺。只見那人一邊揮著棍棒，一邊以宏亮的歌喉唱著。

拉雷恩的眼角留下一滴莫名其妙的淚，有些涼意、搔癢感劃過臉頰。起先不是非常的明顯，是那種需要定神仔細觀察，一旦發現就再也甩不開的事情：

黑影躲開了。

縮回一角，如油避水。同樣的事情又發生了幾次，黑影實在太過靈敏，要打中它就像要用網子收集風，但它確實避開了棍棒，或著說，避開了歌聲。那人不敢置信地盯著棍棒的前端，這才繼續唱道，黑影依舊在前進，但速度慢了許多。浪花。歌聲的升起，便有如月亮拖引海水，有人起了頭，當下只想得起一首打船的歌謠，是港口碼頭最常見的歌，靠岸時逛妓院、酒館或賭坊難免都學會了一兩句，這樣的歌本就沒有固定的歌詞，任誰都可以依同樣的旋律韻腳寫一首罵人的歌或祭祀的曲，它簡單重複的小小段落在各個港口都有不同的版本，其中有一個是船員們最熟悉的；美麗的伊歐娜是附近的農家少女，她優雅大方、歌聲絕美，任哪一個男人都不免多看她兩眼，像一株常見的花，生得比叢中任何一朵都還要美、還要惹人憐愛，伊歐娜的長髮是流瀑，雙眼是耀星。不變的旋律，歌詞很快變得下流不堪，但這就是港口歌的好處，總是有簡單易懂的故事劇情，而且大夥都會唱，壓了簡單的韻連傻子都能猜到幾句，威廉公爵更是直接學會了幾段。雜亂揮舞的武器、逐漸大聲的歌曲，黑影前進的速度著實放慢了，它是聽得入神了？還是喜歡自己的獵物這樣表演一番再下手呢？不論原因為何，船員們用上了吃奶的力氣高歌，喉嚨吼得嘶啞。

一定要找到出路，拉雷恩想。他環顧四週，石塊、石柱、磚面、潭水、黑影、無數搆不著的洞。靈光一閃，這樣的瞬間是拉雷恩唯一相信眾神存在的證據。

好幾天前，商雀的甲板上他擾亂了沙散諾的某種儀式，當時地板上擺滿了像是蠟燭的東西，整齊地排出圖案，拉雷恩突然出現、又踢倒了一支蠟柱，似乎褻瀆中斷了沙散諾原先要做的事情。當時以為月族正在類似於擲動物骨頭一樣的占卜儀式，但如果不是，如果那是施咒的過程呢？

「你努力這麼久，不會因為一潭水而停下吧？」拉雷恩對擎哈爾說，但擎哈爾兩眼無神，竟舉起手，掌根反覆地敲擊腦蓋，敲得如鈍器拍打生豬肉，沒打出聲音決不罷休，每打一下，他就好像將自己打落深淵，那樣的行為讓拉雷恩深深地感到不適，彷彿自責已經是一潭自取其咎的流砂，倘若跳下去拯救則反遭吞噬。

「嘿，別打了！若要奪寶物就必有犧牲，這是你要的吧。把畫帶走，毀了這地方！」

恨不得再給擎哈爾一拳，他順著擎哈爾呆愣的眼神望去，這是拉雷恩首次仔細地打量黑影；緊抱在一起的影塊如同被牧羊犬圈養驅趕的雲霧，變換不斷，有些像是定型前的黑陶土，工匠以手指沾水、踩動踏板使底座旋轉，推挪壓擠、捏劃磨停，有時候會忘記手有多巧，轉而相信棕黑色的陶土由黏性與水分之間獲得了生命，溜開工匠的虎口指縫，盤踞在穹殿的各處狀如壁虎。牠們不是影子的顏色。拉雷恩發現那些黏土般的物質，或說這怪物的身體，竟是由粉末構成，原理就像在燉菜裡加了白色細粉（他後來得知那是玉米）能沾黏液體，由肉眼看來便好像結塊，而空氣中無處不在、像落燼又向火山灰的玩意，隨手一抓都是影子，沾黏起來就構成了這佔據穹殿的巨大怪物。

擎哈爾看著黑影，嘴巴未開闔，冒泡般說出一個名字。拉雷恩不敢相信接下來發生的事情，寧願那是一場夢。要知道，拉雷恩十足相信此生不會心平氣和地看待一雙眼，因為往往被激起某種情緒，令他別過眼，但這一次他死盯著那雙充滿可惡欲望的雙眼，泛黑、顯老、外族的尖長眼睛。它們看見了什麼？事與願違，當下擎哈爾說出的名字一反拉雷恩的期待，理應帶來解答的名字就像是囚禁牛頭人的大迷宮，它不像是一位城邦執政官的掌上明珠，不像是他日思夜想的有夫之婦，在粉製的影子裡，擎哈爾看見的是將永遠令拉雷恩困惑的東西，以其名喚之：

「霞卡。」

擎哈爾出神了，一雙眼如同鐵匠鋪沉進水桶裡的熱鐵丸，乍然降溫，散著白煙，不論怎麼搖怎麼罵都沒有反應，像一尊做工精細的大理石雕像。不知道是什麼樣的幻覺、瘋狂或迷幻草藥，才讓這位特魯族人在一團黑塵暴當中，看見霞卡、看見那頭在紫羅蘭號上頭陪了擎哈爾半年的羊呢？霞卡。霞卡。

剩餘的船員在威廉的領導之下於水邊擺開了最後的防線，但是他們雖聲嘶力竭，黑影廣大而孤單地身形速度僅減緩了一些，仍能將眾人逼到半張帆那麼大的湖畔空地裡。

此時黑影，或是稱做黑塵暴比較合適，竟說話了。它的聲音穿越湖水、刺穿穹殿的白牆、跑過曾經是街道和水渠的千萬條通道、迴盪於落日市集的好幾百艘大小船隻、搖晃巨大的鐘乳岩與石筍、撼動建在山峰間的堡壘，最後抵達無人的天空，回應擎哈爾的召喚：

我要吃。

拉雷恩真的需要神蹟才行，難道要跳下腐蝕皮骨的湖裡？他預計在抵達湖心的時候，水也差不多把他的身體腐蝕得一乾二淨了，但如果有神蹟出現，他在被湖水消化之前取出《襪子和襯套》，穹殿中的魔法就會解開，拉雷恩發現自己已經準備好了閉氣、他健全的那隻腿已經彎起準備跳躍、礙事的褲管都撕了、他的雙眼已經捱住疼痛和淚，模糊地盯著湖心了，但他不想跳。真是奇怪，他明明已經獲得「死都無所謂」的態度，明明已經在同儕孩子王發起的慫氣遊戲當中，成為無敵的存在才對。

起先是某一處洞穴，拉雷恩的左方頭頂，穹殿高處的其中一個通道處，發出一道火光。

薔薇現身時，身披一件尋常旅人的斗篷，其餘的侍女衣著未變，卻沒有影響她的行動。她的纖瘦的身影幾乎要被火把的影子蓋去，倒是火焰般的紅髮仍舊顯眼，與火炬的舞焰一樣紛亂。拉雷恩抬頭和她四目相交，船員們的歌聲還在做最後垂死的掙扎，如今只剩下五六個人了，他們正好唱到伊歐娜終於在床鋪上脫去衣裳的段落。

拉雷恩向高遠處的薔薇示意「畫在湖底」。他就是覺得她懂了。沙散諾跟在她的後頭，他此時蹲在地上，拉雷恩幾乎沒看見，近乎同一時刻，薔薇和沙散諾互相交代了幾句話、幾個剛硬的眼神，月再次低頭，姿勢如膜拜祭祀。抽一口氣的時間都來不及，只見鮮紅雪白的大筆一撇；薔薇從數十呎的高空一躍而下，她的兩手高舉緊貼耳際，速度快地不像人類。拉雷恩原地跳起，訝異萬分地看著薔薇刺入湖面，像一根紅針在黑布上穿線，只有在女工下了數十年工夫的師傅才有這般手藝；她激起的水花嚇了所有人一跳，歌聲還差點停下。湖面很快地恢復銀鏡般的光亮無塵。

「這就是差別。」拉雷恩喃喃自語道。

突然他想起什麼，他左右摸索，終於從兜裡拿出那袋夜明石。我能幫她！數十顆發亮的小石子拋向湖心，掀起數十作小漣漪，如同某種慢速的流星雨，緩緩下沉，它們的光線不強，迅速被黑色的潭水吸收。時間一分一秒的過去，拉雷恩的腦袋開始想像薔薇的身體如何在劇猛的毒水當中溶化分解，她冷豔的面孔，此時應該像極了一百歲的老嫗，她的腿骨、肩胛、奪人性命的手臂被啃食，麵包屑在一群魚的口中那樣的下場在湖底等著她。

鏡子碎裂的聲響。

不知是誰一聲令下，諸多的洞口竟開始吸食黑塵，那猖獗壯大的黑塵暴如踩到了捕獸夾的巨熊，渾身顫動；塌陷的沙堡迅速稀釋、一縷縷黑煙朝四通八達的洞口退去、瓦解，甚至沒有留下那些灰燼粉末，而是像被吸走、被召喚為原位，即便它本身心不甘情不願也必須被拖著回去，守著那座橋道，沒有任何一副受害者的屍骨。轉眼間它已然消失，連同剛才存在的記憶都差一點帶走。

薔薇由湖水中冒出時，拉雷恩太過訝異，甚至不去看她手裡的那只長長的卷軸。她的頭髮甚至不像是沾了水，依舊蓬亂和乾燥，她的衣服絲毫未濕，甚至連鞋子也沒被那惡毒的湖水侵蝕。「怎、怎麼會……」拉雷恩說，但薔薇突然跪倒，他趕緊上前扶住他的肩膀。好瘦好冷，但她沒有受傷，在這樣的時刻他更明白薔薇不是尋常的人類。

她甩開拉雷恩的手，站起身將卷軸交給抱坐在地的擎哈爾。「拿著。叫你月火的拿著！」擎哈爾懷裡被塞了卷軸，久久不能自已，他的淚水不是來自狂喜，絕不是，若真要描述那種心情，反倒像達成理想後的哀傷，是每一則傳說故事的悲戚後日談。

「嚶」一隻羽翼七彩的雀鳥由地下水道的蜿蜒處飛出，雀躍地發現方才擋住出口的黑影已經消失了，牠振翅通過穹殿，留下的殘影是浪頭的一抹虹彩。那是許久未曾又哭又笑的夜晚，他希望這山窟沒有盡頭，而山會令這一夜橫亙。

五之三、無人的天空 Manless Sky

傳說有一位仕女太過美麗，終於引來神之王的注目。臨幸後，仕女知道自己懷了宙斯的孩子，也知道孩子出世後，終究瞞不過眾神之后的耳目，她的懲罰便是失去美貌、變成一頭巨大的母熊。一日，母熊竟見到了自己的兒子，狂喜之餘，她的擁抱卻被少年獵人視作兇猛的攻擊。有的人相信，停下那隻箭的是宙斯。神之王自己闖了禍，裁定卻是將另一個人，即是少年獵人也變成熊，母子登上穹頂成為星座，大熊座和小熊座永世為伴。有一些人或非人，不必替行為負責，即便，就像每一則阿閃聽到的傳說故事裡一樣，祂們往往是最先動念的。

阿閃喜歡搬箱子，總有一種雙手閒不下來的感覺，也就不會胡思亂想了，但是船長命令他休息一陣子，阿閃當然沒辦法說不，雖然他由衷覺得堆積如山的箱櫃、密盒都需要一一敲開，花的時間絕對難以想像。阿閃盤坐在時沽場的邊界，清出的一小塊空地，用手指在灰塵上畫圖案。

「你說你今年十五歲了？」

「十四歲。」他有點害怕老船長不喜歡毛頭小子，將他趕下船。「我已經來好幾個月了！」

「存錢很好。運氣若好，娶個妻、生生孩子，過安穩的日子。」

「還不行。」

「嗯？」

「我要買鏡子，像船上那一面大的。」

「鏡環。」

「她一直很想要，會很開心吧。」

「阿閃。」

「所以我要雇最貴的馬車載我回家，鏡子就擺在前頭。」

「阿閃。」老船長制止他：「你知道，鏡環沒法穿越時間，你也沒法用它和母親說話。」

「……。」

「那就不是魔法了，而是神蹟。」

*

拉雷恩倒空鞋子裡的砂石，再穿上。他損失了近二十位船員！穹殿底下，潭水邊的一群人，早就認不出是曾經穿梭於地底通道的冒險者。拉雷恩突然明白，心裡這份近乎感激之情的東西根本放錯了地方；他的拯救者根本無心拯救，一名殺手和一名月。兩人說商雀號就在幾個鐘頭的腳程之外，沿著一路上做的記號就能找到商船的停靠處，她已經大致修復完成了，多虧了棧道裡手藝高超、收費也超群的船廠。

「總該說句謝謝吧。」她說。

威廉在被救以後，一句話也沒有說，只是沉默地沿著通道走，他也許是累了，也許是當不慣被拯救者。

拉雷恩趁著只有他和薔薇二人，低聲對她說：

「妳是來殺他的。你們都是。」

「了心頭後患。他知道盒子的事。」

「你們還不懂嗎？他不要什麼盒子或寶物，在他眼中只有這幅畫而已，為了它，付出一切也在所不辭。我不懂，但他就是這樣覺得，何必這樣百般逼人。」

一陣呼喊的聲音從窪洞的低矮處傳來，是威廉，石壁的凹凸溝壑讓聲音變形，聽不出是遠是近。他引領眾人從兩塊巨石之間的縫隙進入地下水的渠道，隨即沿水路向下至棧道的尾端，商雀停靠等待之處。拉雷恩默默數著，此行一共折損了近四分之一的船員，全都命喪於怪獸的手中。

「聽著。」拉雷恩又小聲對薔薇說：「我很感謝妳的救命之恩，妳和沙散諾都是，真的，我們都很感謝。然而我向妳發誓，擎哈爾不想要商雀號的盒子，讓他走吧。」

薔薇轉頭道：「我和月達成了一個共識，如果你們、包括布萊茲都死在那座寶庫裡，對我們只有好處沒有壞處，但這太容易了，容易到像是陷阱，現在我親自來過、看過……躺在湖底的，畢竟不是我要的東西，既然如此那個矮子要拿畫做什麼，又關我何事？」

拉雷恩一聽，駐足了好一會。

是沙散諾，是他要救我們，也是他保護了跳進湖裡的薔薇，薔薇之所以同行，只不過害怕月和公爵藉機串通，除掉擎哈爾充其量是順便，就好像這三個人的眼裡始終只有一樣寶物。其他人沒有停下腳步等他，直到前方的火光都將消失拉雷恩才小跑跟上——第二，拉雷恩總算搞清楚了，正是一種「無所謂」鎖住了他的膝蓋而使他沒有躍進湖裡。

在那短短的一瞬內，拉雷恩既不想跳又能跳下水，他雖活著，但死了也沒關係，更不會麻煩地自己找死。他不願死，又無妄活，一如不想淌拍賣的渾水，又執意列舉交易的清單；他不忍妓女紫羅蘭說話，又渴望她出聲挽留；他不願離三位乘客太近，又尋求釐清商雀號的寶物。他什麼都不要，更分不清楚矛與盾之間孰強孰弱，有何差別，拉雷恩形同步入通道卻不急於尋找出口，反正路只有這麼一條，只能緩慢地靠著死亡本能，踽踽獨行。

六、眾神之禮 Gift unto Them

起先享受戴歐尼修斯的贈禮的人是阿格拉斯的師傅，父傳子、師授生，阿格拉斯自己也因此為酒著迷。噢，但是你早就知道了吧？你不明瞭的是原因。口耳相傳的故事就和魔法一樣，必須搭配令你信服的來龍去脈，否則只是無中生有。如果酒瓶裡藏著某種寶藏呢？這樣或許能夠體會吧。

話說阿格拉斯初出茅廬在城中商會學藝，甚至能被稱贊成個殷實的年輕人。那不是個老實的職業，而師傅看準了阿格拉斯老實的個性，便把每一瓶酒都富含的的高談闊論、勇武之力與雄性激情全部發洩在年輕的學徒身上。可想而知，抵抗與舉發全都未驚波瀾，反倒是日復一日的謾罵、毆打和侵犯滴水穿石地瓦解了阿格拉斯的理性。他的神智如同拔去齒輪的鐘錶，從某個命運的時間點起，便只能歪斜地運作著。

在自立門戶、買下商雀號前，阿格拉斯始終滴酒未沾。他受不了那苦澀的味道。故障的鐘錶少了潤滑也就未曾運轉過。直到獲得「寶物」他都還未成為……阿格拉斯。現在的阿格拉斯必定要有酒相伴，他無法想像沒有美妙黃湯的日子。太神奇了，這來自神祇的贈禮。

綠葉和藤蔓覆蓋的棕紅商雀號內，正是阿格拉斯的魔法發酵的地方。他始終堅信做生意就像在說故事；說得越精彩，買賣越容易。他多的是商品，更多的是故事。舉凡學徒用魔法劍擊敗大師、巾幗成為鬚眉、英雄路見不平、癩蛤蟆獨得天鵝、亂世梟雄的欺詐、秘境探險尋寶、半神大戰巨龍……。阿格拉斯以過人的天賦，編織出精彩絕倫的故事說服聽眾。可想而知他口中故事少有屬實，可是最好的謊言往往涵蓋大部分的事實。經年累月的介紹與拍賣逐漸令他明白：故事為真的商品，才是人們爭相買之、具有價值的珍品。

作夢也想不到有一天他，阿格拉斯・金不換無須再被稱作騙子或江湖術士，無須虛構故事的任何一個部分。他只需要提起一個家喻戶曉的童話。

那是……多久以前來著？很久以前就對了。

第一棵樹才剛剛萌芽。天地尚還年輕，世間每一顆種子都尚在陳眠，翠綠的原野上偶爾見得到神祇在漫步。眾神眷顧著月；野獸飛鳥、人類地精、矮人獸人、游魚臭蟲都只是同等渺小的存在。眾神的原則十分簡單與絕對；為了打造完美的種族，祂們將所有美好良善的特質皆給予月，以確保其品質。月遂被孕育得聰慧理智、耳聰目明、手巧力壯、貌美無暇、長壽不病且善心滿溢。他們對自然和神祇的尊崇獲得漫長歷史的見證。魔法則允諾月更勝從前的鼎盛文明，輝煌萬分。至於其他經淘汰的物種，則理所當然地成為這場實驗的髒水溝。只要是眾神不滿意的，便拿出收藏丟棄在溝渠中。很快地所有遭棄的微小神靈都被丟了出去，漫天撒在其餘物種上頭……

野蠻之靈讓牠們互鬥傷害、

性慾之靈讓牠們炫耀忌妒、驕傲之靈讓牠們自命不凡、

懷疑之靈讓牠們吃裡扒外、愚笨之靈讓牠們理解遲緩、怠惰之靈讓牠們遊手好閒；

醜陋無法改變、疾病無從痊癒、壽命不得延續……殘酷嗎？沒人反對。一切顯得自守其道、謹遵眾神的安排。

值得慶幸的是牠們……我們都知道有一個小小神靈沒有離開。別誤會了，她是巴不得離去的。只不過這位神不能違背本性。弱小的神靈沒有這番力量，她必須留在奧林帕斯山上那烏漆抹黑的陶罐裡面，一旦離開便是自取滅亡——這幾乎像是某首詩裡遭詛咒必須成天織布的貴女一樣可悲——但也全虧她的神蹟，卑微的

物種們得以在歷史互鬥和艱惡環境裡苟延殘喘，抗衡著一個日漸完美的種族。

「埃庇斯。」

沙散諾輕柔的聲音打斷了阿格拉斯的故事，

「祂的名字是……埃庇斯。」

阿格拉斯無辜地說：「我很討厭被人打斷呢。月不是都禮貌周全的嗎？」

「曾經是。」沙散諾冷冷地說。他光滑的臉龐上沒有面紗遮掩；聽完那故事，眉睫間有股被冒犯的驟惱。他即使皺著眉頭也美的動人，真懷疑那張臉與尖耳朵是不是雕塑品，詭譎美貌與現場的氣氛十分貼合。

窗戶敞開。就看那平時被遮擋的天光由六角窗框的邊界跨入艙內，展開一場盛大的遊行。七彩玻璃和金雕銀飾全都加入行列，一同拋擲著五顏六色的微芒，牆上枯萎的油燈頓時相形見絀。欲以人工效法眾神的手藝複製出自然光線的饗宴，所產之物想必就像這樣吧。木頭的邊角與間隙被藤蔓包覆，枝椏以肉眼可見的歡騰速度，溜進船艙，彼此擁抱翻滾、交握纏綿；濃淡交錯的綠很快地灑遍六面牆壁。銀星瓶、金漣漪、雲櫻、月瞳……眾花朵與苞芽有如各色彩帶與花冠，將房間妝點成一座迎接凱旋英雄的六輪馬車，正準備邁向皇宮，接受舉國百姓的擁戴。七彩的時沽場正受到某物的感化，空氣中的魔法從未如此厚重綿密。這嚐得出味道的濃郁魔力當然也令廳房裡的人們心曠神怡、頭暈目眩，定有某種物品正攪亂著高空中奇幻的秩序。

威廉・布萊茲端坐在鄰近中間走道的木椅，翹著二郎腿，如戴著一張無所畏懼的勇士面具，他的周圍遍山遍野的空椅子，也不知是他想要坐到如今的孤單位子，或著情勢如此脅迫。威廉正估量著兩件事：首先，他一開始的猜測顯然錯誤，寶物並不在貨艙，而派人——雇來的叛徒——去尋找更是愚昧徒勞，再者，他以千金買下的消息卻是無誤的，寶物在商雀裡。不論從何角度來看，威廉都將棧道裡九死一生的經驗視作他高人一等的證明，由他引領著眾人逃出生天，抵禦了怪物，他的長劍值得刻上英雄的徽記。

「好了，故事時間結束。」薔薇率先打破沉默，螢光花粉沾在她的長髮上如飛蛾撲向赤紅火焰。

「齁齁，真是心急呢。」阿格拉斯說。

薔薇說：「遲早歸於我的東西。」

阿格拉斯笑道：「哈！好極了。就是這份骨氣。」他走路時依舊如一吹擊倒的枯樹，他走至房間前方的木台，平時拿來擺放商品的台座正好倚靠著，他仰頭灌下大半瓶酒，接著舉起瓶子將剩餘的紅色液體全部淋在台座上頭；劣質紅酒水柱澆灌在實木上，噴濺得到處都是……薔薇皺眉看著金髮巨人進行瘋子般的舉動，卻沒料到紅酒化去了實木上的蠟漆，露出木板上本來的圖案！正當眾人屏息之際，阿格拉斯舉起鎚子擊打暗板，台座上的符文頂部的木板悄然滑開，露出底下的暗層。阿格拉斯笑著問：「怎麼，沒聽過最危險的地方就是最安全的地方？」

阿格拉斯緩緩說：「後續的故事可真直白多了。我想諸君都記得信裡所寫：

「埃庇斯女神雖自願遭軟禁，其神靈卻在漫長世紀中匯聚成一項物品。

「現在，請容我隆重介紹商雀號的第九千九百九十九號商品，《祈願》。」

阿格拉斯前所未見的小心翼翼、

薔薇握緊了拳頭、

布萊茲雙瞳一亮、

沙散諾輕輕別過頭。

拉雷恩觀察著，身為時沽場裡的第五位、也是最後一位在場者，正當船長從暗層裡端出一只不大不小、不高不矮的木盒時，拉雷恩只覺心頭一陣沸騰的燥熱——木盒不起眼到了極點；不大不小、不胖不扁，平滑的六面體一絲雕飾或紋路也沒有，沒有卡榫或鎖頭，更沒有文字或奇怪的色彩。這就是祈願？這就是女神的寶物？然而，在場除了拉雷恩之外，每一個人都已經知道這盒子的涵義。

「起標是不必要的。」威廉打斷，他站起身理衣領：「我來省去各位的麻煩。」身分早已一躍的男爵，現在成公爵了，他緩步至中央的走道說：「如同在場的諸位已知，叔父於登船不久後已不幸去世。」他瞟向薔薇，後者不屑地哼了一聲，「根據王法，我是叔父的唯一合法繼承人，現我以威廉・辛叢・布萊茲的公爵身分買下《祈願》。我出價——」

阿格拉斯一聽數字簡直樂地昏頭，他舉起金屬錘子在台座上一敲，笑容拉長著。

「我以為堂堂一個搜刮民脂民膏的公爵，出手會更闊綽。」薔薇說。

她喊出一個數倍高的價錢。

「我不會成為叔父那樣的人。」威廉說。

他將數字再翻數倍。

「怎麼，怕輸給一個下人嗎？」她說。

於是金屬鎚子再次敲響。

「若不是為一己之利，一個自私自利的傭兵也不會趕來救我們。」他說。

於是水漲使船高。

「我是傭兵……但我很樂意免費取你性命。」

於是那原只是一桶水的數字，漸漸被話語灌溉並賦予質量；池塘、溪流、河川、湖泊、大海。

「妳不會的。」

「要試試嗎？」

於是。金錢和權力的拉扯充滿人工、非自然的臭味，竟只有這二字足以形容其進程。在這於是來、於是去之間，房間中央的一男一女各自展現富可敵國的財力，恐怕連帝國的財政大臣也對之嚇然。威廉非但繼承了老獅子的財富，他長年以來搜括的民脂民膏也同樣落入口袋，金山銀窟踩在他的腳下；薔薇的合約向來是索取高額的賞金，如果家族派系鬥爭而聘請她，整個家族內最昂貴的物品必雙手奉上予她，而薔薇若是兩面討好，都接了合約，所得之財寶只怕不亞於將兩方的家族都洗劫一空，那對她來說是在正常不過的一天，一般人很難想像一座城邦裡一天之內能發生多少鬥爭、流淌多少昂貴的血。兩人一個在明、一個在暗，卻各自汲取金錢交易的養分納為己用。王法能嚴懲竊賊、得以規範貪官污吏，偏管不到他們。拉雷恩一想到這些錢能餵飽多少地上的可憐人，又想到不論往東南西北飛，沒有幾十天都見不到人煙，便再也按捺不住，轉頭對船長說：

「我、我們該制止他們嗎，船長。」

「閉嘴，坐著看好。客人願意付錢，主人哪管得著。」阿格拉斯眼神發亮地說。

拉雷恩掉回椅子上，依舊只有紀錄這份工作，無奈地將雙方提出越來越高的價碼逐一寫下，胸口那股反胃的感覺卻越發強烈。這時，突然有人在旁邊說：「極為可笑，是吧？」沙散諾不知何時已經站立在他身邊。

拉雷恩幾乎從椅子上跳起：「你……」

「人類的這等兒戲確實令在下不解。」沙散諾看著時沽場中間續道：「汝等絲毫不顧道德上的醜陋與墮落，揮舞著好奇心和貪欲的布條，所為何事？過不了一甲子，還不是必須灰飛煙滅嗎？那相貌醜陋的特魯族人同罪，為一己之利犧牲多少船員，問罪他自身的醉生夢死。」

拉雷恩問：「那您為什麼在這，月大人？」

沙散諾漂亮的眉頭輕皺，他思忖了一下才解釋：

「閣下不明白月吧？誠然，那等黃金對新月國（The Crescent）的沃土來說不值一提……但在下不必。命運已然昭告出必然的結果：《祈願》此等至寶必將屬於我族，一切依循眾神的安排。未來，這是在下唯需之價碼。」

「您是說月能看見未來？」

沙散諾搖頭道：「不必。」

拉雷恩又問：「可是……既然沒看過未來，怎麼知道公爵或薔薇小姐不會贏呢？」

沙散諾露出了有點像是笑容的東西（但是在拉雷恩看來只是詭譎萬分的嘴角上揚）。他道：「憑人類想要獲得《祈願》？你難道不——」他美麗的雙眼看像拉雷恩，捕捉著某種憐憫無知者的神情，一雙尖耳指天。就好像將拉雷恩看作是襁褓中的嬰兒，對世界的險惡一無所知。

「噢，眾神在上，你是真不知道。」

「知道什麼？」拉雷恩感到一股由衷的惱怒。

「《祈願》的本質。」沙散諾雙眼散出一陣熱：「盒子所值。」

「尖耳朵說得對。」

一直在偷聽的阿格拉斯突然打斷二人說：「拉雷恩，你還記得佛洛恩那傢伙是怎麼死的嗎？」

拉雷恩鼻頭一皺：「我當然記——」

他語句忽斷。商雀號前任大副，其遺體在紅港的暗巷裡被人找到，就在阿波羅的神殿後面，那副悽慘的面孔仍會將拉雷恩由睡夢中嚇醒。他是怎麼死的？拉雷恩當時偕同其他船員調查得一清二楚：佛洛恩在下城區的賭坊揮霍，一口氣把幾年的薪俸都砸下，卻因為牌運實在太差而輸空了口袋。他接著大言不慚地說要抵押自己的家當，賭場的東家一看佛洛恩輸光了錢，遂派人將他攆了出去……至於剩下的拳打腳踢，還是別想起得好。

拉雷恩當時一度相信東家出老千，但調查的結果卻是絕無此事。佛洛恩那天運氣差透了，話又說回來……死神是怎麼找上佛洛恩的？

拉雷恩四周的花粉光點時亮時暗地閃爍，他的心跳也隨超自然的秩序起舞，有些時候心臟出賣他，心悸令情緒在錯誤的時刻起伏，甚至開始遷就外在的原因；一隻失蹤的雀鳥有錯，因為牠能帶領人走出暗黑四佈的洞窟卻自私吝嗇的飛走；一聲鳴叫有罪係因它如黑暗中的火光，騙取人的注意。

「不告訴我，就是因為它的價值這般高？」他問阿格拉斯。

「唉，那麼老實的好人呀。」

「甚過死亡？」

阿格拉斯以手指隨意地將盒子推來推去：「比你好多囉，『小拉』。」

「那三封信不是邀請函，是戰書。」

「他又懂女人、又懂得陪我喝幾杯。」

「因為每個人的所求都不一樣。」

「偏偏再好的人也有鬼迷心竅的時候。」阿格拉斯舉起空酒瓶搖了搖。

「……**而它是一則願望**。」

聽說東方某座小島上有一種雀鳥極其豔治珍貴，凡捕捉此鳥者能在市場賣得務農十年的收入，但這種鳥的天性無法築巢，牠的鳥喙不夠堅硬，難以啄取蟲虫或是摘取芽突上的果子，牠的羽毛過於脆弱，承受不住氣候的四季變遷，而牠的身軀缺乏長途飛行遷徙的勁力。當獵人終於掌握捕捉此鳥的方法時，發現雀鳥有著寄生於牠鳥之巢的天性，雛鳥因羽色灰褐黯淡，與尋常的鷹難辨真偽，牠便在破卵後藏放在鷹的巢中，直到幾回夏冬輪替，第一批羽毛褪去以後幼鳥便會飛離寄居的鷹巢，尋找配偶。

雀鳥看似脆弱，攝人心魂的歌喉還是使人趨之若鶩，以及更重要的特點：牠有一身彩色的羽毛。一位商人從獵人手中購得了一隻雀鳥，興高采烈的以最高級的鳥籠及飼料日日夜夜細心照料，直過數月，雀鳥的羽毛已熠熠生亮，健康茁壯。自豪的商人提著鳥籠出門，街訪鄰居、行人朋友好奇的湊起熱鬧。不過，讚嘆和恭喜商人的音量很快地被訕笑和嘲諷取代，因為籠裡的雀鳥始終不開口啼叫，呆棲於金桿之上，鄰居帶頭戲稱那是假鳥，不過是漂亮的瓷片黏貼出來的布偶，而諸多朋友們也不得不懷疑商人的判斷力，紛紛離去。商人氣急敗壞地想要找獵人算帳，四處打聽，終於在深山的營帳裡找到正在替弓箭上油的獵人。你賣給我假的彩虹鳥，商人指著獵人的臉控訴。你覺得雀鳥幹嘛啼叫？獵人辯道。商人呀，你給了牠比山林更好、更安全的環境，但雀鳥不啼是因為沒有配偶，你奪走的是牠那一身羽毛、那天生的歌喉的唯一目的。

那我要你再去補一隻母鳥，商人命令道。可是不論獵人找了多久，爬了多少參天大樹、攀上幾座巍峨山峰，都沒有在小島的任何角落尋至鷹巢。沒有鷹巢，便沒有寄生的雀鳥。商人萬念俱灰，他的名聲和個人希冀竟在一夕之間敗裂，看著籠中的雀鳥注定一生孤獨，商人知道養著牠也只是徒增花費，於是打開了鳥籠，想要把籠子含的黃金典當。然而雀鳥非但沒有飛走，甚至緊緊棲息於橫桿之上，儼然已經忘記如何飛翔。

那樣的一種雀鳥。

拉雷恩也不知道為什麼會突然想起這則故事，它甚至不是一則發人深省的故事，好像只是糟糠之妻的耳提面命，提醒丈夫是多麼的懶惰，收割季節到了竟然還成天遊手好閒，做一天、休一天，任由園子裡的果實落地腐爛。它只不過是提醒，其實生活並不會因為這樣的曼涓細流而有任何變掛，因為……為什麼呢，是了，因為一口氣要求河流改變流向實在是欺人太甚，那是神祇才有辦法做到的壯舉，人類能做的只是藉由細小的累積，一刀一刀的鑿刻；誠如卑下的物種甩之不去的可悲血統，非得為了某種目標而活，進而犧牲血管與骨髓中的一切。

但它好像也提醒了拉雷恩，三個乘客爭奪一個簡單的木盒何須賭上性命；如果說有一項無比巨大的賭注，它能改變遊戲規則、能一筆勾銷所有債務、能使黑即是白、能帶回鷹巢、能讓雀鳥重新獲得生機、能在一夕之間讓商人成為列島諸國最富有的玩賞者，不必多想，肯定會是價值連城的物品吧？或許，拉雷恩又想，一位不怕死也不怕活的小人物所需，也是這樣偉大的作弊捷徑。

拉雷恩回過神來，只聽見沙散諾幽幽地說：「我同意，金不換船長。此船或許真該沉進大海之中。」

「是呀，我還蠢到要生死與共。」阿格拉斯碎念道。

拉雷恩從位子上站起，快步走出時沽場，追求一絲一毫獨處的時間。他怎能再被看作無知、怎需要承受這份壓力？這份毫無來由的壓力……他並不引以為傲。於是拉雷恩逃了。小女孩呢？她要他看的是什麼？如果依舊是這麼幼稚的玩意，那又何必。拉雷恩總是活得很簡單，他對自己的喜好斬釘截鐵；喜歡美人陪伴、討厭沾上髒汙、喜歡列清單、討厭管閒事。他一心以為，盡責的工作便能獲得賞識與認同，這次航行可說是將他的事業懸於一線。結果每一個人都像是著了魔似的，不應是這樣的！只要離開就好。盒子裡頭有什麼與我無關，這想法使他成了逃兵，在白熱化的戰火前拋下槍林彈雨的崗位；他逃向自認自由、自認置身事外的地方，一心以為如此便能撇開真相、能僥倖逃過眾神的掌心，神之所以為神是能把凡人當作幼稚遊戲的棋子，指尖輕輕一推，犧牲、將軍。即使是以皇后為祭拿下對方的國王，一個人的墜落不能阻止故事往下走。孤獨的女神若在此刻俯瞰小小的商雀，又將作何感想？如果結論是拉雷恩必須由子宮至墳墓都是一無所求的人，那也罷。

一**無所求的人**。擎哈爾當時是這樣叫他的：

「我聽到你為我辯護。」擎哈爾那時站在大致修復完成、張半面帆的紫羅蘭號旁，這是他第一次認真看著拉雷恩：「謝謝。」

「沒什麼。他們，真能為這船上的東西發狂。」

「他們理應如此，而你更應該離這團亂越遠越好。」

擎哈爾上前擁抱拉雷恩，用力地肋骨都快折斷了。拉雷恩明白他已經沒有道歉的必要了，因為與擎哈爾再見時，將是黑帝斯的疆域。

「值得嗎？」他終於忍不住問，機會彷彿轉瞬即逝：「付出所有。」

擎哈爾想都沒想：「她值得。不論如何，《襪子和襯套》不是這樣運作的。我……沒辦法讓她愛我，我只要她想起我。」這個人就好像忘了一場夢，一場天大的惡夢完全由記憶抹除。他就這樣忘恩負義！黑影消失一事，擎哈爾全然面露無知，整座蔚藍天空底下，只有拉雷恩一個人知道擎哈爾在湖畔說出的名字是霞卡，而不是呼喊仕女雅茲拉！拉雷恩氣壞了，他想要撕下妝點了罌粟花的悲劇面具，白色平面上橢圓形的嘴洞向下一彎，竟肖想代表世間的萬萬哀愁；如果拉雷恩有能力揭穿任一謊言，他鐵定會挑哀傷下手，因為這副戲劇面具隱藏了太多的真相，眼淚一流、鼻涕一抹就想要激起觀眾們軟弱的同情心。

在和擎哈爾擁抱的短暫片刻內，他氣得身體僵直，此短暫的照面擎哈爾在他手裡塞進一張紙片，很小，握在手裡沒被任何人看見的草紙。

「你是個一無所求的人，拉雷恩，希望這幫得了你。」

拉雷恩以無名指和小指握著紙片，知道他再也不會看見擎哈爾這個人了。

他險些被吹倒。

雲霧疊嶂成一頭巨龍，等待永不前來挑戰的騎士，相比之下商雀號只是可笑的紅麻雀，天真的飛向那雪白的大嘴。在巨龍的體內麻雀拖曳著靈敏堅固的羽翼，劃破一重又一重的雲團。腳下的甲板隨翅膀拍動而起伏不定，直到巧妙的瞬間出其不意地來臨——你驚覺自己踏在雲海之上；頭頂是青、腳底是白，絲絹色的氣流游過腳邊。這時如果往很遠很遠的地方望去，天際線會將眼界一分為二，絕不偏袒任何一邊。環顧著，你默認船隻成了汪洋中唯獨得以依靠的島，桅與帆在哪？挑戰巨龍的騎士會出現嗎？淡薄的空氣將聲音磨碎，使每一道丟出的問題都被白色的巨龍張嘴吞下。沒有英雄，只有阿波羅的馬車往天際線奔馳。

天很冷，他還呆站著，有些訝異地欣賞著日輪的明亮輝煌。這時就看那白色雲海上竟然也出現了另一金黃的光暈。定睛一看，原來是雲海上映射的太陽，在水霧裡渙散出自己的獨特色彩。老一輩的船員稱之為「阿波羅的詛咒」……對凡人來說詛咒豈會如同卡珊卓那般詭計多端、豈會影響家國存亡，唯獨需要拆散既有的因緣。詛咒讓它們同樣朝著天際的端點邁進；兩輪太陽共存，一輪在泛澄色的天空照耀、另一輪在灰白色的棉絮飄移，像是天造地設的愛人於穹頂間彼此吸引、相互接近，然而永遠有一者活在現實中、一者活在鏡像裡。唯有黃昏時分連光線與顏色都逐漸模糊時，他們才能短暫的水乳交融，接著相擁著沉進虛無。日復一日，直至永恆。這輝煌——這橫跨亙久時間的概念中，有某些奇妙的元素令他嚮往。

淡紫的光線籠罩。他低頭一看手心；米黃色的絲絹手巾雖然沾了點髒污、邊角扯破了線，但還是十分細緻，隱約帶著股清香。必須找個時間將它物歸原主才行。

拉雷恩想起薔薇。她的冷峻、堅韌、與心細。這是數日以來首次——他必須羞愧的承認，薔薇不再是遙不可及的高冷存在，剛才的爭吵與爭奪等同顯現了她的真面目：一個有血有肉、能恨能愛的人。突然之間「殺手」二字裡的成分已不足以組成她的全部。一個詞本就不足以形容一個完人，像是一根毛髮無法完述野獸。威廉・布萊茲又何嘗不是？隱藏神情和心緒的面具在時沽場裡完全失去了功效，獅子已被釋出籠。埃庇斯……她的孩子、她的寶物，但是這一切究竟有什麼樣的關聯……

「頭兒！」

拉雷恩這才發現桅杆旁有人在叫喚。他回身說：「你是……哈伯對嗎？」

「以賀博。」黥面的船員糾正道。

「嗯。怎麼了？」

以賀博猶豫了一會：「咱大夥有些掛心，時沽場……那檔子事。」

拉雷恩點頭表示理解：「寶物？還是魔法？」

「俺覺得都有。」

「這不是第一次拍賣魔法物品，擔心什麼？」拉雷恩道。

「呃……」以賀博低頭說：「這不，有個瞭望的小夥子，說咱們的航道早偏了、還說咱們已經兩天沒碰見其他船了。」

「瞭望員？哪個傢伙在胡說，把他關到禁閉室，不准吃喝一晚上。還有嗎？」

以賀博又遲疑了一會：「俺不知該說不。」他抬頭注意到拉雷恩手裡的手巾，表情微變。

「說。」拉雷恩將手巾塞回口袋裡。

「……頭兒你也知道，咱嚼舌根嚼慣了……打、打從棧道出來，大夥睡也睡不安穩，工作又多了，頭痛不止。」頭痛是拉雷恩最能同情的狀況，以賀博又說：「俺也聽人說，咱們離開去找畫的那幾天，商雀被人盯上了呀。」

碰！

拉雷恩捶了下牆壁，連上頭的藤蔓都拍落了：

「月火的吵什麼！誰再道聽途說、散播謠言，我親手把他丟下船！聽見沒！」

「……是，頭兒。」

拉雷恩平復了情緒。**它是一則願望**。他決定再次回到時沽場裡，因為那是他份內的工作——而這艘該死的的船上，似乎沒有半個該死的人有辦法正經地做完自己該死的工作！他將甲板的風景還有以賀博都拋在身後，並忍不住繼續咒罵著：「你們這幫懶蟲，該死的以為我瞎了眼？私底下你們幹的那些勾當我一清二楚。喝酒賭博、採雲櫻果變賣！」拉雷恩回頭補充：「甚至連你也是其中之一，對吧？以賀——」

白帆啪撻撻地拍動。

「以賀博？」

帆蔭底下沒有特魯族船員的高大身影，甲板整個空蕩蕩的。以賀博想必趕去忙了吧。拉雷恩把心頭的涼意、更把小女孩迴盪的歡笑聲一舉掃開。天真是銳利的情緒，有如騎士手中的魔法寶劍左切右砍，傷得人幼稚如兒戲。他在時沽場還有更重要的工作、更攸關生計的買賣，何來閒暇他顧？

＊※＊

夜來了。晚風剪碎了雲，鋪在靛藍的穹頂，靜靜等待她赴約。

七、林中歡笑 Bewitching Laughter

他這輩子第一次禱告的對象是一頭棕熊。

那年秋天，獸欄裡的老熊把牆壁的磚頭都抓爛了，必須修補才行。母親在傍晚的廚餘桶裡頭加進一大碗的草藥粉末，讓老熊吃下後睡的熟透。她又趁著月光高照的時候打開了獸欄的大門悄悄走入。當時他還小，只能趴在屋子的窗戶看母親走進獸欄。約莫一個鐘頭間他都害怕地發抖，因為母親很可能不會再悄悄走出。他當時並不認識眾神——母親很少提起祂們、更從不祈禱。他只希望有個對象能夠聽見他心裡的聲音、抹除他懷有的恐懼；老棕熊從他有記憶以來就蜷伏在獸欄裡，牠一定會聽見這股渴望、也一定會不傷母親一毫一髮的。

草藥很有用。母親安然地補完磚牆，回到屋子裡了。他好高興，小小的心臟不停跳著。他開始明白祈禱時如果具備足夠的信念，即使是汙霉頭這樣又老又病的棕熊也會聽見的，力量強大的眾神肯定也是。他跑上前，大力的抱住母親。

母親輕聲問：「怎麼了，小滑頭？」

「媽，我有幫忙呢！」

母親說她累了。她塞了一枚沾了油汙的硬幣到他的小手掌裡，要他趕緊去盥洗，隔天繼續去鎮上找工作——或許能去書店求求老闆吧。

是夜，他握著還留有溫度的硬幣翻來覆去，撫摸上頭的圖案。隔天一大清早，他更欣然地將廚餘拿去獸欄裡傾倒，並提起勇氣窺視縫隙。

他發現那塊被老棕熊抓壞的斑駁磚牆，正好對著屋子後頭的圍欄、再過去便是墨綠森林的方向……

青石柱的森林在視野裡縮得越來越小、英雄的船艦越飛越慢。終於擺脫碎磷森林那些巨大石柱的束縛、來到開闊領空的時候，陰翳的陽光照亮時沽號的船身，房間裡終於亮了幾分，阿閃的眼睛都快花了。

他已經在這空氣難以流通的貨艙裡工作個把鐘頭了。

臉頰一陣橙紅火熱，起初令人以為是風暴中的閃電。

正想著哪裡可以找水喝，只見一道異常的亮光從旁亮起！

阿閃趕緊趴下。

赤紅的火舌撞穿貨艙的厚重門板，鎖頭、門閂、加厚的鐵條全部被火焰的血盆大口吞噬。撲面而來的熱度讓阿閃閉緊了眼，好像蜷縮在烤箱深處似的；那陣大火成了鋪灑下來的醬汁，使房間充斥各式各樣的顏色，外圍的紅橙與中心的湛青都沾滿了相同的味道：魔法。「咳、咳！」一股木材與毛髮燃燒的焦味充斥鼻腔，他很肯定自己左邊的眉毛已經燒盡。火勢來的快、去得更快，形同一場測量精密的爆炸。阿閃發現隨著火焰的亮光與熱度退去，牆壁和地板上完全沒有任何殘存的火苗。

對了，船長！阿閃在地上滾了一圈接著爬起身。煙硝中，只見老船長好端端地正坐在輪椅上，剛才這場攻城錘一樣的衝擊爆炸看來完全沒有讓他動過分毫，衣服和身體也絲毫未受損。他老人家甚至比阿閃更靠近門口呢！

「好把戲。」老船長說。

爆炸引起灰塵飛揚，漸漸地沉澱下來。從鐵門……的殘骸外走進來的是兩個人影。身穿長袍的人放下手之後，臂膀上的刺青仍依稀亮著微光。她氣喘吁吁、隨時會暈倒的樣子透露她的力量已經耗竭，臉上更滿是冷汗。大副幣崔絲站在巫師的旁邊扶著她的肩膀。

「做的好，休息一會吧。」幣崔絲說著讓對方倚坐在門口處。

「一會恐怕……呼、不太夠呢……。」巫師說。她全身的皮膚正失去光澤。

「琉諾。」老船長在房間中央說：「妳進步了。」

巫師已經睡去。

「船長！」幣崔絲走進房間裡來。她打量著被搬至兩側的眾多木箱與盒子，眉頭緊皺，「這裡發生什麼事？」

「妳派人把鐵門炸了。」

「我是指這些箱子、還有倒在您房裡的醫生！」

她看見身形狼狽的阿閃，眉頭髮梢都還冒著火花，她冷道：

「你。」

老船長說：「別怪罪他。我倆不過是談了場簡單的交易。服務換取故事。」

「這不是聽故事的時候！」幣崔絲說：「後頭那場風暴——」

「讓老夫猜猜。風暴困住了船尾的氣流，讓時沽號進退不得？」

「……。」幣崔絲不語。

「當初勸妳不要冒險出航的人，現在想必十分得意。」

「這不是沾沾自喜的時候，船長。」

船長緩道：「風險須小於報酬，商人都懂這個道理。」

「對，這是您教我的，而我更不能讓時沾號的名聲毀於一旦。」

「站在高處的人不一定具有遠見，幣崔絲。」

「船長。」幣崔絲咬牙道：「我不管您現在的心境如何、更不管這破爛貨艙裡能藏著什麼，但是只要我一日為大副、便一日不許時沾號或她的船長丟掉性命！您不具任性的權利！」

「任性是年輕人的權利，老人要的只是保全一點殘剩的價值。」

她斥道：「什麼價值！到底是何物讓您這樣？有什麼該死的東西能比活下去更重要？」阿閃的腦袋像是被熊掌拍中一樣。他剛經歷了場爆炸，耳朵還在嗡嗡作響、眼神渙散，可是幣崔絲謾罵質問的話，卻比爆炸更像當頭一棒！有什麼東西能比活下去重要。藏在核心的解答同時帶著刺、戴著面具、也圍著面紗，似乎是在數十年後聽故事的人的耳裡，才描繪出一點理性的外貌。阿閃心臟蹦跳不停，一個字從他顫抖的嘴裡抖出：

「願望。」

幣崔絲看也沒看他一眼，只是繼續瞪著老船長。

阿閃放膽叫道：「是願望……不、我是說……《祈願》！」

「閉嘴，打雜的。」她說。

阿閃衝上前，像個渴求注目的孩子，抓住幣崔絲道：「大、大副！您曉得盒子裡是什麼嗎？知道嗎！」

「滾開！」她僅憑單手就把阿閃推落在地。地板硬得像……像是地板。天旋地轉之際，阿閃那顆遲緩的頭腦悟出某個簡單的道理……畢竟連故障的鐘錶每天也會準確報時兩次。

「妳……妳早就知道了？」阿閃無辜的抬頭看著她。

幣崔絲怒斥道：「我當然知道！一個七老八十的男人掌握大權，開口閉口都只會炫耀自己的事蹟。我為他工作多久了？怎麼會沒聽過這些『拯救女神』、『賣掉了一則願望』的故事？」

「故事。」阿閃覆道。

老船長仍閉著雙眼休息，不發一語。

「小鬼，醒醒吧，他在利用你。」幣崔絲轉頭看著閉目養神的老人：「聽似浪漫的故事逼你握手成交，他還用了其他誘因嗎？聽清楚了。拉雷恩・譚沃就算曾經取得女神的贈禮，那也是好幾十年前的事！如果他真的還握有什麼法寶、還藏著『一則願望』，難道會令年歲或疾病，把自己搞得不成人形？」幣崔絲這才意識到自己說話逾矩，閉上嘴。阿閃更是啞口無言。

老人沉默許久。「浪漫的故事、黑暗中的故事，也能為真。」他再度開口時語氣似已在記憶的深潭水中，用盡力氣迴游，卻到不了岸，黯然放手。縱想拉他一把，無法確信自己不會一同墜落。

幣崔絲語氣一軟說：「真和假的區別往往是模糊不清的，船長。」

「……而那場風暴是真。」老船長說。

「恐怕是的，船長。」幣崔絲誠摯道：「請您……回來現實吧。船員們很亂，需要您的領導。」

「好，好。」他緩道。

阿閃不覺得好。他明白打雜小弟只准許被利用，可是他更明白到大城市生活、在商船上混飯吃的小祕訣：愚蠢的相信。阿閃深怕老船長已經失去回憶的力氣、失去抓壞磚牆的熊爪了。要是不再嚮往從前的記憶，不再以虛幻灌之現實以能量，老船長會不會變得像老棕熊一樣，爪鈍齒搖呢？禱告。他還能向誰禱告？

看吶，真實與虛幻間那一線之隔是塊幌子，只為那些寧願保持無知的人而懸掛，反是真知灼見的追尋者樂於扯下桂冠般的防護，尋找捷徑、秘道甚或是手段，作為拆解這股分界的武器。他們的抵抗縱成枉然，仍有少數人在自我沉浸的思考裡重新找回穿透二者的力度與信念。大多數的時候我們選擇待在其中一側，持續忽視欲望的你推我擠、持續冷對文明的迎風墜落。

＊※＊

船醫被冷風吹醒。

沉眠結束時，微弱的日正當中。

他扶著牆壁走出船艙，渴求幾口新鮮的空氣。頑固的門把好幾次滑出手外，他低吼了一聲才以肩膀頂開門，來到戶外。

風很強，耳窩呼呼地響。

時沽號平坦堅固的甲板一塵不染，每一件物品、繩索和繩具繁瑣地交纏成一件航行的機器，它們都有各自的位置，將空間劃分地整齊而寬廣，更時常成為生物休息其羽翼的地方。幾對火蛾（Flamemoth）在陰影底下亂飛，凡一接觸水分牠們的生命周期便會終結；一隻孤獨的雨狐（Rainfox）盤窩在箱子後頭，舔舐清理著棕綠色的毛皮，直到牠瞧見船醫便立刻使身體氣化，隨著強風飄走；好一頭大膽的獅鷲把帆桅最上頭、靠近瞭望台的地方當作棲地，低著巨大的鷹頭補眠，沒有要離開的意思。

他找到水槽，也不及找杯子，便咕嚕咕嚕地大口灌下、再掬起幾把水潑在臉上，好不過癮。

「搗哇。」他用黑袍的襬子抹臉，總算稍微清醒了幾分。

獅鷲忽然啼叫一聲，船醫這才看見另一側有幾個船員正試著把那野獸嚇跑；大喊、丟石子、甚至用長竿子戳那頭獅鷲都沒太大的用處，牠只消揮一揮巨大翅膀便全數拍落。

船醫懶得去管野獸，走到巨大的「鏡環」旁邊檢視。勞動長繭的手撫過那些雕文，暗自期盼這樣便能讓這物品裡蘊含的魔法啟動，再次讓時沽號取得對其他船艦的聯繫。正因為鏡環故障，時沽號在廣袤的天空中只能以笨拙的方式導航，又被風暴追趕。環上複雜的魔法符文好像某種眾神才能閱讀的文字，歪曲卻又優雅，顯然不適合人類的雙眼。

沒用，它只是個放大十倍的華麗化妝鏡。

「魔法阿……」

船醫越咀嚼這苦澀的字，越是渾身發毛。學者的他，沒辦法想像將這些奇幻的文字刺青在身上，更沒辦法想像用脆弱的意志之力推動背後的機制，做出難以想像的事情——並付出難以想像的代價。這麼不明智的交易究竟是哪裡誘人呢？若是問巫師琉諾，她會回答嗎？

還有這艘船！什麼樣的力量能讓人造的龐然大物飛行在天上呢？飛行有代價嗎？是誰付出的呢？他不得不羨慕那頭休息中的獅鷲，只要牠想，隨時能夠展開幾公尺長的翅膀，飛至任何地點、飛離任何危險。這般自由與優雅，也難怪人類會想要用拙劣的魔法和簡陋的機器模仿牠。

這時，一名船員奮力地揮動長竿，不偏不倚地砸中獅鷲的腋部。牠總算是大為驚動，放出尖銳的鷹啼展開棕色的羽翼，捕住了風便起飛。不出幾秒，牠已然成為遠處的黑點，而成功完成任務的船員們高興地相互擊掌。船醫也不是不懂這股征服的欣喜。他剛剛才驚動了名叫「船長」的野獸，更因為這樣而昏倒在地好一陣子，他再三確認睡靈漿絕沒有問題，那是他的拿手湯藥；想起自己昏倒的過程，船醫不禁按住了胸口……。

「醫生，好久不見您上來了吶。」剛才趕跑獅鷲的船員說。

「是、是阿。」

「船長呢？沒有大礙吧？」

「……嗯？噢、對、不、船長他很好。」

「太好了！」那船員高興地與其他人分享謊言。

——疑惑的左手取出口袋裡的隨身手札，迅速翻開對船長診斷的那幾頁。

器官？不對、用藥？不對……

有了。「皮膚無異常」。

船醫開始細細思考一件事：如果船長沒有攜帶法器、也沒有巫師的刺青……他是怎麼讓我昏倒的？

綠色的雨狐再次實體化後停在不遠的雲朵上，吃起一株雲櫻的果實。牠的體型勻稱、肌肉被自然勾勒地十分優雅，在雲朵上總能放心奔跑；一雙眼睛可以看清好幾里外的羽毛，美極了。尤其是那身高貴抖擻的毛皮乾淨地，絲毫不會給人狡猾的印象，聯想起來的是雨天平原上的的青色雲朵，而不是未知深處的黑暗心臟。再看風暴的方向，好多斷枝殘根被風捲入。船醫瞧見好幾個黑影往不同的方向亂飛，其中更有幾道正好歸於時沽號的方向。

風帶著截斷的樹枝，胡亂地畫起無形的線。線一劃過，雨狐又倏地消散了。

風好強。
是在一個人「咚」地跪倒時，船醫才察覺這些樹枝不對勁之處。
「呃！」船員摀著腹部哀號，一支羽箭穿過他的身軀。
船醫瞪大了眼，這才反應過來，往那人的方向跳去。
「嘿，你怎——」
咻、咻兩聲又劃破空氣，分別在船員的肩膀和右胸畫上休止符。筆直的羽箭像紮稻草人般釘在身體，順道帶走眼裡生命的光彩。
忽然有隻手抓住船醫：
「別過去！他……他已經不行了，快逃吧！」
急轉直下的情勢令他發慌。幸得一枝羽箭釘在離他不到一呎的牆上，他才想起來要逃。
「阿！」他放聲叫道。
風暴張大了嘴，吐出箭雨。
救人與保命之間的抉擇，很快地傾向後者。
「快……快點！」幸好船醫不是沒見過血和死人，他首先恢復理智，指揮起剩下的船員：
「用、用鏡環！」
他們七手八腳地合力抬起鏡子，以光亮反射的魔法物品作為擋箭牌。一步步走向船艙，羽箭還在落下；一枝箭不巧射中船醫的上臂，他痛地丟下鏡子的一角，整個鏡身立刻傾斜。其他人不由分說地加大力道抬起鏡子。咻地劃空聲還在繼續。命運以手中的炭一筆一筆的素描著恐懼，更弄髒了祂們的雙手。天外飛來一箭，從一個瘦子船員的小腿處刺穿。

「呃阿！！」

瘦子吃痛，在船艙前不到幾步撲倒在地。船醫想也沒想，連推帶滾的把那瘦子擠向安全的門口。

終於，眾人合力到達了船艙內部。

船醫立刻彎下腰檢查瘦子的傷勢，這才發現還有另一截斷枝插在瘦子的心窩，染得和秋天的樹枝一樣紅，如同風暴送來的名帖，他這樣想到。這時其他人拉來櫃子與凳子，格住艙門，他則把瘦子冰冷的屍體擺在牆邊。

「誰會這樣做。」船員跪垮在地。

「他們想、想要什麼？」另一人抽噎著說。

除了風以外還有其他聲音。有人登上了甲板，輕巧的靴子傳透天花板，和增快的心跳聲一樣鳴奏，四面八方都有登船的聲響，隔著層層木板全變成了詭譎小調。他寧願這些人是凶神惡煞的蠻族、或是見錢眼開的海盜，手舉著打獵用的蠻弓或充當義肢的鐵鉤，為利益眼紅搶劫途經此地的船隻。可是瘦子的屍體上插著的精雕羽箭不這麼同意，這些登船者並沒有要談判的意圖。

船醫用沒受傷的手抓緊了手札，滿臉冷汗地說：「先兵後禮的是傻子。我們快走吧。」

木板縫間低語聲逐漸變質，起初還不明顯。為什麼每次聽見它都更恰似……歡笑聲？如風中銀鈴、犢馬嘶鳴、森林中漫步時最常聽見的隱隱笑聲，好輕鬆、好悅耳的輕笑，攝人心魂；帶著魔法的笑聲。窗外很遠的地方，獅鷲已經從魔法的騷動裡安然飛出。牠將羽翼一收，棲停在千百道青色磷石柱的末端，不帶表情地看著剛才的便車繼續航行。

第二艘船狀似個大碟子，底緣的弧度優雅。她像猛禽撲向獵物，快速地靠近時沽號。
風暴一到開闊的領空便竭了力，喘起氣來，然後頂上煙花似地攪合成彩雲片片。以粉色天空為鄉間小路，寬葉狀的月亮是個在麥田裡迷了路、遲了門禁的野孩子，哭喪著臉尋找屬於她的夜空，不巧澄紅的天光澆融在船身上，使她亮得發燙、亮得眼睛都移不開。
她倆作伴駛離，終成為天際線的一部分。

八、夜的鞠躬啟奏 She Wrote and sang, and bowed and Danced

雨很溫和，像午後家貓懶洋洋的尾巴搔過頸後。這天氣躲在簷下也沒用。水霧襲來，篩落雙頰，細小的雨絲因沒有重量只能任風吹地飛散亂舞、時起時落，玲瓏的水珠妝點木牆的臉和髮鬢的尾。拉雷恩搔理下巴，氣餒地發現自己忘了刮鬍子，他繼續下樓，途經幾間空去的客房都已經收拾乾淨。牆上有幅油畫；有一段時期藝術家都喜歡使用深色的畫布，並冠上個「阿蒂密斯式作畫」的美稱，走廊上這幅畫就是這樣的底，可是他完全看不懂這畫的主題或對象，只不過是雜亂的線條與色彩。他丟下畫。更值得慶幸的是，他把帳本也擱下。

船上的人越來越少了，早在落日棧道的種種災難之前，鴉圖港（Arteau）和斯奇拉（Scylla）峽谷的北部附近，商雀的乘客就紛紛帶著戰利品離開；留了錢財、帶走了一箱又一箱的寶物，靠岸後陸陸續續離船。有錢人士笑著滿載而歸、輸標的人們沮喪地昏厥。隨著拍賣的鬧劇越來越少，商雀號的載重減輕，速度好像也快上不少，像是……嗯，像是一隻輕盈的小紅雀。

船艙裡的人逐漸變少，最令人煩憂的是，船員也已經少去三分之一，大夥的眼神都變了。沙散諾將自己鎖在房內讀書，驕傲的月很明顯在躲避拉雷恩。幾天來造訪數次、敲門詢問甚至在走廊攔人，為的就是從月的口裡得出更多的答案。沙散諾守口如瓶的下場就是遭受不屈不撓的侵擾。祈願的來歷，就像漆在臥房牆壁上的荒唐哲學問題，令拉雷恩日夜深受其擾。說來好笑，他的臥房裡有一塊扁木板刻著月族的格言：「缺乏好勝心者，無法駕馭龐然不止的風；缺乏好奇心者，無法踏往前人未至之竟。」看了豈不是徒曾諷刺。他只覺自己正讀著一部冗長積塵的史詩，卷後有卷，明知其結局卻不聞其章節。應有的秩序比書卷內容還亂，考據文物的重擔如同手握一張清單卻唯有別人的筆能勾選。

底層的儲藏間瀰漫一股發霉的木頭味。確認四下無人之後，他彎下腰掀開地板上的小門。風焦躁地灌入，呼呼地比拚著力氣連雙頰都紅疼了。勉強睜著眼睛，手腳並用小心翼翼地爬下小門。

四周一亮。頭頂是船肚和龍骨，舉目全成了晴朗的淡藍天空。

船的外頭當然不是空無一物，只見一個獨立的凹處坐落在船肚的中段。它是個不大不小的平台，使得側懸的一雙鰭帆正好護著兩側、結實的龍骨作為屋頂，有如懸空的白色的帳篷。貨艙也裝不下的大型貨物才會擺在這：龍的頭骨、巨人的斷劍、魔法師的屏風……如果沒有大型貨物，這個隱蔽的船外平台則有一個更簡單的用途。它是拉雷恩的祕密基地——每個人都有一個這樣的地方吧，就像每個小孩子都有有一個想像出來的朋友，每個成人都有保有赤子之心的紀念物，不論是朋友或紀念物，唯一己之念聯繫過去與現在，斷去則無——這般不大不小的平台，不引人注意也毫無特色，跟單純的木盒子沒什麼兩樣。

有好一陣子拉雷恩都抓著繩梯，動也不動。風吹得繩梯晃呀晃，他還是沒動，定睛看向祕密基地裡的不速之客。

想想停靠港口時，大夥都會一起去酒館看舞女的表演，吃飯錢全賞給那些女孩也在所不辭。

不料這樣跳舞的女人他未曾見過。

盤起的紅髮、白皙的頸頷。

紅瓣凋謝的模樣一點也不做作，直直地落下不需要的部分。她似乎從不需要碰觸地板，跳呀跳的竟然就跳進了他的祕密基地裡；跳呀跳的竟就令人望之屏息。肌肉的力度被畫在四肢的弧線裡，準確卻又不似刻意臨摹。弓、甩、躍、轉，她的舞蹈忽略了矯揉造作的節奏，宛若紡織工匠注重將一條線引導致下個間隙，連綿不絕、此起彼落地穿針引線，最後編織出能夠使說書人講上三天三夜故事的美麗掛布；不會是祭祀眾神的讚頌或是宮廷騎士的佳話，只會是一段段翩然成章的冒險，令說書人也不甘罷休。舞蹈需要觀眾，就像美酒需要品嘗者一般。然而女人並未因為缺乏觀眾而停下，她的目的不是賞心悅目，而是令身體的每一部位都記得這些動作，盤起的紅髮、白皙的頸頷，銘刻於身體的記憶方成為技藝。拉雷恩很快便發覺女人練得不是舞，是武。

良久。拉雷恩故意咳出一聲：

「薔薇小姐，晚宴快開始了。」

她已經停下練習，盤腿坐在木地板上，裙子隨意的撥到一旁。

「我聽見了。」

她擦汗的時候一直望著船頭方向，趕巧了遠處的雲出現奇妙的變化。灰階的碎布灑落東邊的半片天空，偶爾幾張倖存的白緞也天真地被風慫恿，往西南方緩緩前進，積雲壯起膽後終於願意開口提出訴求；只見山脈般巍峨的白色被一把抓住，在天空的一個角落被拽著墜落，無形無色的大手抓得很緊，直把雲團都拉疼了還在繼續匯流、引導、沖落。氣壓的變化最後導致雲山的盡頭削落，片片雲彩就這麼被趕離屬於她們的天空，落下再落下，幾千呎的距離也不辭辛勞。從這幾十里外看來，白色的瀑布讓整座穹頂有如一座山重水複的仙境，只是那座十里長的雲瀑之下究竟沖落到怎麼樣的地方，自古以來流傳著千百種說法，沒有定論。

「我被叫來帶——」

「是真的嗎？」她打斷他：「那裡就是支點瀑布（The Cloudfall），巨人阿特拉斯在底下舉著雙手、支撐著世界？」

拉雷恩猶豫了半秒：「不想掃妳的興，但那只是個大型的雲瀑罷了。下沉氣流對船就像……玻璃窗對待蒼蠅一樣。」他拍了下手示意。

「所以阿特拉斯遭宙斯處罰的故事，不是真的？」

「它……我只聽說雲瀑底下的小島住著個巫醫，名字就叫阿特拉斯。」

薔薇依舊沒回頭看他：「這樣直直駛向雲瀑，和尋死沒兩樣。」

「距離還很遠。有經驗的駕駛都會藉著雲瀑捲入的力道，增加船速。」

「島上的巫醫呢，他知道島嶼的頭頂有座超大的雲瀑嗎？」

拉雷恩陪笑了一聲：「當然知道，托支點的福，小島上終年不下雨，又不時會有船的殘骸從天上墜落。說起過人的福分，小姐，晚宴……。」

「你怕我。」她突然轉過頭問。

拉雷恩扶著額頭：「坦白說今天我只感到頭痛……難道我該害怕嗎？」

「我想不到你該害怕的理由。你不像是其他船員。」

「不像嗎？」

「嗯，你找到我的藏身處了，不是嗎？」

「那是因為有人幫我。」

「誰？」

「一個小女孩……算是吧。她說過，妳會想要獨處。」
「獨處，是呀，聰明的女孩。」
「船上只有兩個地方能不被打擾：這兒……還有酒庫。」
「你很了解這艘船。你甚摯愛她。」她撫著祕密基地的木地板說。
「至少這份工作填得飽肚子。」
「我從不喜歡我的工作。」她說。
「真不曉得為什麼。」他挖苦道。
她淺淺一笑：「你錯了。我不討厭殺人……尤其是不該存在的人更值得我弄髒雙手。去她雅典娜的，我可是替天行道呢！不過這份人人厭惡的工作必然會使火光打在我身上，一種……眼神。」她纖指一指，「我太了解那種眼神了，在落日棧道時，你就是這樣看著我，即便我才剛剛跳下水救了你。看，你正戴著它，譴責與排斥。」
拉雷恩不自覺地摸了摸臉：「……所以妳喜歡獨處。」
「孤獨是我的癮。就好像規律和工作對你一樣，孤獨讓我心安。看著吧，有一天我要把棋子全部收回、重新開局。」
「為癮頭而殺人，代價不會太大嗎？」
「我們都是為了得到什麼才上船的。」
「妳錯了，我就不是，而棧道那時不論妳怎麼說，是為了監視其他兩個人也好，事實便是妳救了一群人。」

她笑著搖頭：「追求一己的欲望沒什麼好羞恥的，拉雷恩。你難道不為自己的未來擔心嗎？」

「這關我的未來什麼事？」

「你幹的這檔事。行商。」她好像是憋著氣說出這難聽的字：「你們遊遍世界找尋財物，然後找到一心想要這些東西的人，以天價賣出，絲毫不管他們會不會以這些權力行惡、以這些魔法為非作歹。說不定有一天你會發現自己成了個又瘋又老的水手，後悔著，你給出去的寶物們正好讓世界變得比以往更糟了那麼一點點。全因為你。你不憂心嗎？」

他察覺薔薇根本沒有傷他的念頭，於是找了塊空地坐下，畢竟這是「他的」祕密基地——而且頭痛不停加劇。他說：「嗯……挺諷刺的。我曾經問過某個男人幾乎一模一樣的問題。」

「阿格拉斯船長？」

「眾神阿，不，是在我之前的大副。」拉雷恩說：「他那時……還差一個月就可以退休了，在慶祝的宴會上，他把我們年輕一輩的都叫了過去圍成一圈，他說：『商人的道德感跟小孩子一樣。我們在意金子、價格、財寶和魔法這些從來不屬於我們的東西，緊緊地掐住欲望和願望，哭鬧著要求更多。』打從那時候開始，做決定就變得容易多了；我做買賣，盡我所能擺脫天真、不留遺憾，但願成為又瘋又老的水手那一天永遠不會來。」

「這個大副後來怎麼了？」薔薇問。

他抓了抓頭：「……他背了賭債，我們找到他的時候，血凝固了。」

「嗯，有意思。盡可能不要留下遺憾……嗎？」

他覺得已經說了該說的話，爬起身離開。

薔薇在身後又說：「開價吧。」

「哈？」他回頭問。

她撥了撥頭髮：「你解了我的疑惑，現在我要付帳。不想要金子嗎，我有別的手段，想要除去哪個敵人、還是想要得到……我？」坐姿究竟施了什麼魔法，盤腿的樣子竟能是這麼婀娜誘人的嗎？拉雷恩不想承認，她自然嫵媚地眼神還有肢體間散發的魅力都幾乎令他點頭同意。幸好，他已經過了會被色慾沖昏頭的年紀了——或者說還沒到那個膽小的年紀。

「我不是老公爵那樣的男人。」他嚥了口水說。

她噗嗤一笑：「哈哈！瞧你緊張的。」

拉雷恩沉住氣，緩說：「我已經知道《祈願》是什麼了。」

她慢幽地說：「那你就更知道我非要不可。」

「薔薇小姐，一則願望？真的？妳在刀口下過活卻願意相信這個嗎？如果是想人間蒸發，遠走他鄉才是明智的。」

她的雙瞳是美麗的棕色，在髮絲的映襯下偏楓紅：「我試過了。從一座島到下一座，從一座城市到另一座山頭隱居，海岸的山窟、雲頂的秘境，但是過往，我怎麼逃得開無所不在的東西？它總是有辦法趕上我，所以，不要裝作你知道我試過多少回。這是你第二次問了錯誤的問題了，我的拉雷恩，事不過三。」

「我必須知道。」他說。

她看了他幾秒，才湊近耳邊道：「你救不了我。」

薔薇快步走至繩梯爬了上去，蔑笑全寫在她的臉上，留下拉雷恩一個人在他的祕密基地裡，有如日曆的狹窄空格……不再是愛玩的男孩、卻尚未成為頑強的老人。他追問的結果是徒增困惑，數天來他已經學透這點了。側額抽痛，拉雷恩好似正憑孩子般的粗劣道德反覆犯相同的錯，並忽略真正重要的棋局何在。柔軟的淡黃色手巾，他顯然忘記物歸原主的任務而一心思索毫不相關的真相：雲瀑底下真的有島嶼嗎？這會不會是他僅一次看見如此令人屏息的舞蹈？

＊※＊

隨著上方甲板的一陣爆炸的大笑聲，宙斯敲下爐旁的打火石，雷聲在遠處分裂紫灰色的天空。老一輩的船員們都說宙斯是懶惰且幼稚的神明，所以雷聲才會是遲來的故事：當雙耳聽見打雷會看向天空，但雷聲只代表閃電已過；看見閃電，但真正蘊含能力的光早在百里外擊中地面，我們接收的唯有光的反射。

里拉琴（Lyre）的絃斷了一根。你總在諸多樂器的演奏間裡察覺不平衡的地方，就好像一排排的行列整隊裡看見空位；漏了音符、少了種聲音，跛腳的音樂還在健行。即使是蹩腳的音樂也令現場的氣氛越發歡騰，似乎正因缺陷顯得幼稚好笑。擊碗敲鍋、拍手踱足，船員們圍成一圈圈在爐火旁邊。熱鬧的休息室杯盤狼藉、醺醉的船員你推我擠，他們不願輸給艙外的風聲而努力製造聲響，並合著彆扭的節奏唱和，唯一協調的只有口中五音不全的歌詞：

「高歌吧，女神，我的不屈不撓，
賜福吧，女神，我將獲寶而歸！
瓊漿玉液在此，請納我等獻禮，
珍饌佳餚在此，賜我財寶無數、

（Sing, Goddess, of my unyielding rise,
Bless, Goddess, me an unequalled prize,
Nectar overflows as we praise high,
Ambrosia sums, and gifted we are,

笙歌不斷、此宴不散！」　　Of gold, of songs, and of this night!)

高腳杯、陶碗、酒囊、破了洞的鐵桶，凡是能夠裝酒水的容器都被拿在手裡，交碰無斷、大笑不停，你以「祭祀」的名分肆無忌憚的狂飲慶祝，好像能就這樣忽略爐火旁獻祭給眾神的食飲。炙紅的炭火燒的整座廳室熱烘烘的，眾人的意識也開始隨之發酵蒸騰。情況在酒酣耳熱的時候開始滑下坡；這時候其實大半的杯子只剩過濾的雨水和酒糟，但大夥也沒有管這麼多。音符搖晃的高歌還在持續，內容已經從神廟的繁複禱詞走入酒館的下流歌謠，或許在這種慶典般的融洽裡這幫人壓抑的情懷，才和嘔吐物一起排出。

「噢，伊歐娜！妳的金髮如夏，　　(Oh, Iona, how goldish your locks glow.
看這金銀如山，因奏請神賜。　　Behold my treasure, for I long invoke.
噢，伊歐娜！妳的高冷如冬，　　Oh, Iona, how frigid you refuse me so.
瞧我熱情如火，必將愛妳……[2]」　　Beware my passion, through you I shall p……)

拉雷恩胡亂地塞下一塊燕麥硬麵包，咀嚼有如隱隱雷聲撼搖齒齦。他進食是純粹攝取需要的營養，渾然忽略口感或味覺上的享受，杯子裡只有清水，跟個隱居偏遠海島的祭司沒兩樣。據傳祭司杜絕任何形式的誘惑並將欲望束之高閣，偏偏拉雷恩眼前流動的欲望凝匯成石，他也逐漸懷疑商人這個行業的弊病果然浸染在雙手上；親手觸摸寶物、數著硬幣，填滿他人的欲望深豁換得報酬，如果真要比喻就好像在昏暗髒亂的下城區賣身的男女。

柔媚的秋波、發燙的肢體。連通甲板和大休憩室的木板都被移了開來，油燈的亮黃燈色蔓延到甲板的後

[2] The complete song included in *The Song of Itenian Bards* by Noemen Wright

半、前半則因為帆已收起而曝露在月光之下。大鍋裡燉煮內臟和碎肉的香氣隨煙蒸騰至濕冷的夜空裡，烤的金黃的麥餅，以熱度喚起一股似是務農者辛勞後的飢餓，稀哩呼嚕地下嚥熱量才轉移至船員們空乏的肚子。天邊的商雀於這短暫的夜晚成為天空的柴火爐灶，以暗紅的火光將四周的雲塊都塗亮了。

拉雷恩始終戒不掉這個習慣。每四次靠岸他便會到昏暗髒亂的下城區「消費」一次。他是數家妓院的熟客，但他毫不隱瞞這層關係只是主顧，從未浪費在女人身上的一毛錢；一夜春宵抵一把錢幣，事情不能更簡單了⋯⋯眾神啊，半調子的里拉琴快把他逼瘋了！要知道，令拉雷恩恨地牙癢癢的從來都不是妓女的行為或職業，他不滿的始終是「昏暗髒亂」。各地港口的下城區想必皆已經上百年未經整頓，蚊蟲孳生、疾病肆虐、更別提將近虛設的公共設施，四處的秩序形同無存，他多麼想念落日棧道的食物和墜落的推手，欲望的念想，失序。

他「啪」地賞了自己一記耳光，好像要把琴身拍斷那麼用力，拉雷恩穩住重心，扳轉舵輪十五度，沉重的阻力讓肌肉發疼。秩序於旋轉之間重建，商雀號又離正確的航道近了一點，支點雲瀑的一幅壯麗也越來越近。他的左手扶著舵輪，又咬下一口硬麵包，臉頰火燙，可是這次他沒有再想起女人了。

一陣喧鬧。威廉在底下的甲板，走得很慢，合身的休閒服少了外套、披風和過多的釦子，甚至連絲織袖子都捲到了臂膀上。他精悍的棕色頭髮一絲不苟的梳理整齊，看得拉雷恩都有些羨慕了。他手裡有一杯啤酒，始終是滿的。說來稀奇。自從這艘船在東方的鴉圖港靠岸卸客後，此次是威廉首次出現。新上任的公爵今晚不但沒有躲在自已的艙房，還和狂歡的船員們打成一片。只見他彷彿戴著村夫漁父的樸素面具，和兩三個船員勾肩搭背的哼唱一段南方的民謠小調，接著對幾個低頭聊天的老人說了一則笑話，直讓他們都露出一口爛牙捧腹大笑。當他在木桶牌桌下注兩枚金幣時，參與賭局的船員們幾乎都要喜出望外地大叫了，不過他滿不在乎結果得笑著走開。

這時，沙散諾如鬼魅般忽然出現在拉雷恩旁邊：「人類有個說法，在下始終不解：『很會做人』，言下之意似乎在說尋常人類，都並非人，唯有人上人，方為人。」

「一如往常，和你說話特別有趣。」拉雷恩說。

沙散諾說：「實為一個正直的好公爵。」

「那你何必恨他？」拉雷恩問。

「他不是在下的公爵。」

「嗯……你有什麼藥草能治頭痛嗎？」拉雷恩按住太陽穴說：「我的頭快裂開了。」

「魔法並非如此運作的。」月的眉頭起了皺紋，讓人想伸手撫平：「拉雷恩，你在編織謊言。在下以為……我們是朋友？」

「——咳！咳咳！」拉雷恩拍著自己的胸口，將噎到的麵包團拍下肚子。

「怎麼了嗎？」沙疑惑道。

威廉在廣大甲板的中央拍了拍手，臉上的無形面具又倏地換回貴族的妝容，這是衣著也改變不了的。他提高音量將全甲板的注意力都抓了過去，舵輪旁邊的兩人更是全神貫注：「各位、各位！我想藉此機會向商雀號全船獻上誠摯的感謝之情。恭喜商雀，在此行中一躍成為全境最了不起的商船，各位經手的貨物……」

他站立直挺，在晚宴的火光照射下臉色紅潤有神，那杯啤酒依舊滿盈。

「等等！」拉雷恩對沙散諾說：「朋友？你真以為我們是朋友？」

「若非如此，何故一再刺探。」

「你知道什麼叫『放手一搏』嗎？」拉雷恩努力壓低聲音不讓下頭的人聽見：「這是我的船，我必須搞清楚你們三人搶個該死的盒子不會把大家都害死！害死我們這些『沒能拿到願望』的人，你又怎麼會明白呢，『永生者』。」

這句話似乎刺傷了完美的他：

「新月國的利益，豈非利益。」

「噢，拜託。」拉雷恩挨著頭痛道：「假仁假義不像你。」

空氣疑似凍結，張口後說話也不是、點頭搖頭也不是，兩人之間的氣氛霎時僵硬，沙散諾若無其事地轉頭俯瞰甲板好像對布萊茲公爵的演說產生興趣，一對尖耳豎起聆聽。

「我們是自由人。」威廉敞開雙手，逐一掃視他的聽眾：「當人們聽取號召，黃金財寶不會是誘因。他們必須領悟貿易的推手是自由開放的信念，不是恐懼。正因如此皇冠負載沉重的責任，一肩扛起絕不是任何人得以成功之事……」他的話有一種魔力，好似白髮長者的嘮叨使人易眠，逐漸恍惚時精神便遭了小偷，話語裡夾帶的黏液悄然降臨令人信也不是，不信，又太過自以為是，這曾是他對魔法的見解，寧可信其有不可信其無。「諸君問我『為何要做王？』一位王，需要人心之所向。就像叔父對財寶的渴望，讓他注定不會獲得最終的寶藏，君王永不應該渴望皇冠……」

慵懶的晚風灌滿衣袖。

拉雷恩突然緊抓住舵輪，手指都快捏斷了，貼耳聽脈搏時，顱內的筋一跳一跳。他近來的想法是負面的情緒如同疾病；恐懼讓胃翻攪、憤怒讓心狂跳、壓力讓側額抽痛、倦怠讓四肢軟弱。眼角的某塊黑斑被瞳孔一追便掀下帷幕般的眼皮，僅短短瞬間它也不及鞠躬。帳本翻開在同一頁、熱茶還冒著煙、打破的茶杯還散落在地毯一角；死去多時的公爵捧著茶壺盛裝邦主失蹤的頭顱，旁邊搭配苦澀對味、滿盈冒泡的啤酒。啤酒就應該斟滿橡木杯子而不是染紅獨角獸的地毯。他依舊充滿決心地相信天空的秩序，好似他相信所有名正言順的道理，該死的人群只懂得聽與說，秩序要緊。拉雷恩心目中排行第一的是清單，清單是清單的首項。月巫師學會取人性命的魔法，用在對的地方就能如鋒芒畢露的小彎刀；出鞘的刀只有兩種可能，已傷了人，或是正要傷人。彎彎柳月令他聯想至月的尖耳朵，是自由人的耳朵，而雲彩在視野的別側站得端正，似乎擔心天秤的兩端不等重。其中一只木盒不起眼到了極點，不大不小、不胖不扁，平滑的六面體一絲雕飾或紋路也沒有。倒是先知卡珊卓很用心，仔仔細細地把盒子的內容物寫在羊皮紙上，可是阿波羅笑著把字母攪和成一派胡言亂語，唯獨沒變的只有一個字：里拉琴的斷弦。

「嘿。」

「阿！」拉雷恩原地一跳。

薔薇換了一身稍加正式的服裝，手裡端著一杯半滿的紅酒：「他這樣廢話連篇多久了？」

「他……」

「你主子馬上要過來了。」薔薇說：「語焉不詳，你們男人廢話實在太多。」

公爵的演說越來越激昂，壓過風聲，拉雷恩的手毛直豎。他是富有理想的男人，拉雷恩知道威廉決不是腐敗的人——不，這不是貪官汙吏的舉止態度，他是真想解救人民於苦難——理想好美，有如擺置高台上的面具。從這個高處看來威廉顯得是位聖人，像是站在舞台上太久的演員，以至於下了台便過不了正常的日子。高歌的王子、屠龍的勇士，這些他都可以勝任，但是角色畢竟生於戲，俯仰於殘酷舞台上。老水手寧願把錢花在吐出無窮後悔的劇本台詞。**若他登基為王，人們會過上更好的日子。**

薔薇道：「我缺席晚宴有些久了。」

「所以這就要攤牌了？」拉雷恩硬著頭皮說：「妳為了人間蒸發、他為了戴王冠的資格？請記得我們不是朋友，是商人與客戶，我憑什麼幫妳呢，公爵的意圖有好的出發點，他——」

拉雷恩連眨眼也不及便被薔薇揪住了後領。她手腕稍動，硬生生將他的上半身按在舵輪上，木條戳進肋骨間的空隙痛的他倒抽一口氣。

「恐嚇？我將它當作早餐。」她輕鬆地說，拉雷恩卻連一根手指也動不了：「我只說一遍。敬愛的公爵也許真能經世濟民，但我不會輸的！你沒察覺吧？這幾天來船腹有艘小船一直在雲海底下跟蹤我們，清楚這事嗎？還是說如此自我打轉，你連手下的船員消失了好幾人都不清楚？現在好極了，月也不見蹤影，而你一位商人竟然在乎起月火的和平！」赤紅的瞳孔彷彿要冒出火焰。

「沙……」拉雷恩用眼角打量，這才發現舵輪旁已不見沙散諾的蹤跡。

被按壓在那，他聞出木板上有股發霉的嘔吐味。

晚風增疊在腦神經上，直到交易的輪盤開始失控旋轉。見底的酒杯空盤都還混著燉菜和嘔吐物的臭味。

「君何時歸來？」伊歐娜慵懶地問，她的秀髮已然一個夏天沒有梳理過，整座穹頂有如一座山重水複的仙境，只是那座十里長的壯麗雲瀑究竟沖落到怎麼樣的地方，唯有最博學的學者能在書裡讀到。獅鷲無奈低著巨大的鷹頭補眠，沒有要離開的意思，幾隻嬌小的綠狐於是在牠背上休息了起來。滿身臭汗的以賀博手裡拿著一柄金屬鎚，黝面的臉上戴著一副空白的面具。拉雷恩努力回想他好像從沒看過沙散諾的笑，月的笑容一定很美吧。魔法真是奇妙的東西，像是酒精作用於腦袋一樣寧可信其有、不可信其無。即將退休的佛洛恩大副颯爽的笑了，並擲出一把漂亮的雙六骰子。贏家從輸家桌上掃過賭金，嘴角忍不住上揚，然後又仰頭灌下一杯紫色地精血，不料圓胖的商人不服輸，搖搖擺擺地走到房間中央舉起腕環上的時間法器，煥散的光從彩色寶石散射。盤起的紅髮，白皙的頸頷。亮、滅、亮、滅，一圈圈魔法光暈籠罩甲板。小女孩的臉明暗閃爍，她總是掩著小嘴嘲笑拉雷恩，笑他白髮蒼蒼才懊悔，笑他不是自由人。抽痛的側額和口沫橫飛的公爵一樣越來越起勁，繞軸旋轉的已經分不清是船桅還是視線。阿格拉斯在甲板中間與公爵吵了起來。威廉的眼光越發猙獰，混入憤怒、忌妒與扭斷對方脖子之衝動的惡毒眼光。

甲板、公爵和眾多船員彷彿隔著一條大河的距離。

威廉義正嚴詞道：「我們有過約定。」

「只有一張紙而已，一張我寫的紙。」阿格拉斯說。

「等著信用掃地吧，你這……」威廉嘴裡冒出一串髒字，但是阿格拉斯顯得不痛不癢，而獅子選在此時露出獠牙，好幾名商雀的船員竟然也站了起來，包圍住他們的船長。阿格拉斯的笑還是那樣，從歪斜的下巴到起皺的額頭，一路揚起發出顫抖笑聲：「哈。怎麼，大家都喝多了？不必靠得這麼近阿，拉雷恩呢，他鐵定知道這是怎麼一回事，想必只是一場天大的誤會，誤會阿，誤會。」他向後退了兩步，像是被刺瞎的獨眼巨人般，背脊已經碰到了通往上層的樓梯。

「無處可逃了，船東。」威廉說。

「這是我們欠客人的。」幾個船員臉色陰沉地附和。

「交出來。」

「客人等得夠久了。」

「盒子。」

「交出來。」

「你不會想食言的。」

「只要交出來就沒事了。」

「照樣賺錢、繼續喝酒。」

「交出來。」

「你不在意國王是誰。」

「交給他。」

一般情況下拉雷恩必然是汗毛直豎，然後以某種大吼或謾罵讓這樣胡鬧的行為立刻中止，但是他離其他人有一段距離還被鎖住了半身，薔薇只需動一動手腕便能使他分筋錯骨。

「拉雷恩？」她終於放開手。

「那些不是商雀的人。」他小聲地說，深怕一語成讖。

「他們？你確定？」

「他……我的頭……」他雙手壓著腦袋，好像雜緒隨時會從裂縫竄出：「我曾看見，威廉的艙房裡有一面鏡子，現在我能確定了，它能和遠處的人通話傳訊，我想他一定是搬了救兵。」

飛行萬里高空的商雀賣力振翅，用不著泰坦巨人阿特拉斯的雙臂支撐，魔法便足以帶她翺翔。如果魔法是商人斤斤計較的珍奇異寶，那天秤的另一端到底盛放何種籌碼與之抗衡？眾神展現出過人的幼稚，擲出象牙骰子決定命運，在賜與魔法的同時隨機取走同等的代價，任憑超自然的能量無理取鬧地肆虐。書上說雲櫻只在最寒冷的高空開花結果，透明的果實嘗起來甜澀，可能會讓耳朵變尖且皮膚變漂亮呢，不但商人聽了高興，失蹤的以賀博摘下空白面具，也由衷地笑了。高舉鐵板，交易二字寫在冷冰的板上，高掛著令半數世人趨之若鶩，換得心中渴望對他們而言是百利而無一害。交易促成集市、集市建立港口、港口招來千百船隻、船隻則編織串起世界各個角落。欣欣向榮的火爐裡，宙斯又扔進一把柴火，是以內臟為食禿鷹替祂撿來的，因此仍沾有一點血跡。風焦躁地灌入，呼呼地比拚著力氣連雙頰都紅疼了，終於擦亮火苗，一陣閃電由天邊落下；掉落、墜落，慌張地好像如同被人推下。聲音伴隨著光影墜落於人間，恰好掉在天秤的另一端。自由的商人仔細校對後，才終於落下鵝毛筆寫了成交。

滾出去！從我的腦袋裡滾出去！

忽然紅影向前，拉雷恩出聲阻止：「別下去！他會殺妳的。」

她譏笑著說：「他可以試試。更何況，是誰教過我別留下遺憾呢。」走至甲板途中不斷吸引目光，磁石天生具備引力，就像她的魅力與生俱來。拉雷恩亦步亦趨地跟上。阿格拉斯以看救星的眼神迎接薔薇，以及尾隨的拉雷恩。

「小拉！哎呀你來的真是時候，來的早不如來的巧。」船長的舌頭都打結了。

薔薇站在空曠處，敢接近殺手的人似乎不多，船員將他們圍在中間，沒有一張熟悉的面孔，拉雷恩忍著頭痛檢查腦中的名單，只感到噁心反胃。他的心已經泡入黑色的海水，涼了半截。

我竟然沒發現！其實經過落日棧道的騷亂以後能被汰換的位子本來就不多了，然而如今環顧，成群結隊的陌生臉孔已然替換掉大半的船員，更有不少人顯然已憑空消失。這就像是緊緊盯著一個字許久許久之後它會變得陌生一樣，拉雷恩一旦看穿了船員的真相便在也無法返回，他又突然想通了，這些人想必是在落日棧道的那三天期間登船的，唯有這樣，拉雷恩才不是失職的大副。一定是這樣。

「各位、各位！」

阿格拉斯拍了拍手，能當作防身武器的巨大金屬鎚偏偏不知丟到哪了：「這幾天還真是……呃……收、收穫滿滿阿。我們造訪了鴉圖港的酒窖、斯奇拉峽谷的綠洲、棧道，還有，這個……很多其他的地方，飛著飛著，咱們商雀也已經離港數週了，這場因緣際會之下誕生的聚會也將迎來她的完美終點。與公爵的說法相斥，我是個絕對不會食言的人。不像我師父，你們真應該看看那傢伙的嘴臉，糟透了。」他搖著空酒瓶，「阿，空了。回、回到正題！我們都知道這場時沽的主角是誰，而祈願不會落在沒有資格的人的手裡。時沽的規矩想必各位是耳熟能詳。當初宙斯頒下眾神的律法，說明每一件寶物均會屬於對其最渴望之人，即使是月或貴族也不例——」

「夠了。」

威廉重新找回說話的重量：「我等，於你的引領下前來這蠻荒之地，你手下的船員也折損了十數位，這齣鬧劇也該結束了。」

好奇怪。從不遵守律法的人卻開口閉口都在辯論毫無明文規定的律法？這不是比詐欺者還要虛偽嗎？就聽阿格拉斯說：「我從不延宕——商人們，從不延宕。時間的價值只有在時間流逝後才會顯露。你們都看著吧！這將是為我撰寫的史詩！是我一生最完美的佳釀，後世的人會歌頌我等今日的事蹟，史冊將記載我等為偉大。」

拉雷恩明白阿格拉斯正在扯謊。

公爵、殺手、還有數十名陌生的船員均露出一副虎視眈眈的神情，即使船長鬼話連篇，祈願，寶物將被售出已經是不可改變的事實，隨著事實的水泥凝固，欲望也站穩了腳跟開始推進，黏稠骯髒、汙濁不潔的牠龍行虎步地向前，沿途吞噬了交情的橋樑與理性的壁壘。牠張開血盆大口將人性和文明都一口咬斷。

「小拉。」阿格拉斯喚道：「我⋯⋯現在走不開，你幫我個忙，快去請咱們的月族大老爺出來吧。」他尷尬地看了左右，「呃哈哈，有人已經等得不耐煩了。你去請他出來，我們才能趕緊結束時沽阿。吶，鑰匙。」

拉雷恩接住鑰匙，扶著額，好像隨時會有糾纏的千頭萬緒迸出腦袋⋯⋯

「拿鑰匙幹嘛？」

「行行好，順便去酒庫幫我拿瓶酒吧。」

「你——！」拉雷恩怒目瞪著高大的瘋子：「鬼東西遲早會淹死你！」他氣憤地大步流星往船艙走，沒有遭到任何人阻攔；凡人將欲望綁縛在墜落的軌跡上，才會說流星得以償願。

「拉雷恩。」

「幹嘛！」他像一具彗星的尾巴，掃回頭。

阿格拉斯站在威廉與薔薇的中間，瘦長臉頰起了酒疹，像是被天使伺候的戴歐尼修斯。他四肢垂放身側，是一個經常不見蹤影的人，更是個越喝越明智的聰明人，在一些天朗風和的夜晚，甲板更是不乏阿格拉斯與船員一同高歌的聲音；坦白說拉雷恩至今仍沒有真正了解這個赤子之心的人。

「保護好它，好嗎？」阿格拉斯說。

拉雷恩轉身不答，頭痛欲裂地快步往船艙深處走去。倘若真有神釀能令罪者免死、醉者清醒，拉雷恩真想來上一杯，然而船長早在數十年前就已經將神釀倒乾。自由人欲飲便飲，來去自如。瘋狂嗜酒的船長、嫵媚起舞的殺手、偽善脅迫的爵士、擎哈爾與以賀博的刺青，紫羅蘭的曼妙身體；即便在腦海一片混亂、幻覺孳生的此刻拉雷恩仍條理清晰的區分著現實與虛假，並由衷鄙視被欲望沖昏頭的凡夫俗子。渴望並且交易，飛行最終墜落；趁著如此荒唐的夜晚崩解之際，雲瀑緩緩流動墜落。

九、日的織光編影 He Wove and cut, and dressed and Left

將盡的白天。

打烊後，他將書和卷軸都擺回櫃子裡，用張舊毯子蓋住以免積塵，掃地和刷地使他的上臂痠痛，拖慢了動作，他又花了半個鐘頭收店。掌櫃的老爺子戴著小圓眼鏡，坐在高高的櫃台後面玩弄著黃銅天秤，左撥一圈、右擺三兩，嘗試取悅情人似的無所不用其極，就是要讓天秤的兩隻手臂保持水平。終於，老爺子算完了帳並將幾枚工錢推過來給他。

他連數目都沒點清便已衝出書店店門，頂著西斜的夕陽奔向城門，鋪路石板在腳下飛動，風夾帶兩脅。他即時衝過即將拉上的吊橋，並在幾里的快跑後看見熟悉的圍籬，賺來的銅錢在一補再補的口袋裡搖晃，發出叮鈴響聲，而掌心緊緊握著一枚生鏽磨損的硬幣。圍籬的破洞正巧讓他擠了過去。這時間晚飯應該快上桌了。他想也沒想，取出今日工錢裡的一枚，藏在房間某處，其他的則準備交作伙食費。如此一來，再過幾個月他就能存夠錢買個禮物了。他每天從城門至店內都會經過市集，鎮上的商品琳瑯滿目，他到了今天都還未想好要買什麼，只是享受腳踏實地掙錢。或許他能買一座天秤？不，還是鏡子較好。

晚間夜色總令他有點難過，鹿鳴隱約、兔和獾回了窩、森林靜靜在背景呼喚。他幾乎等不及明天一早用泥巴和藤條修補圍籬的破洞、到獸欄清廚餘，接著就能去鎮上工作了！最有趣的是老爺子說有一艘大商船正在徵求船員，不知他能否帶著母親一起去呢？

鬼祟的陰影。

＊※＊

染在視線的每一個角落，把所有顏色硬生生又加了一層灰。阿閃自覺到和陰影陷於相同的困境，不清楚自己在這裡幹嘛。他和平常人不同，平常人向來都知道自己要的是什麼；他左右打量，時沽號的船員有半數都來了，時沽場再大，此時也顯得有些壅擠，阿閃費盡千辛萬苦堆疊的箱盒卷軸全被擠到牆邊。「我告訴妳，他們不是為了錢。」「從來沒有聽過月劫船這種事。」「不如就把東西全給他們吧。」「總好過被殺。」「被魔法。」危機四伏的時刻人們所產出的言論比能言善道的哲學家還要多，而且永遠依循眾人共享的理念：恐懼。即使在恐慌中時沽號的船員仍是頂尖的，大夥都知道自己該做些什麼來顯現頂尖的恐懼，堅守崗位的方式高妙，悄悄地踱步、交換意義不明的眼神、坐下又起立，阿閃不但不懂也顧不了那麼多，他只想要有人回答他的疑問：工作呢？我應該繼續搬箱倒櫃還是應該跟著大夥一起害怕？

「他們光是用弓箭就能讓我們走不出去了。」船醫坐在地上說：「阿……痛痛痛。」

「我要組織防禦——武器庫還開著吧。」幣崔絲道。

「武器？別傻了。弓箭算是月最仁慈的手段了。」幣崔絲不語，她看著昏倒無力的巫師琉諾，船醫說：

「我一直都這樣說，抄這條航道的近路很不智。」

「這裡也躲不了多久。僅餘一條路了。」幣崔絲咬牙道。

「他們要什麼就給他們吧，能留下性命就好。」船醫否定的搖了搖頭，決定不再跟幣崔絲大副爭辯。她錯了。剛才逃過死劫的他再清楚不過，這般不留情的襲擊絕對不是想要搶劫財物，而是對準了更大的獵物。

他們不逼問、不搜索、不留活口地接近時沽號，想必是已經被某種強烈力量導引著。阿閃走到兩位的旁邊，小聲道：「那、那個……大副？」幣崔絲無視他，阿閃才又說：「大副！」又過幾秒，阿閃覺得自己不得不開口：「影子，變大了。」一陣沉默過後，幣崔絲發現時沽場靜得出奇，只見倖存的船員個個望向時沽場的窗戶。陰影張開大嘴，視野只留晦暗的天色。

圓盤狀的月船艦滯留在時沽號的左舷斜前方。流線型的船身看不出哪裡是船頭、哪裡是船尾，它的外圈較厚、裡圈較薄，讓人聯想到祭司進行儀式時盛裝神饌的銀器。古老的船面好像神壇的表面畫滿了雕紋——船醫只認得出鳶尾花圖樣，是地面常見的花種——比起船她更像是一座會飛的詭異神殿。肅靜的神殿為了配合禱告，無聲無息的飛行盤旋；無槳、無帆也無窗戶。這麼美的東西怎麼會殺人呢？阿閃看得呆了，一時之間唯有讚嘆象牙色的月船艦一體成形且美麗萬分，似乎會把人的魂魄都吸引進去，經過淨化後再從另一頭吐出來。

老船長真不愧是老船長。拉雷恩・譚沃是唯一沒有被月船艦嚇唬住的人，輪椅背對窗戶，他把玩著手上的羅盤嘴中念念有詞：「來了，終於來了。」

搖晃的油燈。

他快步走過熟悉的走廊，唯有左側最裡邊的艙房還有燈亮著，拉雷恩想也沒想走上前，舉手欲敲門，此時一陣喃喃細語讓他的手動彈不得。起初他以為又是那場月火的夢境，而猛然掃視左右，但他沒瞧見象牙與犄角的拱門，更沒瞧見發光的小女孩。口含苦澀的不安與火辣的氣憤，兩額緊繃的頭箍扎進神經。他決定盡快解決這件棘手的事情，把清單上積存已久的呆帳一筆勾銷，而他一旦下定決心便無人能擋；寶物或是沒有寶物、時沽或是沒有時沽，他已經完全不在乎了。

「……。」一陣細語持續。拉雷恩將耳朵貼至門上聆聽，可是聲音實在太小太模糊。

好奇心驅使之下也顧不得個人禮儀，他推開一個縫，窺視艙房裡的景況。

沙散諾在房中央雙膝著地，甚至連修長的手臂也伸長至身前。尖尖的耳朵，美麗的臉龐，連白色的長袍都嘗試著觸碰地板，虔誠地有如爬升至奧林帕斯山的信徒，因畏懼眾神的面貌而跪下磕頭。他的俏臉仍舊白皙如令人作噁的雕像。沙散諾緊閉著雙眼卻微啟著蒼白的嘴唇，呢喃著一串音節混淆的低語，他念得極快，即使是研究月語的學者想必也聽不懂，好似為了擺脫追捕而越念越快，不知不覺間房間的油燈已經熄滅——光線卻越來越明亮。那陣光明　人心神，與飛快的咒語一齊壯大；光源似乎是那身白袍……或月自身。

以月為中心，光亮匯聚成一副指針旋轉，炬亮房裡的一切事物並投射千奇百怪的深淺陰影。魔法持續作祟使光的指針驅動滋長出猖狂的自我意識，始終不停旋轉，尋找著同類作為適當的獵物吞食茁壯。拉雷恩在房外窺視嘴巴被恐懼縫實，說不出話。雙眼難以承受魔法的刺眼卻又無法避開，耳中的呢喃已經變化為陣陣翁鳴，與心裡的惶恐尖嘯一搭一唱。翻攪的腸胃猖獗，他又想吐了。

一晌流逝，魔法指針找到了它的獵物，倏地停留一方向。

跪在地上的沙散諾冷汗直流，再也不能維持咒語的運作，頹身倒下。

靜謐竟比魔法的頌唱更可怖。拉雷恩曾經想過進門搭救昏倒的月，但魔法的不自然使他足釘原地。現在的他，經歷棧道裡的一切後，已經明白魔法中有一種「陣式」必須維繫，像苦力們流血流汗搭建的河壩、像那座穹殿裡的象牙色石柱守護縝密的潭水，正因如此，拉雷恩絕不能貿然闖入，他清單上的首項突然改變了，拉雷恩變得無論如何都想要再幫月戴上面紗，蓋住那張臉，這是他心底的祈願——用她的手巾呢，薔薇不會介意吧？他隔著房間觀察沙散諾，不寒而慄地思索著欲望的起因，遲緩疼痛的腦袋最後終於計算出答案：那尖尖的耳朵、美麗的臉龐不再……無論衣著多麼高貴神祕，如今沙散諾是平凡的。

平凡如人類。

陰暗的眼眸。

「是老夫欠他們的……咳，咳咳，啊……」老船長垂著眼，也不知是對誰說。旁人忙進忙出，對老人的喃喃自語聽若無聞，大夥忙著尋找防身的武器或護具。幣崔絲強自冷靜地下達指令：「能行動的人先去武器庫，沒受傷的人去上面幾層探查情況。小心別被發現了，快去！」她指著阿閃說：「你也是啊，快去幫忙！」阿閃不懂，可他明白應該聽取命令。正當他要跑向樓梯的時候卻聽老船長又說：「代價……一切都有代價。這是老夫欠他們的。他們需要她，作為魔法的代價。」

腦袋轉不過來。月，是無所不有的月呢！鳳凰蛋、金羊毛……無數的無價之寶都落在無限恆久的財富裡，因為他們才是受眾神眷顧的民族，他們才有資格擁有人類癡心妄想的物品。眾神的寵眷難道會羨慕？壞事做盡的人類帶來破壞，從來都在地上仰望著，即使是飛行的能力也是從月那裏偷來的，一切就好像他們仍在穹頂，俯瞰並品頭論足人類，始終不懂魔法，始終不懂自由。

聲音停下了，人群凍結。幣崔絲察覺不對勁之處，她明明派遣了好幾個人上樓打探，現在卻聽不到任何一具腳步聲。時沽場上頭究竟發生什麼事？這股安靜終於令剽悍的大副顯露不安，她嘗試掩蓋自己被恐慌傳染的事實，反倒是已經病入膏肓的船員們個個舉足不前，心中知曉自己的崗位卻沒辦法付諸行動，瘟疫蔓延的速度即便是迎風的花藥也跟不上。使用魔法的代價，人類身上豈會有那種東西？老人的話在這個時候已經喪失哲學家的思維：「年輕人，你的籌碼為何、所求是多美的花朵呢？」

劃亮的火熠子。

他也不知道是什麼力量帶領著他，雙腳全然沒有要停下的意思。頭痛已經變了，現在不再是每一寸腦神經都發出絞痛，反倒是有個小人不斷敲打著大腦的門扉，越敲越快、越敲越響。他必須壓抑住雙腳癱軟的感覺，以免自己昏厥在這該死的地方。無視昏倒的沙散諾並不容易，畢竟那是他清單上的首要任務，然而不斷有聲音告訴他——好像是頭痛裡的小人、好像是失蹤的以賀博、又好像是佛洛恩大副——他們都說拉雷恩必須跟著魔法指針的方向走。為什麼？他不斷反問自己。我知道這合乎道理，然而是哪項道理、是哪項該死的哲理？突然之間，一切都明朗了起來：貨艙，東西一定在貨艙！沙散諾不惜用魔——拉雷恩甩了甩頭——沙散諾不惜付出魔法的代價也要找出來的東西，想必是在貨艙。

左拐、右彎、再右轉走下樓梯。拉雷恩大口喘氣，心跳快的有如病危，他的雙腿像缺乏關節，隨時軟去，他發現自己站在一個意想不到的地方。

阿格拉斯交付的鑰匙是一具銅柄鐵頭的玩意，一圓環上頂著兩具平行且長著鋸齒的鐵桿，不比手掌大，竟然還上了油保養。拉雷恩想起在棧道中曾經聽見威廉的哲學說詞，「工匠為了擋東西而做了一扇門，想關緊門而做了鎖，想帶著鎖而打了副鑰匙，商人呢，必定會發明出一塊漂亮的絹布用來綁在鑰匙上，叫它『鎖布』，然後賣它個好幾銅幣」，拉雷恩曾十分佩服這樣實事求是的理論，也因此在心裡暗自期望威廉最終得以獲得「祈願」，畢竟，一位開明的君王想必能令各城邦萬眾一心，將沉眠數個世紀的散沙重新匯聚，民富國強的盛世，商人賺錢，工匠也能發揮手藝，也許這也是一件值得追求的事情。

拉雷恩插入鑰匙，與她結合的感覺很好，他向右轉動門鎖直到鐵栓發出沉悶的「鏗」一聲。推開上了油的厚實的木門，一陣酸甜到接近腐朽的氣味隨即侵入鼻腔。他很訝異，這個房間比他一直以來想像的還大，或許是因為他從不踏足這裡吧。幽微中見，瓶瓶罐罐的酒疊放固定在牆壁的架子上，這裡總有上百瓶的佳釀各自沉寂待飲，葡萄、輝米、貓藤酒，各自散發的獨特氣味，惟有在酵母中打滾五十年的釀酒師（或者一名酒鬼）才能分辨的出來；有的偏酸有的偏甜、有的帶糟，一瓶老過一瓶，重重氣味、疊放的容器，半月形狀的琉璃瓶、筒狀的紫蘇木罐、矮胖的紅土罈，有一捏成南方女人頭像的陶甕，她的嘴正好是倒嘴，兩眸捏得平滑、棕紅而無神，呆坐在架上。

火熠子滅了，岔然降下的黑幕後方拉雷恩仍能瞧見木架、瓶罐留下的輪廓，好像拿走了軀體靈魂還留在原處似地，但同樣一股錯視，也令他的雙眼難以適應黑暗，拉雷恩不自覺地閉氣，他可以清楚地感覺到血液正在沸騰，加熱他的腦袋，脈搏聲緊貼著耳膜，連氣都不敢吐一聲。

此地不宜久留。就在他決定隨便拿一瓶酒了事的時刻，木架之間走出一身影。

拉雷恩已經超越驚嚇害怕了，或者說在此之前，他大多的恐懼皆來自麻煩之事如何悄悄趕上，緊抱住他的腳踝不放，而自從接獲「死亡本能」的領悟之後，拉雷恩內心滋長出了對於自身黑暗的恐懼。原來他是一個這麼扭曲自負的惡人，唯有這一點嚇得住他。影子的真身，終在拉雷恩的雙眼適應黑暗以後較為清晰，那是個漂亮得違反常理的小孩子，日常玩耍應該帶來的跌損破皮、壞牙鼻水從未沾染這孩子似的，乾淨勻稱的身體上穿著一件有些過大的粗織麻衣。事物純潔的樣態總是激起一股原始的破壞情懷，鋪灑於畫布、或訴諸於雕刻上則成了荒謬的藝術，保存事物完美無缺的狀態已經是枉然的任務，好像站在高處就油然而生一股向下跳的欲望。小孩的一對尖耳朵向著後方，身高只到拉雷恩的腰際，連是男孩或女孩都難以分辨，小手扯住拉雷恩的衣角道：

「時間，來？我們，走，可以？」那孩子說。

忽然間，一位美到無法形容的月女性由陰影裡衝上前，她保護地將小孩拽進懷裡，舉目瞪視拉雷恩，滿懷恨意。

「妳們是誰。」拉雷恩率先問，他很驚訝、簡直很佩服自己能保持這般冷靜。

女月一語不發，垂放雙手於身側，逕自往酒庫的深處走，拉雷恩知道他只能跟上。拐了數個彎，經過大同小異的木架，一片空地在貼牆的邊緣出現，拉雷恩環顧這骯髒破敗的休息處，只見十來個穿白衣的美麗人形或躺或坐，在酒庫的地板上休息。他們多半縮在角落的陰影之中，衣衫襤褸、氣色虛弱，盛裝便溺的兩座桶子用破布蓋著，散發不輕的氣味，天知道他們被關在這裡多久，也不曉得是誰會把「貨物」關在這眷養。

他們的頸部皆有一銀色的鍊環，鍊子讓人想起織布機下頭尚未編織的線頭，細鍊栓在月織細白皙的脖子上牽連著酒庫裡的十來位月族，將他們全部栓成一群，最奇怪的是它散發隱約的白光，好像是由月的身體傳至鍊條、小鍊條傳至大鍊條，最後消失在地板上。

小孩忽然掙脫了女月，往他或她專屬的毯子那衝去，鍊子在身後拖行，不知把玩著什麼樣的玩具或遊戲，但小孩已經算是有活力的了，如同沙散諾施術後的慘樣，這些月由裡到外逐漸腐爛；尖耳已逐漸如暗礁被風化、白瓷般的皮膚像是烈日下曝曬數日而泛灰、雙眼挨揍般腫起；四肢毛病偶發，一會兒痠一會兒癢，過長又龜裂的指甲抓在皮膚上像是黏土凝固以前被粗魯的指頭抓過，留下灰疹和暗疤。

拉雷恩注意到一小堆果子核整齊的擺放在角落，像是獵手展示自己解剖的兔子內臟，無色的果核一絲不苟地堆放。**雲櫻**，他思量。躲藏處的水源似乎太過珍貴，經過配給的水袋躺在空的中間由眾人一同看守並相互監視，其實也只剩兩只水袋還未乾癟，也就解釋了連續近月未盥洗的骯髒環境。一片灰暗、生出黴菌與酒糟混合的空間裡，拉雷恩已經分辨不出究竟是瓶罐陶甕裝著酒，抑或是整座酒庫都是一個硬木櫃子，釀造著敗壞的肉體之酒。

他沉住氣問：「通行語？」

女月點頭。

拉雷恩試圖解釋：「你們選錯船了，人們正在上面爭得你死我活。」

除了頸部的細鍊，女月的衣著是一件設計予男性的托加袍，衣襟的領口低垂，斜切於胸前，她儘量將其打理整齊，但連續數周的穢氣和酒酸味已經讓布料泛黃，加上她一臉不在乎拉雷恩眼光的樣子，當然他心裡也沒有比較的量尺唯一能猜測性別的是那窄瘦的骨架。不論怎麼看她都已經太過虛弱，連腳步也站不穩，卻仍執意要代替眾人開口，只能說她是最為誠實的一位，在命運驟變日子裡還能故作鎮定。即便在健康的時候她也和沙散諾絲毫不像，如同人類，南方海島的幫傭和北方城邦裡的貴族其實畢竟只有物種相同，無論習性或外觀都八竿子打不著。她身上未有學者的書卷氣息，而是更加直接的優越感，如燎原後日裡的一株草。

女月開口的時候竟帶著一道葉子的綠色聲音，像是橡樹萌芽的破土聲：

「是金髮的巨人令吾等在此。」她說。

「他？」拉雷恩想起，其實月的社會結構中並無所謂職位。

接下來，女月用難懂的口音開始向拉雷恩解釋。三個月前阿格拉斯（或照她的說法，「金髮巨人」）終於百般不願地接受月的提案，安排他們躲藏在這裡——顯然是全商雀號最乏人問津的躲藏處，連瞭若指掌的大副都蒙在鼓裡，那一天正值慶典，炎熱的仲夏夜晚就連拉雷恩也被眾人拖著，到鴉圖港的集市湊一湊熱鬧

（他這樣告訴自己，但當晚他恐怕是按照慣例去了花街柳巷），阿格拉斯遂將留守的幾個船員灌醉，才丟下繩梯讓月們上了船。他們就像關進了牢籠裡的動物，接下來的數月一步也未曾踏離酒庫，阿格拉斯差人暗地裡將雲櫻果作為月的糧食，由廚房爐灶旁的管道塞下來。他深怕任何人起疑，總是交代月們在酒庫內時不能出聲，時間到了，自然可以獲得自由。女月解釋到此，指向一排木架旁邊的兩只圓形的小筒，正是上頭的廚房裡用來傾倒腐敗菜根、動物骨頭的地方，而管路的橫切面卻被裝上了一只網子，若有任何物體掉落都會先被網子攔截，月便靠著這切開的管道撿取那些泡在廚餘裡的雲櫻果，裹腹充飢。拉雷恩接著問起有誰知道他們的存在，女月回答只有船長一人，那些盜採雲櫻的人只當作船長正在收購此物。

聽到這，拉雷恩足以揮霍的冷靜，已然所剩無幾了，他知道災禍即將來臨，似乎隨時會由木架的另一側朝他襲來一樣，腦海中剩下的只有一個問題：為何需要逃走？

「這麼說，妳也知道盒子的事。」他說。

女月想也沒想便點頭回應。

「吾等以《祈願》換取自由。」她說。

他也不甚訝異盒子就是這些人帶上船的，因為阿格拉斯向來是一個抵禦不住誘惑的人，起碼拉雷恩是這樣認為的，那人不會平白無故的行善，就算是偷渡客也是要繳船費的，而這些月族的船費正是那只不大不小的木盒子。

「告訴我，她被奪走了嗎？」她問。

拉雷恩試圖解釋：「一位乘客已經滲透了船員，依他的個性，這艘船不染血是不會罷休的。」他感到的衣角被扯了一下，「走，可以？」一雙銀灰色的眼睛很是漂亮，直叫人以為是海邊採來的珍珠，幼小的難辨性別，卻不知怎的令拉雷恩想起夢裡的小女孩，那小孩總算找到了最愛的玩具，似乎這就是他或她全部的行囊了。拉雷恩的側額抽痛，他無法理解阿格拉斯的動機卻謹記聽過的話，意圖並非三言兩語解釋得清的。

「巨人失約。」女月的口氣突然一軟：「吾等也不會有自由了。她果然帶來難以想像的破壞，對吧？」她的話令拉雷恩想起時沽埸發生驚濤駭浪的事件，一路上眾人互揭瘡疤，口頭結盟、暗地背叛，為得全都是一個盒子、一項願望。

那小孩吃吃地笑。「這……解不開！」拉雷恩蹲下身，以雙手全力拉扯那銀亮的鏈條，他的臉因用力而通紅，惹得小孩發笑，不論他如何拉、扯、拽，用兜裡的小刀切割也只在鐵上留下口子，而鍊子無動於衷，一旁的幾位月冷冷地看著他。

她的沉默比什麼都還令他驚顫。

她的手指輕輕一揮。拉雷恩絲毫沒有抗拒的念頭便開始脫衣，先是麂皮背心、襯衣、最後是亞麻內衫，他的動作一點也不優雅，不像他曾共枕的許許多多女人，總是將神祕和肉體的力量掌握的恰到好處，不，拉雷恩暴躁得扯下衣衫，直到取出內襯藏的一張紙條。他手握真相，可以感到解答就在前方，他需要做的只是往前，阿格拉斯不願面對的、佛洛恩再三警告的、擎哈爾窮盡畢生追求的真相全寫在一張紙條上，他只需要，對，只要用右手拇指慢慢橇開、攤平捲起的羊皮紙：

霞卡不是羊，字跡和寫的人一樣矮小。

「你們是原料？」

「魔法有代價，飛行亦不例外。」女月輕悠地說。

飛行需要魔法，代價即是月族變為人類。

拉雷恩不得不在那堪稱美麗、左眉多了傷疤的臉上觀賞深沉的悲傷。她或許在燎原大火之中倖存了，沒錯，但這株韌草依舊必須眼睜睜地看著同類被焚燒，必須綁縛十足強悍的靈魂才能在這種痛苦之後爬起身，滿身灰燼。她不像是任何拉雷恩見過的女人，她不是人；拉雷恩不禁回想和紫羅蘭翻雲覆雨的難忘一夜，他甚至沒辦法記得是哪一座港口的弄中矮房，惟紫羅蘭的身段、她的技巧、她床褥的凌亂絮頭都透露出長年自我鞭策所鍛鍊出的百依百順，如那每季定期散播花粉的蕊藥，以數量戰勝大自然的逆境機率。拉雷恩被紫羅蘭一問，在床席上躺了許久沒回答，他使用她，但卻羞於承認自己更熱衷於取悅她。對她，拉雷恩只有偽裝成「瀟灑付了錢就離開」，實際卻是不斷責罵自己為什麼不留下來。

紫羅蘭不像、又似乎遠遠不及落日棧道裡的吞劍舞女，雖僅僅是籠罩黑暗、混亂歹匪、人性致汙之間的驚鴻一瞥，拉雷恩卻對那被眾多男性簇擁圍繞的舞女深深地吸引，是因為她將利器伸進自己的喉嚨嗎？抑或是技巧背後，自年幼起進行的訓練？他心裡自有數，在棧道的暗壁之間他目睹的不只是一種光輝；舞女在棧道的市集賣藝，說不準就是在棧道出生一輩子都未離開，不過她受人施捨、擁有、包養的同時，兩眼卻透露著堅毅的光芒，藏也藏不住。他更加能諒解那個扒手小子，成天在人群裡偷進偷出，為的是生存，更為了取悅比他年長一些的舞女，也許拉雷恩之所以放手讓扒手小子離開，心之所嚮就如同在高崖上大喊，期待壁巖會回送答覆。

而他對薔薇的理解最少，不，薔薇雖有和紫羅蘭與吞劍舞女相同的堅韌和刺，更神祕是她的一絲情懷；在落日顫道的洞窟穹殿頂端，僅僅那一刻的柔軟已經使她的魂魄透明化，跨到了河之彼岸，必然是一個擁有溫柔靈魂的人，才能毫不遲疑地一躍而下深不見底的黑潭，如果要說拉雷恩對薔薇的情感，不是崇拜、也談不上吸引，彷若一種錯過的惋惜感，就好像兩人分別站在兩艘錯舷而過的船艦之首，你看我，我看你，也說不上是在悲傷個什麼勁，由衷的哀悼起來，要是浪能慢一些、要是能認識這人更多就好了。

小孩以整隻手掌提起自己脖子上的細細鏈條，好像在炫耀自己被綁住了而拉雷恩沒有，那明亮的雙眸一轉，從破敗的兜裡取出一個玩具，遞給了拉雷恩。巴掌大的玩具是深紅色的盤狀軟木塊，如果稍加下些功夫應能做成個木船或木馬，木塊的中央用指甲或是指壓拓出一個，但小孩似乎已經滿足於木塊的現狀。拉雷恩這才看出來那玩具是某個酒甕的蓋子，透著一些陳香味，說不準原先根本不是深紅色的。

他低頭看那些透著銀光的鏈條，心裡撥雲見日，明白了一件事：鑰匙會恰好吻合。

晦暗的雙瞳。

巫師琉諾從昏睡中醒來時，其他人都沒有將注意力放在她身上。

「啊！」她驚聲叫道。連續幾聲大叫，巫師不需要發光的魔法或刺青，一聲一聲，將恐懼一槌一槌地釘進船員們的心房。她的身體還因為剛才的爆炸魔法而虛脫，每一寸器官都因過熱而停擺，可是琉諾仍擠出最後的力氣，瘋狂地以喉嚨放聲大叫。「啊！呃啊！」顫抖的手指朝向窗戶、朝向輪椅、朝向老人、朝向羅盤。她癲癇似地任由恐懼四散，搞得船員們都一步步走離她，大夥已經有太多理由感到害怕。

幣崔絲擠過人群，跪到巫師旁。她看著這位一同出生入死的好友，只覺得琉諾已經做的夠多了；巫師們用盡心神氣力，難道會像是神話裡的女祭司遭驕傲的阿波羅詛咒嗎？

「啊！」淚水溢出琉諾的眼眶，她像個娃娃一樣講不出理性的話，只有不停的指著老船長的手。

「船長？船長怎麼了？」幣崔絲問。

琉諾的力氣幾乎用盡，用力喘了好幾口大氣——眾神酒後的玩笑，就看卡珊卓賣力地搖晃著國王的肩、嘶吼著真相，可是沒有人相信她的預言；直到時間不快也不慢的趕上他們才驚覺卡珊卓的先知卓見，但也只令他們更加憎恨這個女人。卡珊卓臨死前不知是什麼樣的心情，對於降臨在身上的詛咒、對於眾神，她的看法又不知是如何呢？但你何必問，她已經死了，死人既不會說話，說的話也無人相信——生命以火光燒出一字：

「……魔法。」沉默代表的是什麼，船員們從這個詞裡面聽出一線生機。幣崔絲第一個反應過來，快步上前，無禮地從老船長手中奪過羅盤，像是從小孩手裡搶玩具一樣容易。老人始終不語，雙眼無神的瞪著地板、起皺的嘴邊流下唾液。她快速地檢視羅盤的每一個角落，可是它不但沒有指針也沒有固定的方位，畸形的圖案一點秩序或意義也無，比起工具、更像是便宜的玩具。

「什麼魔法？她是什麼意思？」她問。

可是巫師早已陷入深沉的昏迷。非常深，魔法諷刺地成為她這輩子最後一個字。

「那個雕紋，和鏡環的相符吧。」船醫驀然道。他真恨自己去甲板喝水，更恨自己沒有跳到獅鷲的背上一起飛走。而阿閃始終旁觀，他不但聽不懂船醫的意思，更加懷疑自己到底該不該繼續搬箱子，工作呢？大夥的崗位呢？修理鏡環這種難上加難的事情，就應該由聰明且有能力的人負責，阿閃只要繼續搬箱子就好。

「鏡環是被你動了手腳？為什麼？」有人冷冷地問。

「為什麼，船長。」

阿閃索幸不聽了。謹記歷來工作被打罵的教訓，停下懷疑、著手做事，獨自走到時沽場的尾端將布滿灰塵的舊箱子逐一搬下、逐一堆疊兩側，只剩下一點了。

火紅的長髮。

薔薇的身姿如風，肉體似早已習慣強敵環伺的生活，唯有一種敵人更加恐怖。不可見的威脅潛伏在暗影中，逼她不得不窺探每一個角落，深怕埋伏的不是灰塵或蛀蟲，而是刀光劍影。她的害怕不無道理，安靜的空氣中瀰漫血腥味——公爵的手下已經趁著晚宴的吵雜高峰悄悄地佔有商雀號了，薔薇靠著氣勢離開甲板的混亂，而阿格拉斯船長已經在眾人的包圍之下消失無蹤，好似灘上貝蚌，浪過即逝。薔薇當然不擔心衝突，她反倒有些享受混亂，武器是一支桌腳，重量平衡地相當好，揮舞在手裡的感覺很順暢。她沿路放倒了幾個把守走道的士兵，他們的打扮有一些怪異，走路姿勢一看就是長年穿戴盔甲的習慣，所以薔薇用敲碎的玻璃窗片在他們的喉嚨添了一些顏色。

——棧道裡，她和沙散諾終於及時趕到了，蜿蜒的通道多虧有地圖才不至於迷路，影子裡也不知潛伏著什麼樣的生物。他們一同站在突出的石台上，觀察底下遠處，穹殿裡的拉雷恩一行人，在黑塵暴的威逼之下人數不斷減少，被逼到了致命潭水的邊際。她轉頭與沙散諾交換了一眼。

「需破壞陣式。」沙散諾說。

薔薇依據自己對魔法的理解而表達同意。

她低頭看，潭邊的拉雷恩竟然在受傷之虞又蹲低身軀，一副想要跳下潭水裡面尋死的感覺，那傢伙不會成功，只是搞得自己屍骨無存罷了。

「真蠢。」她說，又對已經蹲坐在土面上的沙散諾說：「你願意我就願意，這對你傷害不淺吧？」

沙散諾用銀色雙瞳緊盯著她，然後輕微地點頭。

「難怪你也要她。」薔薇說：「可別讓我死了。」

當魔法纏繞在她身上的時候，薔薇先是覺得自己年輕了十幾歲，彷彿回到生命鼎盛的時期，學什麼都飛快、反應靈敏、受了傷睡一覺就痊癒大半、一切都充滿可能性的時候，那陣光由沙散諾周遭的空氣轉移到她的身上，如雲團移動，隨即包覆如一件衣裳，一件通氣優良、花了數年編織、用料講究非絲即綢的華美長袍，但衣面上的花紋卻是一片片澄澈透明的鱗片，即使她再怎麼形容外表都宛如未變。

持護之下，薔薇縱身一躍，頃刻間，心臟失重懸空，湖面由遠處轟然逼近，貼到了她的顏面之前，隨即在她臉上琉璃迸裂。她在慌亂中險些忘了吸入一大口氣，周遭如靄靄大雪般的泡沫違反重力，向上飄升，劃過肌膚的感覺卻不像平常那樣癢，而是絲毫沒有感覺，更訝異於自己的衣服仍舊是乾的，她僅僅像是漂浮在普通的空氣裡頭，飛翔，潛入至酸至毒的潭水之中。

——她突然向右方一閃，又放倒一個士兵。不能掉以輕心，更不該耽溺於回憶。

她飛也似地走進時沽場。原以為會在這裡找到拉雷恩或是沙散諾，運氣若好，甚至能找到《祈願》無人看管。薔薇硬是推開倒得七零八落的木椅，走到中央檢視台座，可是祕密壇座已經理所當然地空了，未留痕跡，只在木桌旁的地板上看見幾張紙。那是三張信紙，還透著一股酸酒味。她一眼便認出來這是阿格拉斯寄出的三封信，鵝毛筆和傾倒的墨水罐，麻繩編起的帳冊已然黑了一大片，模糊的數字再不堪用，另外還有幾只空酒瓶、桌邊的一雙靴子、角落的一隻虎視眈眈的大黑鼠、一個空的畫框和幾塊擦桌子的破布，但沒有盒子。

薔薇低頭檢視其他文件，這才看見椅子上有一張紙，是帳冊撕下的橫紋紙：

霞卡不是羊。她繼續念道。**死亡亦能是勝利。速來酒庫會合。**

突然，一聲命運敲門的巨響打斷了她的思緒。十數個身穿軍服的士兵撞開大門，舉著兵器湧入時沽場。

「女士。」帶頭者展開大大的笑容，左頰到右頰。

「走狗們。」她回了招呼。

這些人原先預想著遇見某種大規模的拚死抵抗，不料遇見一位紅髮美女孤單地站在殘骸中間，在這種簡單的時刻男人更是簡單的生物，就看欺侮的色心令低賤的笑容跑上他們的臉；畢竟公爵只說把盒子帶給他，可沒交代其他「戰利品」如何分贓。

「我今天過得很糟呢，總覺得自己無論怎麼，都沒贏過。」

薔薇丟下一文不值的信紙，悠閒地轉身面對那些士兵。時沽場的入口很快地關上，士兵們推開椅子展開包圍的陣勢，正面的敵人最多。薔薇用了一眼看見短斧七把、短劍六把、鍊錘和匕首各三，全都是適合室內的武器。第一個衝上前的敵人往往最沉不住氣，她欺近他的右側，一棍將他的頸椎打斷，第二波攻擊如流水接續，衝上前的是個身穿戰甲皮裙的女兵和一彪形壯漢，薔薇連續在長劍的銀弧前從容退步；一、二，到了第三步時她伸腳將寫字桌踢起，飛向壯漢，自己隨即踩了上去，而那女兵的反應也頗快，鍊錘一甩，朝著薔薇的下身攻擊，但薔薇的身體已然借力一蹬桌面躍起，伸腳踢向對方的肩頸，期望將其踢倒。未料女兵另一手持著匕首，兇猛地橫刺向薔薇的小腿，她靈機一變，以雙腳一齊夾住匕首，身體在空中奮力一扭使匕首脫手，隨即將舉起木桌腳砸向女兵，只聽一聲斷裂好像胖子將椅子坐斷一樣，桌腳斷成兩截的同時，女兵也昏了過去。薔薇感覺到背後一涼；壯漢已經重新穩住了重心，長劍二話不說砍向她的背心，其勢破風。

下一刻，斷裂的桌腳插在壯漢血淋淋的右眼窩，由左腦後刺出。

——她知道時間無多，展開身法下潛，直到在一個靈魂抽離的時刻她忘了閉氣，這才發現沙散諾的魔法也使她能在水下呼吸。一張床那麼大的泡泡在潭底的水床上圍出一個窄小的空間，這是連黑塵暴也無法觸及的受保護之處，也是它鎮守的寶物。她想也未想就游向了氣泡，透明的表面凹斜並映照著七彩的光！薔薇驚訝地四處看，只見漂浮在她周圍的潭水間緩緩落下的是一顆顆拇指大小的夜明石，彼此透著青綠色的光芒，照亮黑暗的潭水，有如一陣很慢、很慢的綠光之雨，她剛才竟未發現。她緩緩地伸手戳開氣泡，原先預期爆裂，卻僅僅是將她吸了進去，全身進入泡泡後水隨即從她身上滑開、退去，而薔薇在泡泡間看見的東西其實揚起她心裡的一陣不小的失望：一只畫軸。

——她雖躲開了短劍的攻勢，一旁的敵人卻成功以肩部頂開她的手臂，薔薇的優勢向來不是比拚體型或力氣，她的身體隨即脫力飛起，而她認由自己一路滾至牆邊，木刺扎在手臂上的感覺真遭！迅捷地恢復蹲立，面對一擁而上的敵人，其中一個瘦弱地士兵訝異地看著自己空空如也的雙手。

在手裡掂量搶來的短劍，薔薇其實不太滿意它的平衡感，但是也罷。

她看著那些聽命行事的人，油然而生一股同情，因為她知道手下每多出一個敗將，自己遭受的苦痛就會更多，那種鞭笞一般的眼神向來審判著她，而她需要達成的願望也越發顯耀。她動如脫兔，一心躍向自己的目標，將內心的遲疑和猶豫都化作更加敏捷的跳躍；他們呢，尚不知道帶刺的玫瑰是什麼，只在生命的最後剎那看見一抹鮮紅。

薔薇的身姿如風，她一定會獲得重生。

底層的黑暗。

所有人都離開了。他們決定把希望寄託在幾片木板拼成的逃生艇上面。高空飛行的船艦備有數艘小艇……只是成功的機會渺茫，上頭的魔法很弱，說不定連飛都飛不起來，更別提盤旋在側的月船艦了。他們仍舊執意離開的原因很多：其一，無論如何都好過留在船上等著羽箭穿心。其二，時沽號已經不是一艘最優良的船艦，因為她已然失去最優良的船長。沒有責怪，沒有憤怒，因為活命比這些都還重要。老船長將死，留他在這裡並無罪；老船長害這些人死，遺棄他無罪。

幣崔絲將琉諾的遺體覆蓋，也站起身準備離開。

「你早知道我們會被追上。」她說。

「……。」老船長的輪椅到現在都沒有動過，若無旁人的呆坐，等待無可避免的命運。

「你果然病了。」

「……。」偉大的拉雷恩・譚沃唇邊流下唾液。

「為什麼要這樣做。」她最後一次問。

老船長緩緩回答：「船長必須隨船沉沒。」

「走了，小鬼。」幣崔絲說。

人去樓空的時沽場顯得意外的空曠，站在中央時，手不知道該擺在身體兩側還是背後。

阿閃想了想，搖頭。

「你不走？」她用難以置信的眼神看著這一老一小的瘋子。

他再次搖頭。

「隨便你。」她看著愚笨的少年，悻然道：「不要覺得你會錯過什麼。他就是個老糊塗的騙子。騙了王國、他的船員、更騙了新月國……世界上沒有兩全其美又能營利的生意，只是自欺欺人罷了，而你……我們只會是他回憶故事裡的另一名角色。」幣崔絲最後回頭看了一眼，才奔上樓梯，留下呆坐的老船長、搬箱子的阿閃、地上的羅盤還有將心靈也淹沒的黑暗。

十之一、天邊的盒子 A Chest beyond horizon

雲霞映著一列灰塵般的光。他躡手躡腳的跑到後甲板的時候，雲瀑已經十分接近了，白色的流瀑從看不見盡頭的高處掉落，氣勢磅礡往看不見盡頭的海面沖去，沒有起源更沒有盡處。風的走向頓時亂了秩序，有的想要繼續往上、有的已經被迫向下。雲瀑不但是一座瀑布更是一座漩渦，此時的商雀號若是再不轉向，恐怕會被捲入其中、粉身碎骨。

拉雷恩趁著此時溜上了甲板，打開舵輪的固定閥。

舵輪比以往都還要沉，商雀似乎已經被捲入氣琉裡頭。他用盡九牛二虎之力扳動，試圖改變商雀的方向，弱小的有如隻身凡人對抗眾神的力量。

※

月的船艦緩緩駛近。

老船長氣若游絲地說：「我倆的交易結束，老夫已經沒有故事可以說了。」

阿閃不顧老人說的話，繼續搬著最後幾個箱子，底部的牆壁已經露出幾個角落。他旋即忍不住問：「船長！……你、還有阿格拉斯船長，為什麼不將祈願留給自己呢？你們可以實現任何願望，任何！可以擁有任何想要的東西、可以不要生病、可以活得跟眾神一樣長久！」

老人的咳嗽完全佐證阿閃的說法，他帶痛地說：「唔……酒鬼不想當神。他的世界是……破碎的呀。他的遠見、欲望永遠相互排斥，老夫猜想，就是這樣他才發瘋的，這是任何偉大商人都會面對的困難……」

阿閃緩緩說：「他有太多夢想。」

「你畢竟不笨啊。」老船長說：「……何故留下？」

阿閃的動作嘎然而止——宙斯睜開惺忪睡眼、阿波羅勒停馬車、戴歐尼休斯放下酒杯、雅典娜步下神壇，眾神均感到空氣的震動。它不起眼到了極點，不大不小、不胖不扁，平滑的六面體一絲雕飾或紋路也沒有，沒有卡榫或鎖頭，更沒有文字或奇怪的色彩。平凡無奇，卻讓崇高聖潔的雙眼閃爍起火焰。眾神的禮物這次她插翅也難逃。

時沽場的最深處躺著一只盒子。

＊※＊

折了翼的小紅雀被捲進瀑布，難以掙脫，眼看將遭吞噬。

薔薇站在樓梯口問，好像那位置就是屬於她的。

「你在幹嘛？」

她雙手上的血已經乾凝，可是拉雷恩沒有心情多問原因，他正忙著讓船不要一頭栽進狂暴的氣流內！

「在、開、船！」他使勁轉著舵輪說。

「士兵的小船還堪用。」她說。

他轉身，用背頂住舵輪的把手，全身出力，他喘著氣道：「成交嗎？」

她指著拖在背後的沙散諾：「報酬可不能少。」

「他們……用了魔法……會變！」拉雷恩擠出幾字，用上全身力氣轉舵。

「嗯。」她點頭並看向底下甲板的一群人，那些月遭汲取為飛行的動力，如盲聾的患者彼此攙扶，已虛弱地等同人類了。

「聽著，我們都要下船了。」薔薇說。

你也一起吧。她保留了一句，兩人之間似乎勉強達成了某種無形無聲的連結，唯獨拉雷恩敢發誓，她說話的時候正巧站在一對象牙與犄角的拱門底下。

他露出笑容，是因為頭痛終於緩和，並答道：

「我在這就好。」

或許更該說，他知道頭痛的來源了。陷得太深的不只商雀，還有他。無論雲瀑的氣流多麼的無情也不及欲望的魔爪，其實酒瓶底部不是消極的逃避，是規避誘惑的自甘墮落；貴族找足了經世濟民的理由登基為王，進犯共享土地的古老種族……欲望必然是自我中心的。小時的私塾那些長灰塵的書本裡，總是有人爭論墮落的源頭，訴諸一味地譴責，豈料他們所追尋的完美素材就在這艘船上；無關信仰或信念的行為該怪罪給野心、貪欲、以及心底面對不可能時產生的搔癢。拉雷恩以這嶄新的角度重新審視欲望的影響，抽絲剝繭地結果在悠悠天地間找到一具負隅頑抗的存在。他似乎能完美的操控此存在，能貫徹一套信以為真的理念航行穿越拱門。太多時候他的存在軌跡與其他個體產生必然的衝撞；親情、友情、愛情，貪欲、憤怒、恐懼……

這些衝撞使他遍體鱗傷，使他脆弱厭煩甚至倦怠。他總是好累。帳冊上出賣的是一幅靈魂畫、一朵魔法花還是一匹天真布，不值得他這樣精打細算，因為世間的魔法總有辦法以反諷的惡趣味攪亂原先的一切計畫，清單的順序也不再那麼重要，留下來的唯有痕跡。沒錯，他一無所求，不想活也不想死，他可以不自量力地前進，設法追上稍縱即逝的痕跡，抑或放手，任由迎風墜落帶領天秤回正。

「在這就好。」

不出幾刻，他終明白自己為何沒有下船：女孩說拉雷恩是商人，她說對了，商人只會專注於平衡的天秤。風呼嘯而過，拉雷恩笑了開懷。他用盡力氣轉動舵輪，釋放，旋轉的木桿將他的雙手敲開。商雀最後一次哀鳴，她逃也不逃地撞向雲瀑的正中間，自盡一般，被哀鳴的亂流與無情的強風吞沒；隱形天秤的另一端，其他人乘坐孤單的逃生小船，得以藉著商雀最後振翅的力道倏地起飛，擺脫雲瀑的滾滾強流。

＊※＊

十之二、時間的痕跡 Trace of Time

浪起，浪落。

倚靠一片長滿青苔的巨石，小船的帆破槳斷，說是墜落在這裡還比較貼切。一波波白碎擊上礁石，又從交齊亂岔的石塊間敗興而歸；它們豈料積累的沖刷侵蝕能使石陣展現千奇百怪的樣貌，像極了雲海那般溫柔綿密。稍微遠一些地面逐漸變為銀金色的沙子，腳印在這般細沙上頭暫留痕跡，直到漲起的浪又將足跡捲走。就這麼一片沙岸，前後長十數尺，左右則無邊無際地延伸，面前海水以漸層欺騙視線，湛、蔚、靛、最後化為墨藍。在雲海之上待了太長的日子，你開始懷疑遠處的小小火球是否為太陽；如果是，鮮豔的她是在升起還是落下呢？很快地你便承認兩者並無差別，不如靜靜地看著海天一線，期待魔法發生。這是最後的風景了。

「旭光在暗幕時爛漫醒目，希望在無望中等待綻放。」沙散諾靠坐在一塊大石旁吟詠，無人附和。月語意外地拗口，學會數百年的語言突然穿插無數記憶的漏洞。誰說眾神眷顧月了呢，祂們將所有美好良善的特質皆給予月，聰慧理智、耳聰目明、手巧力壯、貌美無暇、長壽不病且善心滿溢，但是別忘了眾神也有犯錯的時候。

其餘的月們跪在沙灘上彼此相擁，夾雜感動與喜悅的淚水滑落雙頰，正當他們討論著要如何回到月的國土時，倖存的商雀船員則討論著要如何趕到最近的人類城市。兩群人，兩邊都滿身是傷，交談使用不同的語言卻交換著相似的內容，他們或許永遠都不會有互相了解的一天，可是至少現在沒有一方打算賣掉另一方的靈魂，和平的假象勉強維持。

「能告訴我這上面寫了什麼嗎？」薔薇走到沙散諾旁，遞出一個東西。

沙接過，看著上頭熟悉的文字，不禁想起已然捨棄的資格與身分，眼神頓時落寞。

「在下如果說這字是『玫瑰』，您會相信嗎？」

「男人們都一個樣。」

「您於何處拾獲此物？」沙問。

「薔薇死了……記住這一點。」薔薇眉頭一皺：「趁我改變主意之前拿走吧。」她旋身披上一件星空顏色的斗篷，儼然沒有要多作停留的樣子，僅看了一眼沙丘底下，受傷而虛弱的難民：

「看看他們……墮落的樣子，我們還剩下什麼。」

沙散諾思忖了一會：「付出全部之後，盒子裡當然什麼也不剩了。您說是——」

轉頭之際，她當然已經走了，沙灘上，殺手連足跡都沒留下。

「……吧。」

良久，沙散諾都沒辦法恢復氣力，甚至連思考都變得遲緩，初嘗變為人類的代價。

＊※＊

「後來呢？」阿閃問。

老人說從那之後，繼續有人追殺薔薇，四海列島之間都欲搶奪她的所有物，但不論各方好手如何打探、搜索每一草一石，都再無她的消息，遠走異鄉、不見天日的餘生在她面前鋪陳開來；死亡並非易事，尤其對於自己的本能反應、技藝訓練已經瞭若指掌的人，但她已經下定決心要消失，於此之前的過往和聯繫連同對這世界無處發洩的恨，都要一同飲下。

老船長喜歡幻想，或許薔薇已經依樣畫葫蘆，花了半年的孤寂飛行抵達某座文明方初萌生的大陸。老人問了一句，她還好嗎，阿閃聽不出老人是提問抑或是自言自語，但他確實弄懂了一件事：原來薔薇小姐也是一頭熊，渴望卻又畏懼自由，以及它意味的野性和森林的圍籬，即使償願她也要承受……這樣想吧，大仁大義之願盲目、隱姓埋名之願自私、保存寶藏之願吝嗇，不論何者都貌似會淹沒在無盡的虛幻酒精中。

老船長說：「眾神的幽默凡人不會理解。到頭來，只有殺手自私的願望得以實現。」

「不、不對呀，沙散諾呢？船長你說他贏了，對吧？」阿閃問。

左舷遠處的天空幽微，絲毫沒有陽光，可是老船長瘓了白內障的雙眼好像還能看出一些什麼，直看透了雲彩、看穿了月的圍繞、看盡了回憶裡的旭日與黃昏。阿閃這才察覺老船長蒼老發黃的臉被暗沉的霧影籠罩，僵硬的肌肉黏貼在難以移動的肢骨上，長年躺臥的褥瘡味，他似是已有半具身子踏入了棺材，彷彿圍籬上野獸衝破的破洞。生命悄然步入終結，既不神聖也沒有太多痛苦，對於旁觀的阿閃來說卻是難以承受的恐懼，好像心臟被挖去一大塊，原以為健全的心靈因為英雄的殞落而脆弱；無法恢復的脆弱。他還有好多不懂、太多克服不了的難關，無助感有如圍籬上的破洞逐漸擴大，刨去死者的生命、刨去生者的意志。

「船、船長！」阿閃跪坐到輪椅旁邊，扶住老人的肩膀。「船長！振作一點，您還不能……」

第一次離老船長這麼近，阿閃這才觀察出那些顏面的細紋與皺褶。其實脫下「船長」這頭銜的威嚴之後，老人的長相可謂平淡無奇，甚至能說始終是模糊的；是因為被時間沖刷過度、還是被往事的重擔給壓縮了？就好像畫家筆下的模特兒不停不停地搖頭晃腦，刻意讓人畫不清五官。

阿閃已經漸漸搞不清楚自己的思緒，他的理解能力沒有辦法分辨對與錯、現在與過去，更沒辦法找出老船長故事裡的漏洞。這是老人家最後的故事，讀懂一本灰塵滿滿的書何其困難。首先誰是主角呢？一艘商船、一封邀請函、一個始終煩躁的男人、一位月、一位自攬重任的貴族、一位風華絕代的殺手、一段天邊的奇遇、一段永恆的、而無人得以倖免的旅行。

上頭甲板的聲響已全然停止了。

「船長。」

「……。」

「沙散諾的願望呢？即使失去魔法，他也還懷有願望吧？」阿閃小聲問。

枯老的雙眼微張，老人像是攀上了最後一塊漂流木的溺水者。

他哭了。

「……是你啊，拉雷恩！」老人空洞的眼角留下點點淚水，嘴裡像是個孩子嗚咽，毫不在乎眼前的人是阿閃還是記憶裡的影子：「……你來了啊，咳咳，你有保護好她吧。有吧？……你真厲害，拉雷恩……魔法都比不過，你贏了……咳……時沽是你贏了……贏了……」

「時沽。」阿閃覆道。

掃地工被錯認成年輕的拉雷恩，這樣荒唐的錯誤「喳」地將時間的線剪斷、打了花結。織光編影的故事令阿閃頭昏，已經漸漸搞不清楚故事裡真實的分界，以及何處可信。這不對呀！船長……船長才是拉雷恩！阿閃眼神左右交看，腦筋循線追索卻始終找不出答案。失望。她一定感到失望了。「哇阿……」阿閃抽噎著，眼淚和鼻涕自顧自地流。果不其然，想起母親只是將恐懼的鐵杵扎進心臟深處，原先的十分脆弱變為十二分的碎裂。阿閃終於止不住潰堤淚水，任由鹹鹹的水珠由雙頰掉落，停都停不下來。他懂得不多。現在的處境令他回想起小時候做了惡夢（或是吃了太多糖）的夜晚，那時只要聽完了故事，問題總會迎刃而解。

他拿出泛鏽的幸運硬幣，張開老人的手心之後放了進去。耳邊的低語好模糊，聽不清。

「交易。」阿閃呆愣地重複那陣未知的低語：「我、我們交易吧。吶，船長。您、您要好好說完故事……別擔心，貨物不會遲的。您把故事說完吧！」他已經哭花了眼，抓住老人枯黃的手努力追逐那對即將閉上的眼睛。一定有什麼事件、人物、字句能觸動老人的心絃，鼓勵他娓娓道出人生的峰迴路轉。一定有什麼。

阿閃忽然好恨自己的愚笨、好恨沒有在書店工作時多多偷翻書本、好恨在神殿沒有多向雅典娜祈禱，他想像這就是嫌疑犯在執政官面前無法為自己辯護的時刻，是一種短暫的死亡。握有諸多拼圖的碎片，卻絲毫未具拼湊的技藝或記憶。複數的單一終構成難以名狀的個體，阿閃驚覺他在個體中並無一席之地，嚐盡的，是和沙散諾當時同樣的墮落。

新月的光輝漫入窗沿，圓盤狀的月船艦將盈虧納為能量，透著朦朧銀光。地上的某物一把將陰影抓牢。羅盤被摔壞了一角，缺了指針和方位，現在簡直就是一件無主的藝品玩具。

撿起時間的碎塊，沿魔法的痕跡拼湊，也許是在這樣的幽暗中你看見大海中央，兩船迷茫的乘客錯身而過，卻未產生現實改動的裂紋——相同的，兩艘船竟然是完全相同的。有個人衣衫襤褸的隔著舷板對望，不發一語，而你也身處其中。錯舷而過的兩船一者朱紅一者墨黑，若不細看竟似銀鏡成像，你甚至可以發誓另一艘船上有個人穿著與你相同的破衫。可是時空的本質是定律更是鐵律，一旦擦身，未來便會向前搖槳、徒留過去靜留原水。你大喊著要另一艘船的人好好保重、要作出正確的決斷，不能落入不公的陷阱，而擦身的鏡像非但沒有揭露真相、沒有令你看清自己，反倒加速了你的墜落。

「沙散諾。您的願望呢？」

老人的嘴巴如陳舊的門閂，「呀」地微微張開，如襁褓中的嬰孩欲講述一部史詩。冗長的字裡行間遺漏一段更漫長的流浪，那是一位冒險者撐起紛擾的世界做為船帆，選在時間之海靜謐的日子出航的故事。

他恨船。阿閃總算明白老人眼裡的閃爍並非哀憐而是以恨意點燃的火苗，不論對誰老人都會這樣說，從第一刻踏上甲板、第一次撫摸舢舨的邊緣起就這樣恨著，而年齡似乎能讓任何恨都變得模糊，好像變質的晚餐一樣逐漸酸腐，又像結婚多年的夫妻彼此抱怨嫌棄，卻從來不會提出分離，肩並肩坐在老房子裡一同腐朽。

沙散諾充其量只是倖存者，降為人類後，重拾了商雀號船長的使命，從保全「族人存續」到保全「假象」，他選擇相信這是同一回事。即使少去尖耳朵和靈敏的聽力同樣聽得一清二楚，這份工作必須橫亙無法想像的世紀，人們會嘲笑他既做過月又被降為人類，付出最慘痛的代價、披上侵蝕的偽裝竟為了保全零星的魔法、保全月和人類兩個天理不容的種族、一絲難以名狀的廉價事物。不，更糟，人們根本不會嘲笑，因為人們絕對不能發掘真相，他必須流浪，而航行與流浪成為了同義詞；以錯置的現實維繫著一段微小的平衡

阿閃湊上前，側過耳，就聽那既非月也非人類的漫長生命，迎來最後一口氣。

「在下終於能去見她了。」

對於想出這道謎底阿閃心裡有些釋懷。他闔上沙散諾那雙曾經美麗的眼眸，臉上的淚水只剩痕跡。他喜出望外地發覺月船艦投射出的新月光芒，正開始為同族送上最後一程；光和影再次共舞，而風精起了興致，彈奏起美妙的細聲樂章，道道淺光牽起灰塵的手跳著慢舞，雙方如初識的情侶靦腆地對視而笑。時沽號開始傾斜墜落，正巧雲霧從窗縫間滲入這場熱鬧的慶典，她們鑽進箱子與盒子內，無處不在、陣陣流連的白霧把

時沽場裝飾得有如童話裡的空中花園。阿閃觀賞著慶典，不知不覺已經加入其中；他不太會形容那種雲彩畫出痕跡、魂魄隨之起舞的感覺……如果硬要說，肯定是夜深人靜的孤獨這概念相反詞吧！不打緊，將來他會找到美麗的說法形容的。搖晃的船身、進逼的腳步，俯身撿拾一點高掛天邊的東西……留下的閃爍星火、迷路的片段雲彩，一點點裝進盒內，盡數帶著逃走。

它曾經只是個小孩的玩具，破碎的玻璃前，阿閃跪了下來，他拿出傳奇船長的傳奇寶物，依循圖案用手指和血模仿了那些印記。

鏡環啟動後，嗡鳴聲聽似帶著旋律。催眠的音符帶著他的意識沿時間往回飛行。他可以逃，走上一條蜿蜒的小道；他可以逃，攀藤與圍籬保護著年少。他懂得不多。若是逃跑，也同時必須放下魔法與隨之而來的一切，盒子裡與祈願共生的一切。只聽遠方傳來溫柔的歌唱：

她自然而然地留下，

她毅然決然地等待，

她從未被眾神趕跑，

她從未……

聽吶，鏡子那頭有人。

＊※＊

尾聲

……老船長死了（the old captain dies）。

筆尖停在句尾。它仍想移動，增添點潤飾的文字，我兀自將鵝毛筆插回瓶裡，用袍子抹淨沾了墨的手。字裡行間已鉅細靡遺地品析所有殘留紀錄。我不能任由體內的歷史學家胡作非為。疑問就該埋藏；墜空殞落的船在哪裡？在古居裡與我通話的人呢？那人心心念念要保護的又是什麼？

「這是個錯誤。」

五年來他們都是這樣說的，也全都瞧不起我。於此期間我明白了一件事：這些都是我的。只要不拿給人看、只要沒有人打擾我的木屋，便沒有人會曉得我的發現。月、沒有月，魔法、不具魔法，廣袤的森林底下埋藏了不少隨枯枝落葉腐爛的祕密，我好像才刮下了表皮似的，而蔚藍神祕的海洋不會多問潮起潮落、浪捲暗流有什麼意義，她只是一味地保持原貌，因為這樣而有漁船、海港、行商和探險，全都因為她而沒有停歇。

「想要他們被記得阿。」

一天夜裡，我對前來拜訪的朋友們這樣說。那時酒酣耳熱，林中的木屋歡鬧的有如嘉年華，我的腦袋脹熱，他們也當我那時在說笑，畢竟有很高的機率，我寫下的任何史料都只會在書庫裡長灰塵，直到蛀蟲勝利。這些文字是我的！我費了好大的勁才翻譯出的，對歷史的偏執呀，我這樣說。

經朋友介紹，我的其中一位陌生訪客是個叫蘭必的男子，是朋友偶然認識的朋友。蘭必身穿標準的學院袍，舉止拘謹，在那天晚上前我們倆見也沒見過，他的酒量不太好，但兩三杯葡萄釀下肚後便開始三句不離自己的父親；一位祭司父親，從小蘭必就因此吃盡口頭。他說，打小在群島的某一漁村長大，父親成天將他關在小小的神殿旁廳裡頭抄書寫字，從一張羊皮紙到另一張，原封不動地抄寫；從漲潮開始，到了窗外的潮水退去他才能離開，蘭必每天盯著潮起潮落，等著逃離神殿，然後做一些他真正喜歡的學問。

或許是日日夜夜觀察及測量漲退潮的規律，蘭必不相信波賽頓是陰晴不定的神祇、是馬匹和地震之神，他甚至想要將之推翻。我觀察蘭必，他不是一般的學者，他探究的是可見的世界，或者依他所述是直觀的世界。我躲在木屋的角落獨飲。有些獵人會在看見陷阱被野獸掙脫時開懷大笑，有些商人會在秤重時偷斤減兩，這種故事並不幸福快樂，既不暗淡也不明亮。不存在的歷史是月與魔法的印證，一如這片森林保護著我，而我懷有對森林和自然的感謝，熱愛天空的人們想必也對風和天有著無法言喻的迷戀與敬畏，它們無聲地說：看不見的事物不代表毫無力量。自然定律與邏輯法則在時間的沖刷之下褪去道貌岸然的偽裝，赤裸地呈現在面前。我被教導去相信欲望是囚錮理性的監牢，是不應遭放縱的執著，她既觸手可及卻又一觸即逝。

我相信蘭必更想稱自己是「科學家」，現在的年輕院士都一個樣，他嚷嚷說想解釋世界，而因此他的眼神滿是自信，好像只要盯著一件事情、一張羊皮紙夠久，真相就會自行蛻變而生；天啊，我真討厭他那種眼神。我試圖說服自己，這樣令人妒忌憎恨的勝利也能屬於我，一位歷史學家，因為紀錄史實的工作絲毫沒有疏漏，句句確實，大家會把我寫下來的東西當作是狗屁不通的瘋言瘋語，歸類在神話傳說的那一類，是故事，而這正是屬於我的勝利，我也能因此藏一些什麼在未知的鏡子後頭。

當晚，所有人舉杯數回慶賀這一點。在發昏飄忽之間我又喝了好幾大杯自釀的葡萄酒。

我發現大夥都開始稱呼我為「蘭必」，雖有些陌生，我並不抗拒。那是多麼痛快的夜晚。

從回憶裡醒轉，我想時候到了。跳起身，我將紙筆、乾糧與衣物一併掃進行李袋，甩到背上。走出木屋時，所有研究的謄本已經捆綁成件放在我最珍貴的檜木長盒裡，準備存放到城裡的圖書館。

往城鎮的碎石路不長，也走過上百遍了。木盒的啟闔處，陰影在陽光照射下彷彿有淺淺的光痕閃過；我開始聽見風兒將樹葉吹得窸窣，總覺得她在背後推著我往前，就像過節時吵著拆禮物的孩子。回頭望，居住多年的木屋佇立古樹群中；山巒起伏間，身穿一襲白裙的薄雲宛若正揮手告別。我覆向前走，那天甚朗，祈願尚在天隅領航。

（全文完）

後記

由衷感謝參與成書的所有人，謝謝家人、朋友及讀者們的支持。

寫《錯舷》已是三年前的事情。那時候還困在學校，想寫一個希望與渴望彼此衝突的故事，可是事與願違，它們實在有些摸不著邊際，就算找到了競標這樣比較有譜的鋪陳，好似也無法講清其中緣由，商船已颯然離港了。

每當電影或書裡出現競標拍賣，總是充滿了暗中作祟、操控價格或另有所圖的情節，才有幾分看頭不是嗎？由此可見真正的「最高出價者得標」其實不驚波瀾。小說最初的設定裡面，初次踏上商雀號的威廉是主角，意氣風發的他透過有些推理的方式挖掘埃庇斯的秘密。從對薔薇的隱隱愛慕到一再激怒沙散諾的表現，由他下手，似乎較能接近常人、不帶英雄色彩、犯下一些凡人的錯誤。然而我在這時候發現了威廉的使命，即是帶出有失有得的交易此一主題。三位乘客原本各據一方山頭，如今聚首江湖，其之間不光是私人的平衡，亦即願望與代價的撕扯，更需要維持乘客之間的三角平衡；威廉眼中的顧全大局、沙的隱私、花的痛苦，形成個岌岌可危的三角。一位背黑鍋的旁觀者必將使三角失衡，緩緩展開故事。

拉雷恩總是懷著一股怒氣，或多或少是體現作者對現實的不滿，有時深感力量太小、風暴太強而力有未逮；多數人選擇獨善其身，屹立不搖就好，因此他能抱存一絲氣力發怒，許是十分了不起的事情。拉雷恩的怒火來自受挫，而非懷才不遇，面對突如其來的變故毫無招架及還手之力，偏偏他尚未言敗，僅能抱頭懊惱。是在這樣的情景裡，某日他的怒燒盡了，冷對它迎風墜落，我發現自己和拉雷恩壓根就不相像，我成不了餘燼中的雀鳥。

阿閃就是這樣的角色。他的年幼純真往往撥去希望及願望這些遙不可及的迷霧，進而瞪看原始的恐懼。恐懼分為三類，阿閃的純粹對事物及未知的恐懼、擎哈爾的推進欲望的恐懼、以及由孤獨插枝種出的拉雷恩的恐懼。其中第二者有許多延伸為故事的可能；從英雄對正義的欲望、推理對於真相的追求、到愛情對於情與乃至於自我認知的解析，恐懼往往伴隨著一種懸疑及故事性。至於第三者的孤獨，它有因人而異的特質，在定義上就是單人的。正因為對孤獨一知半解，懷抱好奇，我能做到的就是描述孤獨的狀態，循線找出一些前因後果。

於是它們錯身而過，更在時間裡錯過了。光是錯過還不夠，在「日、夜」兩章裡不再仰賴故事的間斷做時空轉移，試圖以一種電影切換畫面那樣的切斷模式，安插節奏感。不過，這樣穿針引線當然都是錯誤的，兩條時間線糾纏到了最後仍是分開，甚至兩者從初始就是一條線，分開不過是解開了死結謎團。

這次總算覺得，想要講的東西十之八九已出現在書裡。每次寫小說都想要找一個命題：畫家的感官、商人的欲望。倘若有人讀過《點燈人》或《空門》，用一句話概括，前者是過載的記憶，後者講的是世界的渣滓。我承認這些是私心的錯誤：希望作品依循著命題，往往落得冷冰冰、呢喃不斷。其中有個問題總是令我無從回答：寫這個做什麼？為什麼寫？每當有人問起個人規劃、問起為什麼畢業了不找個出路時，彷彿聽得見腦中的自己：「對啊，為什麼不找？」「就算真的找了，也還是可以寫啊。」「我……到底在害怕什麼？」大學的時候嚮往流浪，現在不是學生了，生活還是半流浪的狀態，創作顯得格格不入，一來無法維持生計，二來是創作無法令我撒謊成性。天平從來都不是平衡的，只有愚笨的商人才會說付出必定能獲得，就好像柏拉圖說詩人們都是說謊成性，用最偏執謬誤的方式解釋世界。

看完了我的第一本書，你一句讚許的話都沒有說（這要求似乎過分了些），倒是折了不少書頁。要我猜，你又是在往返的班機有意無意地翻書了吧。我逐一查看折起的幾個頁數，居然還用候機室提供的原子筆替錯字做記號、劃記標點錯誤的地方。突然間發現一條歪歪小小的問號，是主角獨自嘟囔一句話「不識字的父親，總比不見蹤影的好」，被你在旁邊畫了問號。每當試想你懷抱著何種複雜心情讀我寫出的這一句，有時略感欣喜、隨之而來陣陣悲潮。我的不經意，原來可以造成你的困惑。

「最糟的情況，你們都長大了。」可能是當時我緊張得快尿褲子了吧，並沒有心情理解這句話背後的意義，始終存放在心。

現在回想起來，那個躺在加護病床上、鼻孔裡插著塑膠管的人，他的意思是「最糟的情況也沒關係，因為你們已長大了」？或者……我反反覆覆在腦海裡倒帶再播放，聲線似乎都能改變：「最糟的情況是你們都長大了。」你漸益凝重的表情，不見逝去的赤子之心。匆匆兩年已過，我不禁想情況可能會非常糟，爛到骨子裡去了，可能會令我覺得被拋棄及背叛了，可能每一天爬下床，都找到了新的害怕之芽，然後再環顧四周那座無出路的森林，而我尚未長大。

希望聽得見，知道聽不見，想念無非是一種純粹的錯誤。他在等候之際悠閒地翹腳，倚窗，提起筆在紙上塗寫。船已出港了。

2021.4

釀奇幻56　PG2570

錯舷

作　　者	唱　無
責任編輯	喬齊安
圖文排版	黃莉珊
封面設計	蔡瑋筠
出版策劃	釀出版
製作發行	秀威資訊科技股份有限公司 114 台北市內湖區瑞光路76巷65號1樓 電話：+886-2-2796-3638　傳真：+886-2-2796-1377 服務信箱：service@showwe.com.tw http://www.showwe.com.tw
郵政劃撥	19563868　戶名：秀威資訊科技股份有限公司
展售門市	國家書店【松江門市】 104 台北市中山區松江路209號1樓 電話：+886-2-2518-0207　傳真：+886-2-2518-0778
網路訂購	秀威網路書店：https://store.showwe.tw 國家網路書店：https://www.govbooks.com.tw
法律顧問	毛國樑　律師
總 經 銷	聯合發行股份有限公司 231新北市新店區寶橋路235巷6弄6號4F 電話：+886-2-2917-8022　傳真：+886-2-2915-6275
出版日期	2021年5月　BOD一版
定　　價	300元

讀者回函卡

Printed in Taiwan

國家圖書館出版品預行編目

錯舷/唱無著. -- 一版. -- 臺北市 : 釀出版,
2021.05
面； 公分. -- (釀奇幻 ; 56)
BOD版
ISBN 978-986-445-468-6(平裝)

863.57 110006231